# わりの象徴

あらき恵実

幻冬舎MC

# 目次

# 一、少女に憑《と》りつくもの

真島咲希《ましまさき》が、初めて「死」というものについて考えるようになったのは、六歳の時のことだった。咲希の父は、咲希が六歳の時に忽然《こつぜん》と家族の前から姿を消した。咲希は、姿が見えなくなった父のことを、母に尋ねた。お父さんはどこに行ったの、と。しかし、母は何も教えてくれなかった。それから、何年もの間、父が突然姿を消した理由は、謎のままだった。帰ってこない父のことを毎日思いながら、膨らむばかりの寂しい気持ちと、父に見捨てられたような悲しい気持ちとに悩まされるうちに、咲希は父が死んでしまったのではないかと思うようになった。出かけた先で、事故にあうか、急病《きゆうびよう》で倒れるかして命を落とし、家に帰ってこられなくなったのではないか。そう考えると、咲希はストンと納得がいくような気持ちがした。父が、私や母を置いて、どこかに行くはずがない。きっとそうなのだ。咲希は幼い頭でそう考えた。

しかし、そう考えるようになってから、咲希の心の中に新たな恐怖が生まれたのだった。人は死んでしまうのだ。

その単純な事実を、身近に起こりうる現実として理解した時、咲希の認識の中にあった世界はひっくり返ってしまった。

咲希は、父を失うまでも、死という言葉を知っていたし、アニメや絵本や紙芝居などで、誰かが亡くなるシーンを見たことがあった。だから、それまでも死というものを知ってはいたのだけれど、幼い咲希にとって、それはとても遠いところにあるものだった。咲希とは無関係の、自分を脅かすことのないものだった。咲希の日常を包みこむものたち、例えば、咲希を抱きしめる父母や、祖母、いつも穏やかな時間が流れている家や、咲希を笑顔で迎えてくれる保育園の先生、友達、柔らかなクリーム色の慣れ親しんだ保育園のお部屋、楽しい思い出のつまった園庭などには、死の恐怖は襲ってくることがないと思っていた。それらは、いつでも穏やかに優しく咲希を包みこみ、咲希の過ごす日々は陽だまりの中にあるかのように明るかった。そういう日々がずっと続いていくと漠然と信じていた。咲希の大切な人やものたちは、何一つ失われることなく、ずっと変わらないと、なぜだか理由もなく信じていたのだ。

　しかし、咲希は、父を失った時に突然はっきりと知ってしまったのだ。どんなに大切な人も、物も、失われることがある。それは、明日かもしれない。いや、今日かもしれない。そして、一度失われたものは、元に戻らないのだ。そこで終わりだ。すべての人や物には、そうやって、いつか終わりがやってくるのだ。

　そう理解した時、咲希は自分の足を支える地面が、地盤からガラガラと崩れてしまったみたいに感じた。自分の心に安らかさを与えていた心の土台のようなものが、木っ端微塵《こっぱみじん》に砕かれてしまったからだ。そして、震えあがるほどの恐怖を感じた。

　後に、咲希は小学四年生になった時に、父が姿を消した理由を祖母から聞かされた。祖母はおそらく、「このくらいの歳になれば、話しても大丈夫だろう」と思ったのだろう。父は、咲希が考えたように死んでなんかいなかった。父は、失踪したのであった。それにはいろんな原因が考えられたが、父の経営していた会社が倒産したことが、一番の大きな原因だったのだろうと祖母は言った。

　しかし、咲希はそれを聞かされるまでの長い間、父は死んだものだとずっと思い、死というものに怯えて生きてきた。その間に、咲希の身の内には厄介なあるものが住まうようになった。それは、正体不明のモヤモヤとしたものだった。身の内にそれを飼っている咲希にも、それが何なのか分からなかった。ただ、分かることは、それが胸をとても重苦しくさせるということだった。胸が重たくなると、それまで楽しいと感じていた遊びも、急につまらなくなった。友達と話すことも、笑うことさえも、苦痛になってきた。咲希は、前のように人前であまり笑わなくなった。

「咲希ちゃん、嫌い。暗いもん」

咲希は、小学校一年生の時に、同じクラスの子からそう言われたことがある。

私、暗いんだ。嫌われてるんだ。

自分を客観視したことのなかった咲希にとって、友達の発した言葉は衝撃的なものだった。それから、咲希は、学校にいても誰とも話さなくなった。休み時間も、教室の窓から騒がしい校庭を見下ろしながら、ポツンと一人で過ごしていた。先生が「みんなと遊んでみたら」と声をかけてみても、憂鬱《ゆううつ》そうな顔をして力なく首を横に振るばかりだった。同級生達や先生から見れば、咲希はそうやってただただボーッとして過ごしているように見えた。しかし、本当は、咲希は人知れず戦っていた。学校の中にいるだけで、咲希にはとてつもないエネルギーが必要になった。独りぼっちは寂しくて、本当は一人きりでそんな所で過ごしていたくなかった。けれど、また「嫌い」と言われるのも怖くて、誰とも話をしたくなかった。心は常に押しつぶされそうに重たくて、そんな心を抱いていると体まで鉛のように重たくなって、朝学校に向かおうとすると、それだけで咲希はクタクタになった。咲希の心は悲鳴をあげていた。けれど、それは先生にも、同級生達にも聞こえていなかった。

咲希は小学五年生になった。七月――。彼女は、今、教室の窓際の席で、もらったばかりの通信簿を手にしていた。そして、中をチラリとのぞいて、すぐに閉じてしまった。深いため息が漏れる。毎年代わり映えのしない、ひどい評価のオンパレードだ。じっくり眺める必要もなかった。コメントの欄に書かれている先生からの言葉も、毎年似たようなものだ。遠回しに、咲希は周りの生徒達とは違うと書いてある。咲希は、自分が周囲と違うということに強い劣等感を抱いていた。どうして、自分は普通にできないのだろう。他と違うと感じるたびに、そのことばかり考えていた。そして、母に申し訳なく思っていた。母は、父が失踪してから、女手一つで自分を育ててきてくれた。母は気持ちが強く、がんばり屋で、風邪をひいたって家事も仕事もさぼったことがない。そんな母の娘なのに、なぜ自分は学校に通ったり、友達をつくったり、勉強したり、そんな普通のことさえちゃんとできないのだろう。

咲希は、しばらく通信簿を手に持ったまま、ランドセルにしまえずにいた。窓の外は明るい。真っ白い入道雲と、真っ青な空は、美しいコントラストを描いている。教室にいる同級生達は、明日から始まる夏休みに心を踊らせ、夏の日差しのような明るい顔をしてにぎやかに騒いでいる。教室の中の喧騒《けんそう》と、窓の外の蝉の声がにぎやかにこだましていた。うきうきとした様子の生徒達に向かって、担任の先生が、「じゃあ、休みの間事故のないように、気をつけて過ごしてくださいね」と言うのが聞こえた。はーい、と答える同級生達の声の後に、たくさんの椅子が引かれる音がして、にぎやかな声と足音が教室の出入口に向かって一斉に動きだした。やがて、先生も足音を残して、教室を去って行った。

教室には、咲希一人がポツンと取り残された。

咲希は机から立ち上がれずにいた。またもや、胸の内に巣食う何かが怪物のようにむくむくと膨らみ始める。体の中いっぱいに膨らんだら、咲希の皮膚を食い破って外に出てきてしまいそうだ。

誰か助けて。

咲希は、心の中でそうつぶやくのだけれど、やっぱりその声は誰にも届かないのだった。

＊＊＊

一学期の終業式があった日、夕方五時頃から小学校の運動場で保護者会主催の夏祭りが行われていた。運動場の真ん中には、簡易ステージが作られ、生徒や教員、父母達の飛び込み参加によるカラオケ大会が開かれていた。そのステージの周りには、保護者会役員が出店する屋台がぐるりと円を描いて立ち並んでいる。浴衣を着た子ども達のはしゃぎ声や、ほろ酔い気分で歌う生徒の父親の声、子ども達を見守りながらあちこちで立ち話をする親や教員達の声や、屋台の下から売り子の役員が子ども達に話しかける声、いろんな声が熱気とともに運動場に満ち満ちて、祭りらしい雰囲気を作り出していた。

小学五年生の伊藤圭太《いとうけいた》は、クラスで一番背の高い体に涼しそうな甚平《じんべい》をまとって、友人数人と屋台を見て回っていた。たこ焼きや焼きとうもろこし、綿菓子やりんご飴、あちこちの屋台を冷やかしながら歩いていた時、圭太はふと運動場の上にある空を見た。圭太は夏の夕方が好きだ。冬ならばとうに暗くなる時間でも、まだ空はうっすらと明るい。夕食を軽く済ませてから塾に向かう道中、辺りが真っ暗だとそれだけで気が滅入ってしまうけれど、夏だと気分は全く違う。夏の夕日は、ゆっくりと沈んでいく。夜はなかなか訪れない。圭太はそんな空を見上げていると、親に内緒で塾の鞄を放り出し、これからどこか遠くへ出かけて行こうかという気分になる。道の向こうに続く街にも、空にもまだまだ夜の気配はない。このまま、どんどん遠くへ歩いて行けそうな気持ちがする。街には昼間の熱気が残っている。胸の中にも、熱に浮かされたようなうきうきとした気持ちを感じる。夏が来ると、毎年のように、今年は今までに出会ったことのない何かに巡り合ってみたいと思うのだった。

「圭太、射的しようぜ」

「誰が一番うまいか競おう」

「一番のやつに、ビリのやつが何かおごるってのはどう?」

圭太は友人達に、いいね、と答えた。負けないよ、と楽しそうに。

圭太の周りはいつもにぎやかだ。一年生の時から、ずっとそうだった。圭太は勉強ができる。スポーツも大体得意だし、背が高いので、活躍しているとよく目立つ。おまけに温和で面倒みがいいので、いつでもクラスの人気者だった。そういうふうに目立つ者には、やっかみを言う人も現れるものだが、圭太はそういう人間を特に相手にしない。言わせておけばいいと、大人びた対応のできる人だった。そういう感情的にならずにいつも落ち着いているような所も含めて、圭太はいつもクラスで憧れの的だった。学期初めのクラス会では、いつも学級委員に推薦されていた。

そんな大人びた圭太だったから、友人達は、圭太の胸の内側に、夏の夕空を見上げてワクワクとするような、ロマンチックで子どもっぽい一面が隠されているとは思いもしなかった。しかし、それは圭太の計算通りのことだった。圭太は、友人達が心の底から好きだったけれど、彼らに自分の心の内をすべてさらけ出すことはできないでいた。圭太の周囲には常に人がにぎやかに取り囲んでいたけれど、圭太から見ると、周りと自分の間には見えない何かがあるように感じていた。壁とは言わないまでも、ガラスのようなもの――それは透明で見通しがよいけれど、しっかりとした厚みがあってちょっとやそっとの衝撃では割れないもの――があるようだった。

射的は圭太の圧勝だった。ビリだった友人が、約束通り何かおごると言ったが、圭太は笑って「いいよ」と言った。それから、みんなでヨーヨー釣りをした。アイスクリームを買って、それぞれの手に色とりどりのアイスを持ってブラブラ歩きながら食べたりもした。

次は何をしようか。友人の一人がそう言った時、そうだな、と言って屋台を見回した圭太の目に、真島咲希の姿が映った。圭太は、咲希と五年生になった時に初めて同じクラスになった。いつもうつむいて歩いていて、口数の少ない目立たないやつだから、それまでは咲希のことを知らなかった。咲希は、圭太にとって、理解できないやつだった。咲希は、一言で言ってしまえば暗い。圭太だって、いつも明るく振る舞いたいわけではなかった。けれど、クラスのみんなが、明るくて頼れる圭太であることをいつも求めてくるのだ。圭太は、そういう他人の気持ちを敏感にキャッチしてしまうところがあった。求められるのなら仕方がない。圭太はいつもその場その場で求められる役割を演じてしまうクセがあった。そのクセを圭太は幼少期からすでに持っていた。

圭太の父親は大学病院で医師をしている。母は専業主婦だ。父は忙しくてなかなか家に帰って来られないため、母の日々の関心のほとんどは、一人っ子である圭太に向けられていた。子どもを立派に育てようと思う気持ちは、どんな母親でも持つものだ。しかし、圭太の母は、その思いが少し強すぎた。それ以外に情熱を注げるものがないから、本人も気付かないうちに過剰になってしまっていたのだった。母の「圭太を立派な人間に育てたい」という思いや圭太への期待は、圭太に「あなたは立派な人でなければいけない」というプレッシャーになって、小さい頃から伝わっていた。圭太の振る舞いによって、落胆したり、喜んだり、イライラしたり、大げさにほめたり、一喜一憂する母を見て、圭太は母が自分に求めているものを敏感に感じとるようになった。そして、いつも母の顔色をうかがい、母が笑ってくれる姿ばかりを見せようとするようになってしまった。そうしなければ、母に嫌われると思っていたからだ。なぜなら、母はどんな圭太でも喜ぶわけではなく、自分の望む姿を見せる圭太だけを求めていたからだ。

五年生になった圭太は、そういう気持ちは「親のエゴ」だと気づくようになった。気づいてからは、少しばかり母に怒りを感じないでもなかった。しかし、この頃になると、家に不在がちである父の分まで家のことを背負い、育児に奮闘してきた母の大変さに気づくこともできていた。なので母を憎むことはできなかった。今は、以前より母との間に距離を置き、自分の時間を作ることで、過干渉な母をうまくやり過ごしていた。

圭太は背丈と同じく、精神的にも早熟だった。だから、周りの期待に過剰に応えるクセについてクヨクヨ悩むこともなかった。人の目を気にしない人はいない。今、そばにいる友人達だって、屈託《くつ》なく笑ったりはしゃいだりしながらも、実は周りより自分が見下されないように虚勢をはったり、周りに合わせて心にもない返事をしたりしている。でも、別にそんな一面は誰にだってあることだ。おかしいことでも、悲しいことでもない。変なのは、咲希だ。咲希は、周りに合わせない。周りと交わらない。同じ教室にクラスメイト達といながらも、一人だけ離れ小島に流されているみたいに、ポツンと孤立している。休み時間も、授業中も、いつもうつむくか、窓の外を見て、ぼんやりとしている。表情はいつも寂しげだ。先生が授業中に時々発するジョークも、生徒達の笑い声も、咲希の耳には入らず、音が周りをすり抜けていっているみたいに見える。そこにいるのかいないのか、いっそ圭太の目には見えているのだけど、実は異次元空間にでもいるのではないかと思うくらい、いつでも咲希は周りの出来事に無反応だ。

咲希が教室で一人でいる時、圭太が話しかけてみると、話しかけられたことをとまどっているような顔をした。返事はそっけなくていつも会話は続かなかった。ごくまれに笑うこともあった。けれど、それは作り笑いみたいに見えた。たぶんそれは、笑っている時でさえ、どこか咲希の顔が悲しげに見えたからだ。昨日、図書館で借りた本に、「憂い」という言葉が載っていた。辞書を引いてみて、咲希にぴったりな表現だと思った。咲希の顔には、いつも「憂い」が影のように暗がりをつくってみえた。

そんな咲希は、祖母と二人で屋台を回っていた。圭太は、それをふと不思議に思った。

「今日もおばあちゃんと来てる……」

ポツリと呟いた圭太に、友人の一人が「え？」と聞き返した。

「ほら、あれ」

と圭太が咲希とその隣にいる祖母を指さす。

「参観日の日も、真島のとこはおばあちゃんが来てたよね」

友人達は首を傾げた。

「そうだっけ？　よく覚えてるね」

圭太は、なぜか慌てた顔をした。

「クラスの中でおばあちゃんが来てたの、真島のとこだけだったから、記憶に残ってたんだ」

友人達は、どうでもよさそうに、ふーん、と言った。それから、友人の一人が、あ、と声を出す。

「そう言えば、うちの母ちゃんが、真島のとこの母ちゃんはいつも忙しそうにしてて、全然保護者会に出てこないし、夏祭りとかのイベントも全然手伝ってくれないって怒ってたな。母子家庭だから、真島の母ちゃん、大変なんだって」

圭太は驚いた顔をした。

「知らなかった。なんでお父さんがいないんだろう？　離婚したのかな、それとも亡くなったのかな……」

友人は、さも興味なさげに、

「そんなの知らねー」

と言った。

「けど、真島の母ちゃんの仕事なら知ってる。看護師してるんだって。一人で家のことを全部やってる上に、夜勤があったり急患で残業があったり、とにかく忙しいんだって。だから、保護者会の仕事どころじゃないんだって」

そうだったのか。母子家庭である上に、母が夜勤のある仕事をしているのなら、咲希は家の中でも寂しい思いをしているのかもしれない。

圭太は、金魚すくいの屋台のそばにいる咲希を眺めた。立ち止まって、水槽の中の金魚達をじっと見つめている。祖母が、咲希の顔をのぞき込んで、何か話しかけている。声は聞こえないが、どうやら、やりたいの？　と聞いているようだった。咲希は首を横に振ったが、祖母は屋台の人にお金を払ってしまった。薄い紙の貼られたポイを受け取り、咲希は水槽のそばにしゃがんだ。浴衣の裾が運動場のほこりっぽい地面についてしまわないように、軽く裾に手を添えてしゃがんでいた。

圭太は、咲希のその女性らしい仕草に、不意打ちされたようにドキリとした。

咲希は痩せていた。しかし、ギスギスと骨ばってはおらず、圭太にはない柔らかな線を体に帯びていた。咲希も圭太と同じで、成長が早い方だったので、彼女の体は子どもの体形というよりは青年期の体形に近づき始めていた。柔らかな浴衣の布ごしに、咲希の体の輪郭が浮かび上がって見えた。咲希は今、水で袖を濡らさないように、片袖に手を添えた。袖口から、白くてほっそりとした手首がのぞいた。圭太は、それに目を奪われた。

咲希が金魚を目で追いながら、ポイを水面にそっと入れた。すると、途端に水がはねた。咲希が飛沫《しぶき》を避けようと顔に手をやる。金魚には逃げられたようだった。人形のように白くて滑らかな肌をした整った顔に、残念そうな表情が浮かぶ。

「でもさ、話は変わるけど」

さっき、咲希が母子家庭だと教えてくれた友人が言った。

「真島って、暗いけど美人だよね」

圭太はその言葉に心臓の鼓動が跳ね上がった。咲希から慌てて視線を逸らすと、自分の顔に手を当てた。自分の顔が熱を持って赤らんでいないか気になったからだ。

「ど、どうして急にそんなこと言い出すんだよ」

友人は笑った。

「何、あせってんの。変なの」

そこで、その話はおしまいになってしまった。友人達は、もう違う話をしている。しかし、圭太はどうして友人がそんなことを自分に言ってきたのか、気になって仕方なかった。自分がさっきから咲希ばかり盗み見していたのを、気づかれていたのかもしれないと思ったからだ。自分の胸の内を、友人に見透かされてしまった気がした。

圭太は、意識して、自分の視線を咲希がいる方から遠ざけた。もう咲希を気にするのはやめよう。しかし、そう思えば思うほど、今同じ運動場にいる咲希のことが意識された。圭太は、そんな自分を変だと思った。

「ねえ、圭太、次、何する？」

友人に尋ねられ、圭太は「うーん」と言って屋台を見回した。金魚すくいの屋台から離れていく咲希の姿が目に入る。咲希の手に金魚の入った袋はない。どうやら、一匹もとれなかったようだ。

圭太は、それを見ながらアイスクリームのコーンの最後の一口を口に放り込むと、友人に、

「金魚すくいやろうよ」

と言った。友人の一人が「えー？」と不興気な声を出した。

「あんなの手にブラブラぶら下げてたら、遊びにくいじゃん」

「いいだろ、やろうよ」

珍しく自分の意見を押し通した圭太は、金魚すくいの屋台を目指して歩き出した。

もし、金魚がとれたら――、と圭太は考えた。金魚がとれたら、咲希に渡してやりたい。

でも、何と言って渡そうか。親しくもないのに、驚かせてしまうだろうか。でも、もし喜んでくれたなら、とても良いのに――。そんなことを思う圭太の頰《ほほ》を夏のにおいがする風がなでていった。

屋台や人々の放つ熱気に、圭太の胸の内からわいてくる熱気がまざる。熱気にみちた夏祭りの会場

の上では、涼しげなすみれ色の空が、たちのぼってくる熱気をとかしながら、静かにたたずんでいた。

＊＊＊

カラオケ大会が終わると、数人の役員によって簡易ステージが運動場の脇に寄せられた。それから、空けられたスペースで、市販の打ち上げ花火が何発か上げられた。小型でそんなに迫力はないけれど、周りを取り囲む人達が、ワッと歓声をあげ、拍手をする。大勢の人でそんなふうに眺めれば、小さな花火でも十分に楽しめた。

花火が終わると、夏祭りも終わりだ。保護者会会長と校長が終わりの挨拶をした後、三本締めが行われた。その後、運動場に詰めていた人達が校門へ向かって流れ始めた。徐々に運動場を満たしていた人と熱気が減っていき、先程まで風の通る隙間すらなかった運動場にようやく涼しい夜風が吹き抜けるようになった。

圭太の友人達は、夏祭りが終わるころに迎えにやってきた親と帰って行った。咲希も、いつの間にか帰ってしまっていた。金魚はとれたものの、咲希に話しかけるタイミングがつかめず、渡しそびれてしまった。

咲希や友人達が帰った後、圭太は、自分の母が他の保護者会の人達と屋台の後片付けをしているのを手伝っていた。父は今日も仕事で忙しく、夏祭りには来ていない。

「まだまだ片付けにかかりそうだから、近くに住んでるお友達がいたら、一緒に先に帰っていてもいいわよ。その子のお母さんにお願いして、一緒に帰らせてもらって」

圭太の母が言った。

友人達はとっくに帰っていたが、圭太は、

「そうさせてもらう」

と言った。暗い道を一人で歩くのには塾の行き帰りがあるので慣れていた。母は、塾からも友人達と集団で帰ってきていると思い込んでいる。圭太が、母の送り迎えを断る理由として、そう言ったからだ。圭太にとって、母や友人達と離れ、一人になれる時間は大切だった。

一人きりで、夏の夜道を歩いて行く。住宅街を横切り、帰りの道中にある公園を通り抜け、信号を渡って、また住宅街を抜けていく。住宅の密集する辺りでは、風が少ない。夏の日差しの熱を残した生温かい空気が、夜でも辺りに満ちている。それでも、空を見上げれば、星たちが涼しげに輝いていた。夜も真っ暗にはならない街中から見上げる空だけど、白鳥座やこと座といった、夏の星座がうっすらと見えていた。圭太は空を見ながらゆっくりと歩いた。手にぶらさげられた金魚の袋が、歩くたびにゆらゆら揺れていた。

星空の下を抜けて歩いて行くと、圭太はたまたま家に帰る途中の咲希を見かけた。二人は途中まで帰り道が一緒なのだった。咲希は、圭太が歩いていた道の先で立ち止まっている。下駄の鼻緒で足が擦れたのか、街灯の柱に手を当てて体を支えながら、下駄を脱いだ足をピョコンと上げて片足立ちになっていた。その時、祖母はそばにおらず、一人きりだった。

圭太は心臓が高鳴るのを感じた。つかの間圭太は何かをためらうような顔を見せたが、手にぶら下がっている金魚の袋の紐をギュッと握りしめると、腹をくったような表情をして、

「真島！」

と、呼びかけた。

咲希が片足を下ろして振り返る。

圭太は咲希に走り寄ると、息を弾ませながら、手にしていた金魚の袋を差し出した。

「これ、やるよ」

咲希は、戸惑った顔をした。それから、首を横に二、三度振ると、

「いらない」

と言った。

「どうして？」

圭太は、きっぱりと拒否されたことが自分でも驚くほどショックで、ついいら立った声が出た。

「だって、金魚を取り損ねて、残念そうな顔をしてたじゃないか」

咲希が目を丸くしたのが見えた。

「見てたの？」

圭太は、顔を赤らめて、咲希から目を逸らした。

「見てたんじゃない。たまたま目に入ったんだ」

咲希は、そんな圭太の様子をじっと見つめて、長い間黙っていた。どのくらいの間があっただろう。気まずく思っていた圭太の耳に、ふと、柔らかな声が聞こえた。

「ありがとう」

圭太が咲希の顔を見ると、彼女は微笑していた。教室では見たことがない表情だった。街灯の明

かりに照らされながら微笑する姿は、咲希自身がうっすらと光を放っているみたいに輝かしく見えた。そんな彼女は穏やかな声で、優しいね、と圭太に言った。

「でも、やっぱりその金魚はいらない。自分ですくったとしても、帰りに川に逃がしてあげようと思ってたの」

「なんで？　せっかくとったのに」

「小さい生き物は大抵長く生きられないでしょう？　死んじゃうのが怖いから」

急に顔を暗くして、咲希は言った。死ぬのが「悲しい」でも、「寂しい」でもなく、「怖い」と、そう言った。咲希のその言葉が圭太の耳に強い印象をもって残った。

じゃあ、さようなら。咲希はそう言って、圭太に背を向けた。その背中は寂しげに見えて、圭太は胸の奥をキュッとつかまれたみたいな痛みを感じた。

「ねえ！」

圭太は咲希を呼び止めた。

「真島にお願いがあるんだ。急に変なこと言うけどさ……」

もう一度振り返った咲希に、圭太は言った。

「今から一緒に川に行ってほしいんだ」

＊＊＊

土手を下りて、川原に出ると、辺りは真っ暗で、どこまでが川原でどこからが川なのか、はっきりと見分けられなかった。すべてが闇のようにも見えたけど、濃厚な水の匂いと水の音がしていて、そこに川があることは明らかだった。

咲希は足元の悪い川原を、下駄でよろよろと歩いていた。そして、怖い、と言った。転びそうだわ。それで、圭太は汗ばんだ手で、咲希の手を握った。暗闇が圭太に勇気をくれていた。咲希は、暗がりの中で急に手を握られ、少し驚いていたが、嫌がらずに手を握り返してきた。

川が近づいて来ると、黒々とした水面の所々に、橋の上の街灯の明かりが映っていて、光りながらゆらゆらと揺れているのが見えた。

水のそばまで来ると、圭太はしゃがみこんで金魚を川に放した。暗くて、泳いでいく金魚の姿は見えなかったけど、チャプンと水が跳ねる音がした。

「どうして金魚を川に逃がしたの？」

と咲希が聞いた。圭太は川を見つめてこう答えた。

「金魚に友達ができればいいなと思って。ここなら、たくさんの魚がいるから、一人ぼっちじゃなくなるだろう？　魚だって生きてれば、死ぬこととか、悲しいこともあるだろうけど、一人ぼっちじゃなかったら、乗り越えられると思うよ」

川辺にしゃがみこんでいる咲希が、隣にいる圭太に顔を向けた。圭太には、そんな咲希の様子が暗闇の中でうっすら見えた。咲希はじっと圭太を見つめて、話を聞いていた。

「真島はさ、どうしていつも一人ぼっちでいるの？　俺が話しかけてもいつもそっけなくてさ……。さっき、真島が笑ってくれた時にこう思ったんだ。あんなふうにいつも笑っていてくれたらいいのにって」

圭太を見つめる咲希が、

「どうして？」

と、言った。その声は、驚きを含んでいた。

「どうして伊藤くんは、私にそんな話をするの？　わざわざ、夜にこんな場所に来てまで」

私のこと、そんなふうに気にかける人、クラスに今までいなかったのに、と川の方に顔を向け、独り言みたいに小声でポツリと言う。

「それは……」

圭太は、言葉に詰まった。自分の内側にある、まだ名前をつけられていない咲希に対する気持ちを見つめた。

二人の間に沈黙が落ちた。辺りは静かだった。川原に生える草の中に住む虫たちが、リーリーとか、ギリギリとか鳴いているのが聞こえた。圭太は、自分の心臓の鼓動が聞こえそうな気がしていた。

やがて、咲希は立ちあがると、

「今日はありがとう」

と言った。

「伊藤くんが私のこと心配してくれて、嬉しかった」

そう言い残して、土手の方にくるりと向き直る。

「私、そろそろ帰らなきゃ。おばあちゃんが心配するわ。屋台の片付けの手伝いも終わって、そろそろ家に戻ってくる頃のはずだから」

咲希が浴衣の裾の衣擦れの音をさせながら、土手の方に歩き出す。その姿ははっきりと見えないけれど、今日ずっと斜め後ろから咲希を見つめていた圭太には、彼女の去っていく後ろ姿がありありと目に浮かんだ。咲希は今日、長い黒髪を編み上げて、赤い花の飾りがついた髪留めでとめていた。その花は、咲希が歩くと少し揺れた。白くて細いうなじには、後れ毛がかかっていた。金魚をすくおうとうつむいた時、襟からうなじがのぞいていたのが目に焼き付いていた。

湿った草を踏む下駄の音が、一歩、また一歩と、離れていく。

圭太は立ちあがった。そして、咲希を呼び止めようとした。

しかし、声が出なかった。咲希を呼び止める口実が何一つ思い浮かばなかった。どうして自分が呼び止めようとしているのか、呼び止めてどうしたいのか。それすらも、自分で理解していなかった。

咲希は、土手を上り帰っていった。おそらく、後れ毛のあるまとめ髪の上で、赤い花を揺らして。

圭太は、川原に取り残されたまま、しばらく一人きりで立ち尽くしていた。

＊＊＊

ここにいると、十数年昔、中学で教師をしていたことを思い出す。澤田瑞希《さわだみずき》先生は、室内をグルリと見回しながらそう思った。黒板に赤と白のチョークで書かれた今日の課題、粉にまみれた黒板消し、木製の教壇に、教室にチャイムを響かせるスピーカー、並んだ窓、並んだ生徒達。雑居ビルの一、二階にあるここは、昔、学習塾だった。今は、表に「アトリエさわだ」という看板を出している。塾だった頃の受付や職員室、教室をほぼそのまま使っているので、室内の景色は個人経営の美術教室というより、勉強する場所を思わせるものになっている。

　窓の外には夏の太陽がゆっくりと傾いていくのが見えている。暑さのせいだろうか。夏は太陽が大きく感じる。教室の古びた冷房は時々ウーンと唸りながら、老体に鞭《むち》打って働いてくれているが、外の熱気は窓ガラスを通り越して教室内を容赦なく温めようとしてくる。澤田先生は、首筋の汗を拭った。今日は特に蒸し暑い。

　机と椅子を教室の奥に押しやって、教室の真ん中にイーゼルを立て、絵を描いている子ども達は、みんな夏らしい涼しそうな服を着ている。夏休みが始まったところらしく、みんなどこかウキウキとしていた。そんな子ども達を見ていると、大学を出てすぐに私立中学校で美術教師をしていた時、自分を慕ってくれた生徒達のことを思い出した。みんな、素朴でかわいらしい良い生徒達だった。ただ、澤田先生には生徒達に情熱を注ぎすぎる傾向があった。クラスに馴染めない子、家庭に問題がある子、未来が見えない子、澤田先生はそういった子達を見つけてしまうアンテナのようなものを持っていた。そして、一度見つけてしまうと、澤田先生はそういう子ども達を放っておけないのだった。他の教師達から、常々「教師と生徒の枠を超えて、何かをしようと思ってはいけません」と言われていた。しかし、型破りな方法でなければ、手を出せないところに問題が潜んでいることだって、時にはあった。澤田先生は頑固だと周りに言われていた。結局、学校に馴染めないまま、仕事を辞めてしまった。辞める直前に教えていた生徒達のことを今でも思い出す。彼らの中には、悩みを抱えて澤田先生に相談してくれていた生徒もいた。そういった子達には、申し訳ないことをしたと思う。ただ、その中の一人は、今も澤田先生を慕って、このアトリエさわだに遊びに来てくれていた。その人は佐々木という名で、今は二十代半ばの大人になっていた。

今日も、佐々木は、

「暑いから、生徒達とみんなでどうぞ」

と言って、冷えた缶ジュースがたくさん入ったビニール袋を両手に提げてアトリエさわだにやってきた。彼は、アトリエさわだの生徒ではないが、ここの生徒の絵を見るのは好きで、今日も休憩時間に生徒達に声をかけながら絵を見て回っていた。佐々木は特に小学生くらいの子どもの絵が好きだ。アトリエさわだには小学生から大人まで通っているが、小学生コース、中学・高校生コース、大学生・社会人コースの三つに分かれている。今日は小学生コースの教室がある日だった。

澤田先生は、子ども達の間を縫いながら、絵を見て回った。子ども達は、使い慣れない油絵具を使って、木炭で下描きしたキャンバスに色を塗っている。教室では、絵画から立体アートまで幅広く教えており、その内容は月毎で変わる。今月は油絵に取り組んでいた。

澤田先生は、一人の男子生徒の後ろに立った。この子は、名を伊藤圭太という。アトリエさわだの小学生コースの、一番のしっかり者だ。今現在十人ほどが通っているこのコースで、みんなのまとめ役になってくれていた。小学校でも、学級委員を務めているらしい。賢くて、明るくて、いつも教室をにぎやかで楽しいムードにしてくれる。要領もいいので、絵もまあまあうまい。

しかし、澤田先生は、この子が本当は絵なんかに興味がないことを知っていた。圭太の絵には、熱意がない。

圭太が、この教室の中で本当に興味をもっているものは他にある。それは圭太の視線と、もどかしげな表情を見れば一目瞭然だった。彼は、いつも、自分のキャンバスを眺めているふりをして、ちらちらと同じ教室で絵を描く真島咲希を盗み見していた。どうやら真島咲希は彼にとって特別な女の子であるようだった。しかし、咲希の方は圭太に対して関心がなさそうに見えたので、圭太の片思いであるようだった。いつから圭太は咲希に片思いをしていたのだろう。気になって、圭太にいろいろと質問してみたところ、圭太は今年の四月に初めて咲希の存在を知ったということが分かった。クラス替えで同じクラスになったらしい。そして、圭太が咲希を追いかけてアトリエさわだに通いだしたのは、五月のことだった。澤田先生はそれを圭太から聞いた時、ほほう、と思った。彼は優等生タイプだから、そういう類いのことには奥手そうに見えたが、案外行動が早いタイプみたいだ。

一方、圭太から熱い視線を受けている咲希は、彼とは真逆で、いつも周りが見えなくなるほど絵に集中していた。彼女には絵の才能があった。彼女の頭の中には底知れない広がりがあり、そこに見えているものを一枚のキャンバスの上に表現できる力があった。他の子ども達とは比べようもなかった。

咲希は美人だが無口な子だった。各コースの生徒の数は十人前後なので、同じコースの人達は自然と親しくなるし、教室内は大抵和気あいあいとしたムードが流れている。しかし、咲希は他の生徒達とほとんど会話を交わさない。咲希がこの教室に通い始めたのは、小学校二年生の時だったが、その時、澤田先生は彼女を少し暗い子だと思った。しかし、咲希は、一度筆を握れば雰囲気が変わった。彼女の白くて華奢《きゃしゃ》な腕は、意外にも大胆に力強く絵を描きあげた。その様子には、気迫があった。咲希の胸の内に秘める何かを、キャンバスにぶつけようとしているみたいに見えた。咲希が描きあげる絵はどれも素晴らしかった。しかし、彼女は描いていて少しも楽しげな顔をしたことがなかった。彼女はいつも何かにかきたてられるような様子で絵を描いていた。

澤田先生は、彼女の横顔を見つめながら考えていた。一体、彼女の中の何が、そんなふうにキャンバスに向かわせているのだろう。

＊＊＊

咲希ちゃんは、最近、夕焼けの絵を描いている。相変わらず、あの子の絵は面白い。怖いような迫力のある絵を描く。

佐々木は、アトリエさわだから歩いて自宅のアパートへと帰る道々、そんなことを考えていた。佐々木は、子どもの絵が好きだった。子どもは、純粋に物と向き合った結果、生み出された絵を描くことができるから。

子どものいい所は無知な所だ。たくさんのことを知れば知るほど、人は物を眺めた時に、今までの経験や知識に当てはめて物を見てしまう。子どもはそうではない。目にする物を、これは何だろうと思って純粋に眺めることができる。

例えば、目の前にマグカップに入ったホットミルクがあったとする。大人なら、それを見て即座に「ホットミルクだ」と認識し、それ以上のことは考えようとしないだろう。ところが、初めてそれを与えられた子どもなら、まるで反応が違う。まずはじっとそれを眺めるだろう。それから、手に取ってマグカップの温かさを感じてみる。鼻に近づけてにおいを嗅ぐ。立ち上る湯気に手をかざしてみたりもするかもしれない。そうはせずに、じっと湯気が立ち上る様を眺めてみるかもしれない。それから、ようやくマグカップに口をつける。口の中に流れ込むホットミルクの温かさや、コクのある味わいを舌で感じ、それから飲み込む時の、ゴクゴクという自分の喉の音を聞く。ただのホットミルクに、子どもはこれだけのことを感じ取れる。大人のように、物事を即座に言葉に訳すクセがついていないから。純粋に物事と対峙《たいじ》できるから。佐々木も昔はそうだった。昔、子どもだった時には、一日はとても長くて、日常にはたくさんの不思議や、奇妙さや、感動や喜びに満ちていた。佐々木は、子ども達の絵を通して、その頃の感覚を思い出させてもらっていた。

咲希の夕焼けの絵も、「夕焼け」という言葉の枠組みにとらわれない、とてもいい絵だった。その夕焼けは、咲希の五感を通して感じ取り、心の奥に一度沈みこませてから取り出した夕焼けだった。佐々木は、その絵に深く感動したものだった。

佐々木は絵を眺めた時の感慨を思い返しながら、街路樹の影で立ち止まって、額の汗を手で拭った。時刻は午後五時半。太陽は次第に西の空に傾き始めてはいるが、依然として外は明るく、数歩街を歩けば汗が吹き出した。

衣服が汗で体にはりついてくるのを感じながら、佐々木は住んでいるアパートまでの道を歩いた。二車線道路の脇の、街路樹の並ぶ歩道を歩いていると、途中、キャミソール姿の若い女性がすれ違っていった。歩く動作に合わせて、長い髪やしなやかな腕が揺れ、そこにキラキラと木漏れ日が落ちていた。佐々木は、思わずその光景を綺麗だと思った。そして、ズボンのポケットから携帯電話を取り出してカメラ機能をオンにすると、すれ違っていった彼女に向けた。

そこで、佐々木はハッとして携帯をしまった。いけない、また悪いクセが出ている。

佐々木は、中高生の頃、美術部に所属していて、その頃からずっと絵が好きだった。見るのも、描くのも、どちらも大好きだった。だから、普段から「いいな」と思うような光景に出会うと、後で絵に描けるように写真を撮っておくクセがあった。そのクセのせいで、今までたびたび盗撮疑惑を持たれたことがある。今日もまた、あのキャミソールの女性に勘違いされるところだった。

これまで佐々木は、警察からあらぬ容疑をかけられたことが何度かあった。例えば、散歩の途中で見つけた、洒落《しゃれ》た洋風の螺旋階段がついた古いアパートが気に入って、写真に撮ろうといいアングルを探していたら、ちょうどその時アパートのベランダで洗濯物を干していた女性から気味悪く思われ、通報されてしまったことがあった。運の悪いことに、そのアパートでは最近下着を盗まれる事件があったばかりで、佐々木は警察から下着泥棒の疑いを持たれてしまった。冷や汗をかきかき弁明し、なんとか信じてもらった。しかし、その半年後には、また違う場所で不審者扱いされて、通報されてしまった。それもまた、散歩の途中の出来事だった。佐々木は歩いていてふと背の高いアパートを見つけ、なんだか急に街を俯瞰《ふかん》した景色を描きたくなって、アパートの屋上に勝手に上がりこんだ。階数が多い分、部屋も住人の数も多いから、佐々木がよそ者かどうかは住んでいる人にも分からないだろうと思ったら、そんなことはなかったようだ。見慣れない人が屋上をうろつきながら写真を撮っている、なんだかよく分からないが怪しくて怖いと、警察に通報があったそうだ。

こんなにもよく人から怪しまれるのは、単に佐々木の行動が紛らわしいからだけではなかった。佐々木には、外観に大きな特徴があった。彼はいつも、いつ洗濯したのか分からないようなシミだらけの服を着て、あか染みたモジャモジャの髪とヒゲを生やしていた。なぜそんな姿なのかと言えば、洗濯や入浴、整容にかける時間がもったいなかったからだ。そんな時間があれば絵を描いていたかった。二十代半ばの彼は、平日は会社に勤めている（そんな外観でよくクビにならないものだと人からたびたび言われるが、それは余計なお世話だ）。だから、絵を描ける時間は限られているわけで、それを無駄にしたくないのだった。

しかし、そのせいで佐々木は街を歩けばたびたびすれ違う女性からドブネズミでも眺めるような嫌そうな目で見られたし、河川敷を散歩すれば橋の下に住んでいるホームレスに新入りだと思われた。住んでいるアパートの住人からも嫌悪感を持たれているようで、外階段などで住人とすれ違うと、明らかに鼻にシワを寄せて足早に通り過ぎて行こうとする。会社の同僚達もそうだった。数少ない友人――絵描き仲間や、中学の頃の同級生だ――は、そんなふうにあからさまに佐々木に嫌な顔はしない。だが彼らは、そんな外観になるまで時間を削って絵を描いているのに成功する気配のない佐々木を、どこかで馬鹿にしていた。

けれど、みんながみんな、佐々木に対して冷ややかなわけではない。澤田先生は佐々木に優しかった。中学の頃、佐々木に初めて絵の面白さを教えてくれたのは澤田先生だった。すぐに絵のとりこになった佐々木に、澤田先生はこんなことを言った。

「佐々木くんは、好きなものに、本当に真っすぐになれるのね。いいことだわ。でも、時々心配になるわ。あなたは生き方が不器用そうだから」

澤田先生は、心配そうな眼差しを佐々木に向けていた。

今も、澤田先生は変わらない。絵に熱中するあまり風変わりな生き方をしている佐々木を、心配そうに見守ってくれている。佐々木は、絵に行き詰まったり、嫌な出来事――落とし物を拾ってあげた女性に、露骨に不快な顔をされたとか――に出会ったりすると、澤田先生の家やアトリエさだによく出かけた。そこは、佐々木の癒しの場だった。

しかし、最近はアトリエさわだの生徒の保護者から、

「汚らしい不審な男が、勝手に小学生コースの教室に出入りしているのを見かけた。あの男は何ですか？　出入りさせないで下さい」

という声があがっているそうで、それを佐々木はアトリエさわだの事務の女性から今日聞かされた。事務の女性の口調は丁寧だったが、表情は迷惑そうだった。もうこれからは頻繁に訪ねていくのはよそう。明るい夏の日差しの下で、しょげた顔をしながら佐々木はうなだれて歩いた。つくづく、うまくいかないことが多い。才能もないのに、絵ばかりに夢中になるのは、そろそろよした方がいいのだろうか。でも、きっとそんなふうに思いながら、ズルズルこんな自分のままで生きていくんだろうな。

佐々木はそう考えながら、ぼんやりと街を抜けて歩いていった。夕方はまだやって来ない。まだ一日は終わらない。アパートに帰ったら、描きかけの絵の続きを描こう。ほら、やっぱり絵のことを考えている。佐々木はそう思って、自分に吹き出しかけた。

考え事ばかりしていた佐々木は、その時、一人の少年とすれ違い様に肩をぶつけた。すると、少年はまるで自転車にでもはね飛ばされたみたいに派手に地面に倒れこみ、

「いってーな！　どこ見てんだよ、オッサン」

と吠えるように言った。突然のことに佐々木は驚いた。

少年は肩を押さえてアイタタタと演技がかった声を出すと、

「肩やっちまったよ。病院代払えよな」

と言った。

佐々木は面食らった。少年はこの近くにある高校の制服を着崩し、金髪に髪を染めていた。噛みつきそうな目付きで佐々木にガンを飛ばしている。絵に描いたような不良だ。佐々木は学生時代、こういうタイプの生徒から身に覚えのないことで因縁をつけられて殴られたり、カツアゲをされたり、ろくなことがなかった。大人になった今でも、それらの記憶は鮮明で、不良少年たちが苦手だった。佐々木は蛇ににらまれた蛙の如く、少年の前で縮み上がっていた。二人の脇を通り越していく歩行者達は、巻き込まれないように見て見ぬふりをしている。佐々木を助けようとする者はいない。

しかし、ここで少年に大人しく金を払ってしまうほど、佐々木も馬鹿ではない。こんな外見をしているせいか、今でも不良やチンピラに絡《から》まれることがたびたびあった佐々木は、こんな事態にも慣れていた。

佐々木は突然、周囲の歩行者達が全員振り返るほどの大きな声で、ワーッと叫ぶと、少年が一瞬ひるんだ隙に、脱兎の如く駆け出した。少年は追いかけようとしたが、佐々木の逃げ足の速さを見て、早々にあきらめてしまった。

佐々木は街を疾風のように駆け抜け、アパートにたどり着くと、あの少年が追いかけてきていないことを確認して安堵《あんど》のため息をついた。やれやれ、逃げ足だけは人より勝っていて良かった。絡まれ慣れもしておくものだ。いや、そもそも絡まれなければ逃げる必要もないか。そう考えて、おかしくなって一人で少し笑ったのだった。

＊＊＊

だりーな。なんなんだ、あのオッサン。晃《あきら》は、苦々しい顔つきで舌打ちをしながら街を歩いていた。

あの小汚い格好、きっとホームレスだ。だから、最初から金を巻き上げられるとは思っていなかった。ぶつかって怪我させといて、金も払わないのかと言いがかりをつけて、困らせてやりたかっただけだった。散々困らせてから人目につかない所に連れて行って、オドオドビクビクしているオッサンを、二、三発殴ってやったら、気分も爽快になっただろう。それなのに、あてが外れてガッカリだ。しかも、逃げるなんて、ナメた真似しやがって。釣り上げかけた魚を逃がしたばかりか、尾ひれで水を引っかけられた気分だった。ああ、マジでムシャクシャする。

晃は、西の空に傾きながらも、まだしぶとくギラギラと地上を温めている太陽を見上げた。ただでさえ、この暑さにいら立っていたところだ。汗もダラダラ流れてうっとうしい。喉もカラカラだ。酒でも飲みてー。

そうだな、こんな時は、橋本んちでも行くか。晃は友人の一人を思い出した。橋本んちの親は、家で子どもが酒を飲んでもうるさいことを言わない。橋本んちは、両親とも中学の頃から酒を飲んでいたからだ。タバコだって吸っていたし、学校だって真面目に行かなかった。今は夫婦で小さな居酒屋を経営している。学生時代、真面目じゃなかったけど、自分達の店をもってそれなりに生活してこられた。だから、子ども達にも固いことは言わない。ただ、外で飲酒されて警察や学校に見つかると面倒なので、飲むなら家で飲めと、夫婦は子どもらに言っていた。橋本の周囲の酒を飲みたい不良達にとってそれは都合の良いことだった。橋本の家には、毎日、自ずと不良達がたむろするようになった。

晃が連絡もしないまま、橋本の家に訪ねて行くと、そこにはすでに数人の友人の姿があった。橋本の部屋の戸口に立つ晃に、友人達がビールの缶を持ち上げて「よう」と挨拶をした。

「終業式が終わったばっかりのビールは美味いねー」

「明日から、しばらくクソつまらねー授業を聞かされなくてすむな」

「今日までだって、ろくに授業に出てないくせに」

友人達は口々にそんなことを言って笑った。

晃も、缶ビールを一缶もらってプルタブに指をかけた。プシュッと音がして、ほろ苦そうな香りがする。汗をかいた喉がゴクリと鳴った。

晃は、中学にあがってすぐに不良グループの少年達とつるむようになり、その頃から酒を飲んでいた。飲み始めてすぐに、酒が美味いと思うようになった。友人達が、美味いかどうかも分からないのに背伸びしたくて酒を飲んでいたのに対して、晃は心底酒の虜《とりこ》になっていた。酒は、ビールだろうが、焼酎だろうが、日本酒だろうが、なんでも好きだった。酔えば酔うほど、余計に欲した。

晃はあっという間に一缶飲み干してしまった。喉越しは冷たくて気持ちがいいのに、体は熱くなる。カッターシャツを脱いで半裸になると、台所に降りて冷蔵庫から勝手に缶ビールを取り出した。

橋本の部屋に戻ると、友人達は近々海に行こうなどと、休みの間の予定を話し合っていた。

「行くなら、遠くに泊まりがけで行きたいよな」

「でもなあ、俺ら金がそんなにないからなー」

そう言ってから、友人は晃をチラリと見た。

「貸しといてやろうか」

晃は、視線の意味を読みとって、そう答えた。友人達は喜んだ。そう言ってくれると思っていた、と言って、嬉々とした顔でどこに行こうか話し合い始めた。

晃はそれを白い目をして見つめていた。ふん、くだらない。こいつらは俺と仲の良いふりをして、いつも俺の金を当てにしている。

晃の父は土地成金だった。地方の山の中に、祖父から継いだ土地があったが、元はただ同然のような土地だった。ところが、その山を削って高速道路を通すという計画が数年前――晃が小学校高学年の頃だ――にたてられ、晃の父は土地を売って大金を手にした。その後、父はその金を元に株を買って資産運用を始めると、それがまた成功した。

晃の両親は、小さな会社に勤める一般的な家庭から一転、富裕層に成り上がると、すっかり人格が変わってしまった。生活に余裕はないが、手を取り合って仲睦まじく生活していた夫婦は、自分の欲を満たそうと競うように金を使うようになり、金の使い道でいがみ合うことが増えた。母は、ブランド品の服や鞄を買い漁り、美容院やエステに通い、いかに自分が金持ちで満たされた生活をしているか知人達にアピールすることを幸せとするようになった。父は、毎夜クラブやキャバクラで散財し、ホステス達にちやほやされて虚栄心を満たしてもらうことを喜びとした。

その頃から、晃は両親を家であまり見かけなくなった。父は、晃が眠った後に家に帰り、朝晃が起きると酔って眠りこけていた。母は、ランチだ、ディナーだ、小旅行だと、晃を家に置き去りにして出かけることが増えた。

しかし、晃は別に寂しいとは思っていなかった。晃は両親を軽蔑《けいべつ》していた。アイツらは、いかに自分が金持ちか見せびらかすために金を使う。その様は下品で見るに耐えない。特別扱いされるのが好きでどの店に行っても態度が横柄で、知人達を貧乏人だと見下していて、そのくせ自慢する相手がいなくなると困るから、知人達と関係は断たない。いやらしい人間だ。視界に入るだけでイライラする。

さらに腹が立つことは、両親が晃に多額の小遣いを渡してくることだった。彼らは家にいないことの埋め合わせをするかのように、晃に頻々と金をくれた。夕方出かけるから、これで何か買って食べておいてね。いつも忙しくてすまん。これで何か好きな物を買いなさい。金さえ渡していれば、親としての義務を果たしていると思っているみたいだった。冗談じゃない。おまえらは、親なんかじゃない。欲と虚栄心が人の皮を被った化け物だ。

でも、ここにいるコイツらだって、両親と大差はない。晃は、旅行の計画をたてる友人達を鼻白んだ顔で見回した。俺の金を目当てにして擦り寄ってくるコイツらも、欲の化け物だ。俺のことを、裏ではいつも不機嫌でキレやすくて嫌いだと言っているくせに、俺の前ではいい顔ばかりする。

晃の冷ややかな視線に気づかない様子で、友人達は話を続ける。

「どこがいいかな」

「せっかくだからさ、出会いがあればいいけどな」

晃は、フンと鼻をならした。ヘドが出るほど、くだらない。コイツらは何かあれば、女、女、と言い始める。一体女の何がいいと言うのだろう。晃のクラスメイトには、同級生達の人気を集める女子がいる。確かに見た目は美人でスタイルもいい。しかし、一皮剥けば、人間なんてみんな一緒だ。その綺麗な顔を形作る表皮をナイフで削ぎ落としてみれば、母親と同じように、汚い欲がドロドロと流れ出てくるに違いない。

晃は飲み干したビールの缶を手で握りつぶした。いつも美味いと思うビールが、今日は苦虫を噛み潰したような顔をしているせいか、苦すぎるように感じた。

「そういやさ」

と友人の一人が晃に言った。

「この前の女の子とどうなった?」

「この前の子?」

「ほら、他校の学園祭で仲良くなった子と、ここで一緒に飲んだだろ?」

ああ、と晃はつぶやいた。確かに晃と橋本ともう一人の友人とで、女の子三人をこの部屋に招いて酒を飲んだ。彼女らは髪を明るく染め、制服のスカートを短くしており、見るからに真面目な生徒達ではなかった。酒もタバコものみなれているらしく、宅飲みしようと誘うと、喜んでついてきた。

彼女らのうちの一人は、名を藍里《あいり》といった。藍里は十六歳だったが、とても未成年と思えないような大人びた少女だった。綺麗な顔立ちの中で一際印象に強く残るのが目だった。大きくて、目力のある目をしていた。足も長くて美しく、まるでモデルのようだった。藍里は歳にそぐわないような高い鞄や靴を身につけており、「随分いいものを持ってるね」と橋本が言うと、藍里は「年上の優しい友人がたくさんいるの」と言った。おそらく、体の関係のある友人なのだろうと晃は思った。

飲みながら六人で会話をしているうちに、彼女らは晃が金持ちの息子であることに気がついた。

すると、あからさまに晃に媚《こ》びを売り始めた。どこかに遊びに連れて行ってと、猫なで声で擦り寄ってくる。ほら、来た、晃は思った。

晃は彼女らを一つも好きになれないと思った。彼女らはやはり、姿形が違うだけで、母親と同じだ。マトリョーシカのように、外側を外せば、中から母親が出てくるような気がしていた。しかし、藍里が晃に腕を絡めて体を密着させてくると、晃はそれを拒絶せずにいた。酔いが回った藍里は、晃の腕に胸が当たろうがおかまいなしだった。とろんととろけそうな瞳をして、晃を上目遣いに見つめてくる。晃は、そんな彼女にイライラしていた。軽蔑するような気持ちも感じていた。しかし、同時に欲情するような気持ちも感じていた。

晃は、頃合いを見て藍里を外に連れ出し、二人きりになった。

近所の人通りのない細道を二人で歩いていると、藍里が、

「ねえ、連れ出しといて、どこに行くの？」

と尋ねた。

率直に晃は、

「ホテルだよ」

と答えると、藍里は足を止めて顔をしかめた。

「やだ、私、そんなツモリじゃなかったのに」

晃はまたいら立ちを感じた。何がそんなツモリじゃなかったのに、だ。散々自分から体を擦り寄せてきておいて。俺の前にエサを吊り下げといて、食らいつこうとすれば逃げて、そうやって自分のいいように操るツモリだったのだろう。頭の悪いオジサン達なら、それでうまく騙《だま》して金づるに

できても、俺はそうはいかない。こんな女にバカにされてたまるもんか。

晃は、いら立ちに任せて藍里の腕をつかむと、強引に抱き寄せようとした。藍里は「やめてよ！」と叫んで、晃の手を振り払うと、彼の頬を平手で打った。

晃は自分の中でブチリと何かがキレる音を聞いた。怒らせたな。晃は胸の中でつぶやいた。俺を怒らせたな、怒らせたお前が悪いんだ。

晃は藍里の顔を拳で殴りつけた。藍里はふらついて地面の上に崩れ落ちた。藍里は顔に手をやった。手に濡れた感触を感じ、見てみると血がついていた。口の中が焼けたように痛む上、生臭い。どうやら口の中を切ったようだった。藍里は晃がここまでキレやすい人間だと知らなかったのだろう。突然のことに、路上に座り込んだまま、ガクガクと震え始めた。

「俺に舐めた真似を二度とするな」

晃は彼女を冷ややかに見下ろしていた。顔に痛々しい傷をつくり、恐怖に震える彼女が、少しも可哀想だと思えなかった。同情も感じない。何の感情も湧かない。晃は、自分を人間ではないように感じた。

そうか。俺は人間ではなかったのか。なら、何だろう。腐った親から生まれ落ちた、悪臭漂うゴミクズだろうか。それなら、それに似合った行動をしよう。

晃は藍里に馬乗りになると、首を両手でギュッと絞めた。藍里は苦しさに顔をゆがめた。顔が赤くなり、血管が浮き上がった。晃が手を離すと、藍里はボロボロと泣いた。あとは晃が何をしても藍里は抵抗しなかった。晃は、自分の内の欲情を思うさま解放した。

「ああ、あの女ね」

と、晃は言った。

「思い出したか？　他の女の子らは晃が藍里ちゃんとここを出てからすぐに帰っちゃって、結局それっきり」

「お前だけ、いい思いをしたんだろ」

晃は、友人をバカにするような目をして眺めた。コイツらに、あの日あったことを話したらどんな反応をするだろう。コイツらは不良のなりをしていても、度胸がないから大して悪いことはしたことがない。せいぜい万引きくらいだ。だからきっと、あの日起こったことを話せば、「ヤバいよ、それって強姦じゃん」などと言って青ざめるに違いない。

やっぱりコイツらはくだらない。

晃は、そう思いながら苦い味のビールを飲み干した。

＊＊＊

今日は、アトリエさわだの小学生コースの教室がある日だ。

澤田先生は、教室で一枚の絵を眺めていた。

その絵を描いたのは咲希だ。そして、それは夕焼けの絵だった。澤田先生は、出来上がったその絵を見た時、思わず息を飲んだ。咲希は技術的には未熟だけれど、それだからこそ大人には真似できないような大胆な表現の仕方で、怖いほど迫力のある夕日を描いていた。

絵の空は真っ赤に染まっていた。キャンバスが、四角く切り取られた窓のようだった。教室の真ん中にぽっかりと窓が開き、地獄への扉が開いたような、おどろおどろしい空がのぞいていた。空に立ち込めた血に染まったような雲は、たなびきながら見る者の方へ迫ってくる。雲の切れ目からのぞく夕日は、空の向こうから訪れた、この世の終わりの化身のように、赤く燃えたぎる巨大な姿を見せている。空の下にある影絵のような小さな街は、夕焼け空に飲み込まれてしまいそうだ。澤田先生は、もし自分があの街にいたら、空を見上げながら恐怖で震え上がっていただろうと思った。

「どうして、夕焼けの絵を描いたの？」

澤田先生は腰を屈めて、イーゼルの前に置かれた椅子に腰掛けていた咲希の横顔に聞いてみた。

「怖いから」

と、咲希は言った。

「夕方が来ると、どうしてか分からないけど、怖くてたまらないの」

そして、咲希は「あれが……」と言って絵を指さした。

「私を追いかけてくるの」

咲希が指さしているのは、絵の中の夕日だった。

「怖くて、怖くて……　私、いつも学校から走って帰るの」

澤田先生は夕日を見つめた。それは、絵のはずなのに、赤々と燃えながら揺らいで見えた。まるで、こちらをじっと見つめている生き物のようだった。澤田先生は夕日を恐れながら走って帰る学校帰りの咲希を思い浮かべた。彼女は、あの影絵のような黒くて小さな街にいて、夕日を背にして走っている。息を切らせ、心臓がちぎれそうになっても、足を止めない。喉からはヒューヒューとかすれた呼吸音がする。気管の方から血のような鉄臭いものが口の中に上がってくる。それでも、咲希はまだ走っている。怖くて、怖くて、怖くて、ひたすら夕日から逃げている。

「どうして、夕日が追いかけてくると思うの？」

澤田先生は尋ねたが、咲希はうつむいて沈黙してしまった。

咲希のうつむいた横顔を、教室の窓の外から差し込んできた西日が赤く染めていた。時刻はもう、授業を終わりにする時間になっていた。澤田先生は、窓辺に行って、外を眺めた。今日は、夕日がやけに赤く空を燃やしている。

カーテンを閉めながら、澤田先生は生徒達に片付けをするように言った。そして、それから、

「咲希さんは、片付けがすんだら、少し教室に残っていてもらえるかしら」

と言ったのだった。

生徒達がガヤガヤしゃべりながら片付けに取りかかる中、咲希はどうして自分だけ残されるのか分からず、不安そうな顔をして先生を見つめていた。そして、もう一人、伊藤圭太も咲希と澤田先生を交互に見つめながら、不安気な顔をしていた。先生は、咲希と圭太ににっこりと笑いかけた。不安にならなくていいと、表情で伝えるために。

澤田先生は、教室に残った咲希に話しかけた。

「いつから、夕日が怖いの？」

咲希は、こう答えた。

「独りぼっちになってから」

消え入りそうな小さな声だった。

「六歳の頃、ある日突然、お父さんが家に帰ってこなくなったんです。そしたら、お母さんも急に

仕事が忙しくなって、家にあまり居ないようになって……」

咲希は、母子家庭だと入会の時に聞いていた。

「私、小学校三年生まで、学童保育に通っていました。学童保育が終わって、家に帰る頃にはいつも夕日が沈み始めていて……」

咲希は、毎日それを眺めながら一人で家に帰っていたと言う。そして、家に帰ってみたら、母親が残業をしていて、まだ帰っていないことがしばしばあった。咲希は紐にぶら下げた鍵を首につけていたので、それで家に入って母を待った。独りきりで家の中で過ごしていると、時間をとても長く感じたと言う。

そのうちに、咲希は日が暮れ始める頃になると、気持ちが落ちつかないようになった。なぜか分からないけれど、何かに追い立てられるようにして学童保育から家に帰るようになった。西日が傾き、空が暗くなるほどに、咲希は恐ろしくなった。早く、早く、早く、と自分の中の何かがあせらせてくる。息をきらして家に帰りつき、ドアノブに手を伸ばす。鍵が開いていると、咲希は深く安堵した。ドアを開けると、大抵母は台所にいて、仕事先から着て帰ってきた服のままで忙しそうに食事を作っていた。

反対に、鍵がかかっていた時、咲希は心臓が凍りつくように感じた。鍵を開けてドアを開くと、家の中は真っ暗で、時計の針の音がはっきり聞こえるくらい静かだった。咲希は、そんな家の中で、独りで過ごしていると、母はもう永遠に帰って来ないような気分になった。ずっとずっとこのまま、永遠に独りきりのような気がしていた。窓の外が暗くなるほど、そんな思いは強くなった。咲希のアパートを夜が包み込むと、咲希はその暗がりの中からずっと抜け出せないような気がしていた。

そんな話を咲希から聞いていると、澤田先生にも咲希の中の不安や寂しさがザワザワと波のように伝わってくるように感じた。

「今日は？　お母さんは帰ったら家にいるの？」

咲希は首を横に振った。

「今日は夜勤だから……」

こんな話をきいた後、この子を一人きりの家に帰せない。澤田先生はそう思った。できれば母親の了承を得て、今晩咲希をうちへ泊まらせられないだろうか。咲希の祖父母を頼る手もあるが、母方の祖父母は、遠方に住んでいると咲希の母から聞いていた。そして、まだ別れてはいないが、現在行方が知れないらしい父親の方の親類はというと、祖父はすでに他界していた。祖母は車で四十分ほど離れた田舎町で元気に暮らしているそうだが、あまり頼れないと咲希の母の恭子が言っていた。

「参観日だとか、運動会だとか、行事がある時に私が仕事だったら、代わりに行ってもらったりすることもありますし、たまにうちに泊まっていきますが、頻回には頼れないんです」

そう言った時の恭子の口調には、何か義母に対する嫌悪感のようなものを感じた。

こうなったら、私が今晩この子を預かるしかない。澤田先生はそう思うと、授業の後片付けや、日誌をつけたり、次の授業の準備をしたりといった仕事も放り出し、咲希の母親の勤務先に電話をかけていた。何かしてあげたくて、居てもたってもいられなかった。こんなふうだから学校で教師を続けられなくなったのだと、自分でも分かっていたけれど。

「咲希は、しっかりしていますので、一人でも大丈夫です。泊めていただいたりすると、かえって困ります……」

恭子は電話の向こうでそう言った。電話の声を聞くだけでも、恭子が眉間にシワを寄せて苦い顔をしているのが分かった。

しかし、澤田先生は譲らなかった。

「遠慮なさらないでください。母子家庭ですと、いろいろ苦労されることも多いでしょう。これからは、授業以外のことでもいろいろ私を頼ってもらってかまいません」

澤田先生はそう言って電話を切った。そして、咲希を車にのせると、自宅へ向けて走りだした。

＊＊＊

何て勝手なのだろう。恭子は、ツーツーと通話が途切れた音がする受話器を握りしめたまま、白衣姿で詰所の固定電話が置かれた机の前に立っていた。ただの習い事教室の先生が、あんな強引なやり方で生徒を自宅に泊まらせるなんて。しかも連絡先も、自分の住所も告げないまま電話を切ってしまった。未成年誘拐だと警察に訴えてもいいぐらいだ。しかも、母子家庭だとか何とか、人の家庭のことに口を挟んできて、非常識極まりない。

恭子はいら立ちながら、受話器を置いた。

明日、向こうが咲希を送ってくる前に、こちらから出向いて文句を言いたいところだったが、連絡先も住所も分からないのではどうしようもない。——ええい、腹が立つ。恭子はそう思いながら、詰所を出た。廊下には、患者さんの食事をのせた配膳車がヘルパーさんの手によって運び込まれていた。病院食のなんとも言えないにおいが、廊下に漂っている。電話がかかってきたのは、夕食時のちょうど忙しい時間だった。恭子は咲希のことが気になりつつも、患者さんの部屋を回って配膳をすました。その後も、仕事は次々とあり、食事介助やら、食後薬の配薬やら、仕事に奔走せざるを得なかった。

それから、食事摂取量をカルテに記載しながら、恭子はこんなことを考えていた。だいたい、あの先生は第一印象からあまり好きでなかった。歳の頃は三十代後半か、いっても四十くらいに見えた。けれど、中年染みた疲れた感じや、おばさんくさい感じのない人だった。どちらかと言えば、新人教師のように溌剌《はつらつ》として、目は生き生きとしていた。肩ぐらいの長さで切った髪を揺らしながら、明るく笑う人だった。入会の手続きで初めて恭子と共にアトリエさわだに訪れた咲希に、熱心に話しかける様子は、いかにも子どもに接することに情熱を持っていそうだった。恭子は、この手の先生が苦手だった。咲希が小学校に通いだして、いろんな先生が担任になったが、この手の先生も中にはいた。そして、このタイプの先生は、大概お節介だった。うちが母子家庭だからか、咲希のことをよく気にかけてくれたが、そのたびに恭子は「あなたの家は母子家庭だから、十分なことを子どもにしてあげるのは難しいでしょう。だから他の子より気にかけてあげますね」と言われているようで、嫌な気分になった。

咲希はしっかりとした子だ。夜勤の日も、寂しいなどとは言わない。冷蔵庫の中に入れておいた食事を一人で温め直して食べ、お皿を洗ってきちんと片付けておいてくれるような子だ。朝は一人で起き、きちんと布団を畳み、自分の着替えた衣服を洗濯して干してから学校に出かけている。忙しくて、ゆっくりと会話する間もないが、母親の手を焼かせたことは一度もない。おかげで、夜勤もできて、母一人でも家計を支えていけていた。恭子は働き者だった。風邪を引いたって仕事を休んだことはない。仕事から帰れば、どんなにクタクタでも、きっちりと家事をこなしてから床に就いた。それだから、母子家庭なのできちんとしていないなんて思われることは、我慢ならなかった。うちは、他人に心配されるようなことは全くないのだ。

お節介と言えば、義母のトメもそういうタイプの人だった。お節介な人を見ると、義母を思い出すから余計に嫌なのかもしれない。恭子は義母に世話を焼かれるほど、自分が嫁として不出来だと言われているようで、それは遠回しに「そんなだから、息子は家を出てしまったのだ」と責められているように感じた。義母はよくしゃべる人で、恭子の家事の仕方や育児の仕方にアレコレと口を出してくるのにも辟易《へきえき》していた。恭子は農家の六人兄妹の一番上で、小さい頃から、田畑の世話で忙しい父母の代わりに下の子達の面倒を見ながら家事を手伝って過ごしてきた。遊びたい気持ちもグッと堪え、不満も漏らさずに自分を殺して育ってきた。なので、自分の言いたいことを、思ったままにズケズケ話す人が苦手であった。うちのことは放っておいてくれと、いつも思っていた。家のことも、咲希の世話も、私一人で何とかなっているのだから。

だから、全く解せなかった。どうして澤田先生は、急に咲希にあのような干渉をしてきたのだろうか。

＊＊＊

澤田先生の家は、街を外れ、田畑や雑木林の間を抜け、なだらかな丘を上って行った先にあった。

丘の上にぽつんと一軒だけ立つ、三角屋根の可愛らしい家の前に車が到着した時には、空に星がチカチカと瞬き始めていた。

「辺鄙《へんぴ》な所で驚いたでしょう」

澤田先生は車から降りながら言った。

「でもね、絵を描くにはとてもいい所よ。私、画家としてもまだ諦めていないの。絵を描いて、時々個展を開いたり、ネット販売したりしているのよ」

咲希も助手席側のドアを開き、足を草の茂った地面の上に下ろした。その時、鼻の先を懐かしい香りがかすめた。

「海のにおい……」

咲希が車から出て、息を吸い込みながらつぶやいた。

車を無造作に家のそばの道端に停めたまま、庭を囲む木柵に沿って門へ歩き出していた澤田先生が、咲希に振り返った。

「気がついた？　そうなの。家の裏に回れば、海が見えるわ。この家は、海岸の近くの丘の上に建っているの」

咲希は目を閉じて、もう一度潮風を含んだ空気を吸い込んだ。ザプン、ザプン、と波打つ海の音が聞こえてくる気がした。それだけではない。長い咲希の髪を潮風が揺らし、足元を冷たい波が濡らすのを感じる。咲希は、潮の香りによって鮮明に浮かんできたイメージに心地よく浸った。夏の暑さに温められた体が、足元から冷やされていく。波が引いていくと、裸足の足の下で砂が動いていくように感じた。

それらのイメージは、咲希の中に眠っていた記憶だった。とても幼い頃、咲希は両親とよく海辺で遊んだのだった。なぜなら、咲希は昔、海の近くに住んでいたからだ。

そこは、長閑《のどか》な田舎町だった。父方の祖父母と、父母と、一つの家で暮らしていた。家の二階が家族の住居、一階が小さな建築会社の事務所になっていた。会社では、経営者である祖父と、父を含めて十五人ほどの従業員が働いていた。

祖父は、まだ五十代後半の頃に心筋梗塞で亡くなった。咲希がまだ二歳の頃のことだったので、咲希は祖父のことを覚えていない。高血圧持ちだったが、病院嫌いのとても元気な人だったらしい。おまけに大酒飲みだった。亡くなった後は、建築会社の経営を父が受け継いだ。受け継いだのはバブルが崩壊した頃で、その頃から会社の経営は傾き始めていた。大きな仕事の受注が減り、受注があったとしても、発注元から会社に報酬が入る前に発注元が倒産するということが相次いだ。会社では、受注があるとまず建築資材代を会社が立て替えてから仕事に取りかかっていたので、発注元に倒産されると報酬が支払われないばかりか、立て替えた建築資材代も返ってこないことになる。そういったことが重なり、あっという間に会社は赤字になった。父は祖父に似て、高血圧持ちの酒飲みだったが、継いだばかりの会社の経営がうまくいかないストレスから、飲酒量が増えていた。しょっちゅう酩酊《めいてい》するほど飲むようになり、看護師をしていた母が身体を心配して酒を控えるようにたびたび言ったが、聞く耳を持たなかった。ある日、父は酒を飲んで風呂に入った後に激しい頭痛に襲われ、意識を失った。救急車で運ばれた父は、脳卒中だと診断を受けた。命に別状はなかったが、病院を退院した後も軽い運動麻痺が残った。日常生活を送る分には一人でも何とかできるぐらいにはリハビリで回復したが、すっかり気落ちした父に赤字続きの会社を立て直す気力は残っておらず、会社を畳んでしまった。父の収入源はなくなり、会社が作った借金だけが手元に残った。生活が厳しくなった我が家では、夫婦仲にも変化が起きていた。もともとは仲が良かった父母は、口を開けば互いにいがみ合うようになっていた。日々の暮らしの厳しさや、先行きの見えない不安が、二人をギスギスとさせていた。そんな頃、父はふっと外出したまま、家族の前から姿を消してしまった。

「咲希さんのおうちには、いろいろと大変なことがあったのね」

澤田先生が咲希に言った。

「そうらしいです。私自身は小さかったので詳しい事情までは知らなかったんだけど、おばあちゃんが教えてくれたの」

そう語る咲希は、今、澤田先生の家のダイニングにいた。澤田先生と一緒に夕食を囲んでいたのだ。

「でも、先生の家に来て、一つ思い出したことがあったの」

「それは何？」

澤田先生が夕食を食べていた手を止めて聞いた。

「この家について、家の前で海のにおいを嗅いだ時に、両親と海辺で遊んだことを思い出しました。二人が、砂浜に立って、私の方を見つめながら笑っているのも、はっきり思い出したんです」

不思議ね、と澤田先生は言った。澤田先生の声は優しい。両親と過ごした海辺の思い出のように、優しかった。

「なあに、なんの話？」

咲希の背後から声がした。振り返ると、柔らかな笑みを浮かべた小柄な老婆が立っていた。手に、切ったスイカを乗せた大きな皿を持っている。

「食後のデザートよ。二人とも、お食べ」

彼女は花江《はなえ》という。澤田先生のお母さんだ。歳は六十代後半だそうだ。

花江は、腕に真っ黒な短い毛の猫を抱いていた。猫はピョンと花江の腕から飛び出すと、咲希の足に自分の体を擦り付けた。猫は名前をトムと言った。

澤田先生は、花江とトムと一緒にこの家で暮らしていた。花江は、二十代で結婚し、娘を二人産んだ後に、夫と離婚している。花江の長女である澤田先生は、同じように二十代で結婚したが、数年後に離婚してこの家に戻ってきていた。「離婚家系なの」と澤田先生はスイカを食べながら笑って言った。澤田先生に子どもはいない。そこには何か事情があるらしかったが、はっきりとは教えてくれなかった。一方で、澤田先生の妹である茉莉《まり》という女性は母や姉と同じ血を受け継がなかったようで、離婚の危機とは無縁のような円満な家庭を築き、子どもを四人産んだ。長女の皐月《さつき》は九歳、長男の樹《いつき》が五歳、次男の柊斗《しゅうと》が四歳、次女の楓花《ふうか》が二歳だそうだった。

「姪っ子、甥っ子達、よくこの家に遊びに来るのよ。四人揃うと、台風が家の中を駆け回るみたいに騒々しいんだから」

姪や甥達のことを語る澤田先生の口調からは、隠しきれない愛おしさがにじみ出ていた。

咲希は、澤田先生の姪っこや甥っこ達に会ってみたいなと思った。またこの家に遊びに来ることができればいいのに。そして、澤田先生や、花江さん、トムや、姪っこ、甥っこ達とにぎやかにすごすことができたらいいのに——。

咲希はそんなふうに想像して、久しぶりに胸の内にワクワクとした楽しい気持ちを感じた。今は、いつも咲希の胸を押しつぶそうとするような、重苦しい何かを身の内に感じなかった。

＊＊＊

「スイカを食べたら、花火をしたらどうかしら。この前、孫達とやろうと思って買ったんだけど、余っちゃったのよ」

花江がそう言って花火を持ってきてくれたので、澤田先生と咲希は花火を持って庭へ出た。

「線香花火は地味だからね。子ども達はもっと派手なやつが好きよね」

庭に出た先生は、そんなふうに言いながら、地面の上にしゃがみこんで線香花火の先に蝋燭《ろうそく》の火をうつしていた。

「私は好きです。線香花火」

咲希も澤田先生から蝋燭を受け取って火をつけながらそう言った。

「いいわよね。趣があって」

二人が持つ線香花火の先が赤く膨らみ、チロチロと小さな火花を散らし始める。赤い膨らみはお尻を光らす小さな蛍のように可愛く、火花は夜に静かに咲く控えめな小花のようだった。どことなく甘いような煙のにおいが夏の庭に立ち込める。

やがて、火花は消え、膨らんでいた線香花火の先がぽとりと地面に落ちた。

線香花火の儚さに、咲希はふと、寂しさを感じた。——何だってそうだ、楽しいことは、ふと終わってしまう。

「先生は、わけもなく、胸の内が空っぽになったみたいに感じることってありますか？」

咲希は地面に視線を落としたまま、澤田先生に尋ねた。

「すきま風が吹くみたいに感じたり、息苦しくなったり、胸を握りつぶされるみたいに感じることってありますか？」

澤田先生は、終わった花火をバケツの水の中に放り込み、どうしたの、と咲希に尋ねた。

「私、父が急にいなくなってから、四六時中そんなふうに感じるようになったんです。夕方になると特にひどいわ。私、まるで何かに取り憑かれたみたい。その何かは、どこに行っても、何をしていても私に付きまとうの。影みたいに、ずっと私についてくるの」

苦しい、と咲希はつぶやいた。

澤田先生は何と声をかけて良いのか分からなくて、戸惑った顔をしながらも、咲希の背中を優しくなでた。

そして、少し考えてからこう言った。

「今日、あなたが描いた絵、とても良かったわ。あれは、あなたにしか描けない絵だった。あなたの中にある夕日だった」

咲希は、顔を上げて、隣にいる澤田先生の方に顔を向けた。

「描いてみたらどうかしら。胸の中にあるものを。そうやって向き合ってみたら、何かが変わることもあるかもしれないわ」

咲希も、少し考えてからうなずいた。

「描いてみます。私の中にある何かを」

咲希はそう言って立ち上がった。本当にそれで何かが変わるのかは分からなかったが、何もしないよりは良いように思えた。それに、描いた絵を見てもらうことを口実にすれば、先生に会いにこの家にまた来ることができるかもしれない。

裏庭を月光が照らしていた。風がさわさわと吹き、庭の草木をなでていく。甘い香りが咲希の鼻をくすぐる。その香りは庭に植えられたたくさんの花達から香っていた。ここは、花の庭だった。

「自分の名前のせいか、花を育てるのが趣味だ」という花江さんが精魂込めて育てた花達が、庭を埋めつくさんばかりに咲き誇っていた。闇に濃厚な甘い香りを放つクチナシ、優しい香りの白花夕顔、美しさと気高さを姿だけでなく香りからもただよわせるユリ、鼻を近づけるとわずかにお日様に似た香りのするひまわり、枝いっぱいに咲きほこる百日紅――。

「素敵な庭ですね。明るい時に見たら、もっときれいなんだろうな……」

と、咲希は澤田先生に言った。その言葉には、「またここに来たい」という咲希の思いがこめられていた。

「気に入ってもらえて良かったわ」

そう言って、澤田先生はにっこり笑った。そして、

「また昼間にも遊びに来てちょうだい。来てもらえたら、私も嬉しいわ」

と言ってくれた。咲希は、自分の気持ちが澤田先生に通じたことが、とても嬉しかった。澤田先生と心で繋がり合えた気がして、胸の奥に温かさを感じた。

庭の暗がりの中からニャーと声がして、トムが姿を現した。トムは夜の散歩から帰ってきたとこ

ろだった。そして、咲希に歓迎の意を表すみたいに、ゴロゴロと喉を鳴らして、そのしなやかな体を咲希の足にすりつけてきた。咲希は、トムを胸に抱き上げ、微笑しながら彼の丸い背をなでた。

＊＊＊

一人の女性が、海岸沿いの道を散歩していた。女性は名を吉田由紀子《ゆきこ》と言った。時刻は午前五時頃。由紀子がふと海に目をやると、水平線の向こうから太陽が顔をのぞかせていた。燃えるような太陽が、海を金色に染めながら、威風堂々と空に昇っていく。その様に、由紀子は足を止めて、息を飲んだ。その時、そばを一台の車が通り過ぎたが、由紀子にはその音は聞こえなかった。太陽のあまりの迫力に、周囲の音さえ消えたように感じていた。

由紀子が、自宅の近所の海岸沿いを毎朝散歩するようになったのは、三年前に夫が亡くなってからのことだった。由紀子の夫、洋《よう》は、生前ジョギングが好きで、毎朝海岸沿いを走っていた。由紀子は、洋に何度か一緒に走らないかと誘われたことがある。しかし、由紀子はいつも、「面倒くさいわ」と苦笑いして断っていた。洋が亡くなってから、由紀子はそれを後悔した。洋が毎朝眺めていた景色を、一緒に眺めておけば良かった。この目に、焼き付けておけば良かった。

せっかく海の近くに住んでるのに、朝の海を眺めないなんてもったいないよ。

由紀子は、ジョギング帰りの洋からそう言われたことがあった。それは、洋が亡くなる数日前のことだった。昨夜遅くまで録画したドラマを見ていた由紀子は、ようやく寝床から這い出してきたところで、パジャマ姿でボサボサの頭のまま、淹れたてのコーヒーを飲んでいた。

「今日も、とても気持ちが良かったよ。由紀子は、どうして走らないの？」

「私は洋ちゃんと違って朝からそんなに元気じゃないもの」

まだ眠たそうな顔でそう言うと、洋がクスリと笑った。それから、汗をかいたランニングウェア姿のまま由紀子のそばにやってきて、

「いい香り」

とコーヒーの香りを嗅いだ。

由紀子は、

「洋ちゃんのも淹れようか？」

ポットに手を伸ばしかけたが、洋は、

「ううん、それでいい」

と言って、由紀子の持つマグカップに目を落とした。由紀子が、洋の口にマグカップを運んであげると、洋は美味しそうに喉を鳴らしてコーヒーを飲んだ。

「ありがとう」

そう言って、洋が由紀子の肩を抱く。

「やだ、汗臭い」

由紀子はそう言って洋を肘でつきながらも、全く嫌ではないふうに笑っていた。

由紀子と洋は、共に三十代後半。結婚して十年以上経つが、子どもはいなかった。由紀子は不妊症を患っていたからだ。しかし、二人は幸福だった。お互いがいれば十分だった。子どものいない分、ゆったりとした二人の時間を存分に楽しみながら、この十数年を歩んできた。

シャワーを浴びに行く洋を見送りながら、由紀子は、またそのうちに気が向けば洋と走ってみて

もいいかな、と考えていた。二人の時間はいくらでもある。だから、いつでも気が向けば、そうすることができる。由紀子は、その時そう信じていた。

そう、その時は、確かにそう思っていたのだ。

「洋ちゃん、朝の海、綺麗ね」

ガードレールに両手をついて海を見下ろしながらそうつぶやいてみても、もう、答えてくれる声はない。洋にはもう永遠に会えないのだった。

洋が亡くなったのは冬のことだった。事故死だった。それは全く突然すぎて、由紀子はまだ洋の死を受け止めきれないでいる。そのせいだろうか。いくら時間が流れ、季節が移り変わろうと、時が止まってしまっているように思える。眼下に広がる夏の朝の海も、由紀子には木枯らしがふく冬の海に見えた。冬の海は、寒々しくて侘《わび》しい。由紀子は、心に映る風景に、肩を縮めて震えた。

もう帰ろう。これ以上、ここを歩いていても、辛くなるばっかりだ。

由紀子はそう思って元来た道を引き返し始めた。すると、その道中に、右手に杖を持った四十代くらいの男性に出会った。男性は、杖に体重を預けるようにして立ち、海を見つめていた。

おや、と由紀子は思った。あの杖を持った不安定そうな立ち姿に見覚えがある。あれは、コーポ吉田――由紀子の父が大家をしているアパートだ――に先週越してきた男だ。確か、名前は真島とかいったはずだ。真島は、由紀子が父に用事があってアパートを訪ねて行ったちょうどその時に、入居する部屋の前で鍵を受け取っていた。由紀子が真島に会釈し、

「大家の娘の由紀子です」

と、自己紹介すると、真島は痩せた病人っぽい長身の体を折り曲げて、

「初めまして、真島です」

と挨拶をした。

その時、真島の左半身の動きがぎこちないことに気がついた。過去に脳梗塞か何かを患ったのだろうか。杖があれば、一人で立ったり歩いたりはできるようだが、不安定そうに見えた。父もそれに気がついているようで、

「真島さん、何か手伝うことがあったら言ってくださいよ」

と言った。

「いえ、大丈夫です。引越し作業は業者に頼んであるんで」

と、真島が小声でボソボソと答えた。活気のない人だと由紀子は思った。数年くらい笑ったことがないような、暗い顔をしている。それが、真島に由紀子が抱いた最初の印象だった。

「こんにちは」

由紀子は真島のそばまで歩くと、海を眺める真島の横顔に話しかけてみた。すると、真島は初めてすぐそばに人がいることに気がついた様子で、目を由紀子に向けた。そして、ぼんやりとした顔をした。

「あ、私、覚えてませんか？　大家の娘の由紀子です」

真島は、ああ、とつぶやくと、

「すぐ思い出せなくてすいません」

と申し訳なさそうな顔をした。それから、

「朝早くから、どちらかに行かれるんですか？」

と尋ねてきた。

由紀子は被りを振った。

「いえ、散歩です」

真島は、そうですか、とだけ言って、また海辺に目をやった。ザパン、ザパン、と波が砕ける音が二人の耳に聞こえた。

「海、お好きなんですか？」

由紀子は尋ねた。真島がうなずいた。

「ええ、五年前まで、海の近くに住んでいたもので」

しかし、そう言いながら、真島の顔はつらそうにゆがんでいた。好きなものを眺めているとは、到底思えない。

その時、真島の視線の先にある砂浜には、犬を散歩させている小学生くらいの女の子がいた。砂を蹴り、飼い犬と一緒に元気に駆けていく。はつらつとした笑顔が、砕ける波と一緒にキラキラと輝いている。真島は、それを瞬きするのも忘れた様子で見つめていた。その目は、深い悲しみに満ちていた。悲しみの海にどっぷり浸かっているみたいだった。

「この街はどんな街ですか？」

真島は海に顔を向けたまま、由紀子に尋ねた。

「住みやすい街ですよ。田舎で不便ですけど、人がみんな優しいです」

良かった。真島がボソリとそう言った。

「この五年、いろんな街を転々としてきたんです。この街には長く住めるといいな」

そう言う真島の影のある横顔が、由紀子は気になった。だから、ぶしつけを承知で由紀子はこう聞いた。

「真島さん、ずっとお一人なんですか？　家族は？」

真島は唐突な質問に驚いたようで、由紀子に顔を向けるとしげしげと眺めた。由紀子の真面目な面持ちを見て、けっして軽率な気持ちで尋ねたのではないと分かると、真島はふっと寂しそうな笑みを浮かべて、

「五年前まではいました。妻も娘も」

と言った。

そう言って真島は由紀子から顔をそむけると、再び海を眺めた。杖にもたれて背を丸めて立つ後ろ姿は、とても寂しげに見えた。まるでいつまでも迎えの来ない保育園児みたいだった。その様子に由紀子は親近感を覚えた。この人は、私と同じだ。私と同じような寂しさを知っている人だ。洋が亡くなってから今まで、誰と会話をしていても、由紀子は自分だけ孤島にいるような気分だった。しかし今、初めて由紀子の目の前に、違う島と繋がる橋がかけられたように感じた。

由紀子は、その橋を渡ろうと今一歩足をかけた。

「あの、良かったら、もう少しお話をしませんか」

由紀子が真島にそう言うと、真島はじっと由紀子の顔を見つめた。それから、初めて柔らかく笑った。ずっと木枯らしがふいていた由紀子の心の中に、ふと温かな風がふいた気がした。

夏のにおいがする。八月の中旬、澤田先生は、白い砂浜に立って、鮮やかに青い空と海を眺めながらそう考えていた。夏の空のからっとしたにおい、寄せてはかえす波のにおい、背後にある小山の緑のにおい。そして、汗だくで砂浜の上ではしゃいでいる子ども達の汗のにおいと、大人達が焼いている肉のにおいがそれらに混ざりあっている。

砂浜の上に立てられたバーベキューコンロの上では、並べられた肉が食欲をそそる香りをさせている。コンロを囲む保護者達が、それをひっくり返したり、焦げた野菜を隅に寄せたり、空いたスペースで焼きおにぎりを焼いたりしていた。アトリエさわだの生徒数人と澤田先生の姪の楓花は、すでに海で遊んだ後の濡れた水着の上にタオルを羽織って、クーラーボックスから取り出した冷たいジュースを、喉を鳴らせて飲んだり、焼き肉のタレが入った皿を持って大人達に肉の催促をしたりしていた。コンロのそばにはタープテントが立てられていて、その下には折りたたみ式テーブルや椅子が設置されているが、最年少の生徒と楓花が鬼ごっこを始めたり、子どものうちの誰かが浮かれ過ぎて何かをこぼしたりと、誰も落ち着いて座っていられる様子ではなかった。

「なかなかにぎやかですね」

花江が子ども達を眺めて笑っている。保護者達も、はしゃぎすぎた様子の子どもをときどき叱りながらも、和やかに笑い合っていた。

「子ども達、みんな楽しそうで良かったです。今日は誘ってもらってありがとうございました」

新太《あらた》という名の小学四年生の生徒の母親が、肉を焼く手を止めて澤田先生に軽く頭を下げた。

「うちも来れて良かったです。うちは姉妹で参加だから、他よりも騒がしいけど」

そう言ったのは、四年生の真奈《まな》と三年生の璃奈《りな》の母親だった。真奈と璃奈は姉妹でアトリエさわだに通っている。

「いえ、いろいろ細かい段取りをしてくださったのは、圭太くんのお母さんですので」

澤田先生に話を振られ、圭太の母親は、「いえいえ大したことはしてませんのよ」と上品に笑った。

「それより、先生のうちが海のそばだとは知りませんでしたわ。海水浴もバーベキューもできていいところですね」

本当にそうですねと言って母親達が笑った。

今日、なぜ海辺でこのような集まりが開かれているのかというと、話は少しさかのぼる。数日前、美術教室が終わった後、圭太から急に「アトリエさわだの生徒のみんなと先生とで、どこかへ出かけたい」と言われ、澤田先生と保護者達とで話をした結果、澤田先生の家の近くの海で海水浴とバーベキューをすることになったのだった。それぞれの家の都合もあり、生徒達全員は来られなかったが、参加者は生徒五名と保護者三名、それに澤田先生と楓花と花江を加えて総勢十一名。十分大所帯と言える人数になった。

肉を焼く母親達のそばでは、圭太と咲希が手伝いをしていた。ここにいる子ども達の中で、彼らだけが騒ぎたてることなく落ち着いた様子を見せていた。咲希はさっきから、楓花に肉を焼いてあげてばかりいる。夏休みが始まった頃から、時々澤田先生の家に遊びに来るようになった咲希は、澤田先生の姪や甥達と何度かそこで会うことがあった。同学年くらいの子達の中では引っ込み思案な彼女だが、小さな子と触れ合うのにはあまり抵抗がないようで——自分が保育園児だった頃を思い出すと、咲希は言っていた。その頃は、たくさん友達がいたそうだ——、そんな咲希は楓花の相手をよくしてくれた。甘えん坊の楓花は、あっという間に咲希に懐いた。今日も、咲希に会いたくてアトリエさわだの生徒でもないのにこの集まりについてきてしまったのだった。妹の茉莉が、「私がこの集まりのことを楓花に教えたの。咲希ちゃんも行くんだってって言ったら、楓花も行くって言いだして、止めてもきかなくて」と言って苦笑いしていた。

「私も夫も今日は仕事だから。楓花をお願いね、お姉ちゃん」

そう言って、麦わら帽子にワンピース、ワンピースの下にはすでに水着を着込んでいるという姿の楓花を、朝、澤田先生の家の玄関に置いていってしまった。

楓花は先程から咲希に「あれ焼いて、これ焼いて」とねだったり、咲希のシャツ——咲希は今日、スクール水着の上に白い大きめのシャツをワンピースのように羽織っている——の裾《すそ》をつかんで金魚の糞のように咲希の後をついてまわったり、咲希にベタベタと甘えていた。

咲希から少し離れて立っている圭太は、子ども達に焼いたものをあげてばかりで自分はあまり食べていない母親達に、「焼くのを代わるから、座って食べてください」と声をかけていた。長身で大人びた雰囲気の彼は、子どもというよりは、青年という感じを受ける。おまけに彼は顔が整っているので、優しくされた母親達は満更でもない顔をしていた。

「圭太くんは大人になったらさぞモテるでしょうね」

などと、テントの下で母親達が言い合っていた。

澤田先生は、そんなにぎやかな様子をながめてほほえんでいたが、一つだけ残念に思っていることがあった。それは咲希の母親が来られなかったことだった。咲希自身も、「みんなでワイワイするのが苦手だから」と言って今日参加することを渋っていたが、澤田先生がぜひ来てほしいと頑固に頼んで参加してもらった。お母さんもぜひ誘ってね、と言っておいたが、お母さんには断られたようだった。お節介だろうけど、こういう場に親子でたまに参加してみるのも彼女達にとっていいのではないかと思ったのだが。それに、澤田先生は、咲希の母親とゆっくり話をしてみたいと思っていた。

彼女は入会の手続きで初めて会った時から、澤田先生に対して警戒心みたいなものを持っているように思えた。心の内や家庭のことに踏み込んでくれるな、先生と生徒、先生と保護者の間に親しさは無用、というような心の声が聞こえた。しかし、同時に彼女の顔に深く滲《にじ》む疲労の色が気になった。それから、彼女が常にせかせかとしていて、咲希の表情や様子をまるで気にかけていない様子に見えたことも――。

アトリエさわだは、年に二回、生徒達の作品の展示会を開く。咲希の母親は二度だけ観に来てくれたことがあった。その際も、咲希の母親は咲希に何か感想を述べたり、がんばったねなどと言うこともなく、足早に会場内を回っていた。背後で咲希はずっと母親の反応を気にして、様子をうかがっていた。「がんばって描いたんだよ。どう？」そんなふうに尋ねたいのに、母親があまりにせかせかとしていて声がかけられない。そんな様子で、黙って母親を後ろからじっと見つめていた。そんな母子の様子を見て、澤田先生はずっと気になっていたのだった。

また、何かの折りに、咲希の母親とゆっくり会話できることがあればいいけれど。澤田先生がそんなふうに考えていた時、圭太の母親から、

「先生、焼くの代わります。先生も向こうで座って食べてください」

と声をかけられた。

タープテントの下に入ると、日なたとは温度が随分違って感じた。屋根の下を吹き抜ける風が気持ちいい。澤田先生より先にテーブルについた母親達は、肉や焼き野菜を食べつつ談笑していた。

澤田先生は彼女たちの会話に加わりながら、そろそろ食べるのに飽きて波打ち際で遊び始めた子ども達を眺めていた。花江が子ども達の近くにいて、見守ってくれている。楓花や璃奈は花江と手を繋いで、足先を波につけて遊んでいたが、新太と真奈は、少し離れた場所で二人きりで砂の城を作って遊んでいた。

「新太くんと真奈ちゃん、とっても仲がいいのね」

澤田先生はそう言った。今日初めて感じたことではない。あの二人は、最近教室でも他の子達と少し離れて二人きりで話をしていたりすることがあった。

新太と真奈の母親達が、澤田先生の言葉を聞いて、クスクスと笑い合った。そして、新太の母親が言った。

「先生、あの二人、付き合ってるんですって」

真奈の母親がおかしそうな顔をした。

「本人同士はいたって真面目なんでしょうけど、そばで見てるとママゴトをしてるみたいで、可愛らしいやらおかしいやらで」

ね、と二人の母親は顔を見合わせて吹き出した。

確かに可愛らしいと、澤田先生は砂の城を作る二人を眺めて思った。にこにこ顔の二人は、腕が泥まみれになるのも気にせずに、城の周りに堀《ほり》を作ったり、城の壁に入口を掘ったりするのに夢中になっている。とってもあどけない。

澤田先生は皿と紙コップをテーブルの上に置いて、二人のそばに行ってみた。

「大きなお城ね」

澤田先生が腰をかがめて声をかけると、新太が澤田先生を見上げてニッと笑った。

「すげーだろ。波がきたら、ここに水が流れて川みたいになんの」

新太はお堀を指さした。一方で、真奈はツンと澄ました顔をしている。なぜかはすぐ分かった。彼女は、泥のついた手で大人の仕草を真似て髪をかきあげると、

「ちょっと先生、気を使ってほしいわ。私たち、恋人同士なの」

と言った。大人っぽい表情を作ろうとしているが、しゃべると乳歯が抜けているのがのぞくので、どうしたって大人っぽくは決まらない。

「そうだったの。付き合ってどのくらい経つの？」

と澤田先生は聞いた。

「長いの。もう二週間よ」

と、真奈が言った。

「昨日もデートしたよ」

新太が、にこにこと言った。友達と遊んだと言うのと、変わりないような口調だった。

「デートってどんなことをするの？」

「えーとね、駄菓子屋さんに行ってお菓子を買ったり、それを公園で一緒に食べたりするの」

と、真奈が言い、澤田先生は思わずクスリと笑った。同時に二人の無邪気さに、とても安心もした。

「それじゃあ、お邪魔しちゃ悪いから、向こうに戻ろうかな」

澤田先生がそう言ってかがめていた腰を伸ばした時、新太がこう言った。

「先生、圭太をこっちに呼んで一緒に遊んであげなよ」

「どうして？」

澤田先生は新太を見下ろして首を傾げた。

「圭太、あそこにいたら気まずいんだよ。だって、お母さんとケンカしてるから」

コンロのそばに立つ圭太とその母親を見つめて彼はそう言った。先程までコンロのそばにいた咲希は、今は波打ち際に移動していて楓花と手を繋いで歩いていた。そして、代わりにテントの下から圭太の母親が戻ってきていた。なので、コンロのそばには圭太と母親の二人しかいない。しかし、二人は不自然に離れて立っていた。

そうだったのか。穏やかそうな圭太も母親とケンカすることがあるのだな。澤田先生はそんなふうに思いながら、圭太を遠くから眺めた。そう言えば、最近圭太の母親がアトリエさわだの職員室に訪ねてきていた。来客用の部屋に通すと圭太の母親は、

「お世話になりましたが、中学受験のために、学習塾に行く時間を増やしたいので美術教室をやめたいと思っています」

と切り出した。

「ええと……、美術教室に通いたいと希望されたのは、圭太くん自身でしたよね」

「ええ」

「圭太くん自身は納得されていますか？」

「少し、渋っていますけど……、でも、あの子の将来のためには、多少親子ゲンカになってでも、今は勉強を優先するよう言い聞かせた方がいいと思うんです。あの子は、父親と同じ医者になるんですから」

澤田先生は、圭太の母親が圭太の将来を思う気持ちは十分に理解できた。だけど、少し先走り過ぎていると思った。母親とは、子どもの十年も二十年も先のことを心配する生き物だ。子どもの未来が幸せであるように願うあまり、先走って遠くばかり眺め過ぎて、そばにいる子どもの気持ちに寄り添うことを忘れることがある。

澤田先生は圭太の母親に、もう一度圭太と話し合うことを勧めた。

「お母さんの気持ちは分かります。でも、どんな理由があっても、子どもがやりたいと思っていることを、子どもに無断でやめさせない方がいいと思います」

圭太の母親は、シュンとして、分かりましたと答えて帰っていった。あれから、圭太と母親はそのことでまた話し合いを行ったのだろうか。もしかしたら、そのことが原因で、今日もお互いに気まずい思いをしているのだろうか。

「じゃあ、海で子ども達みんなと遊ぼうって声かけてあげようか」

そう言いながら、澤田先生は立ち上がって圭太がいる方へ歩き始めた。そうして、何気なく波打ち際にいる子ども達に目をやって、ふと足を止めた。

「先生、どうしたの？　行かないの？」

と、真奈が尋ねた。

澤田先生はその時、はしゃいだ様子の璃奈と楓花が水をすくって咲希にかけて笑っているのを見ていた。咲希も手で飛沫を避けながら笑っていた。

「咲希さん、笑ってる」

澤田先生はつぶやいた。

新太が、波打ち際に振り返って咲希を眺め、

「うん、笑ってるね」

と言った。

「最近、美術教室の休憩時間でも笑ってるの見かけるよ。時々だけど」

と真奈が言った。

「そうだな、見かける。多分、夏休みになったくらいからだったと思うけど、前に比べたら明るくなったよね」

と新太も言った。

澤田先生は圭太を誘うために立ち上がったことも忘れ、嬉しさを感じていた。そうだったのか。彼女にそんな変化が起きていたのか。良かったと心から思った。

そうこうしているうちに、圭太の方から波打ち際に近づいてきた。

「あ、圭太くん、こっちに来るよ」

真奈が言った。振り返ると、圭太が歩いて海の方に近づいてくるのが見えた。それと同時に、璃奈と楓花が、騒がしくしゃべりながら澤田先生達のそばへ駆け寄ってきた。

「先生ー！　何してるのー？」

「あー、でっかいおしろ！　ふうかも作る！」

二人が合流するとその場は一気ににぎやかさを増した。楓花が濡れた砂をかき集めると、璃奈がそれで小山を作り始めた。あっという間に楓花も璃奈も泥だらけだ。真奈と新太も、また濡れた砂をこねて何かを作り始めた。

＊＊＊

にぎやかな背後を、圭太は振り返った。澤田先生のそばで、下級生達と澤田先生の姪が夢中になって砂で何かを作っている。花江さんも、いつの間にかそのそばにいて、子ども達の様子を眺めていた。

璃奈と楓花がそばからいなくなり、一人になった咲希は、圭太に背中を見せて、波打ち際を歩いていた。どこへ行こうとしているのか、みんなから離れて遠くへ、遠くへ、歩いて行く。ときどき、波が咲希の足を濡らす。華奢な足は、波にさらわれてしまいそうに見えた。波がやってきた方を見渡せば、海が果てしなく広がっている。普段暮らすごみごみした街の景色に慣れた目が、戸惑ってしまうくらいに遥か彼方まで真っ青に美しい海が続いている。そんな広大な景色の中で、彼女はとても小さく頼りなく見えた。ワンピースのように丈の長いシャツが、潮風ではためいている。彼女の長い髪も揺れている。彼女は今どんな顔をしているのだろう。圭太には、その小さな背中やうつむき加減の後ろ頭がとても寂しげに見えて、思わず彼女を追いかけたくなった。

テントの下で笑う母親達の声が背後から小さく聞こえている。圭太の母親も、今はそこで会話に加わっているのだろう。そちらを振り返りたくなかった。振り返れば、思い出したくないことを思い出してしまう。それは、昨日の夜の母親とのケンカだ。母親は最近しつこくアトリエさわだをやめるように勧めてくる。嫌だと何度も言ったのに、昨日も蒸し返してくるから口論になった。

「あなた、絵なんか興味なかったじゃないの」と母親に指摘され、圭太はギクリとした。

「今コツコツ勉強して有名私立中学に入れれば、将来のためになるのよ。絵はあなたに何をしてくれるの？　今から腕をみがいて画家にでもなるつもり？　そんなの無理でしょう？　じゃあ、あなたにとって、アトリエさわだに通うメリットって何なの？」

圭太は何にも言い返せなかった。まさか、アトリエさわだに気になる女の子がいるんだなんて、口が裂けても言えやしない。

圭太は首を振って昨日の思い出を払い落とすと、母親を振り返ることなく、波打ち際を走りだした。背後に聞こえていた母親達の声が遠くなる。澤田先生や下級生達や楓花の声も。咲希のすぐ後ろにたどり着いた時には、背後の声はとても小さくて、海辺に咲希と二人きりでいるような気持ちになった。

「どこへ行くの？」

圭太は、後ろから咲希に声をかけた。

「あんまり遠くへ行かないほうがいいよ」

咲希が細い首を動かして、顔だけこちらに振り返った。その斜め後ろに向けられた顔に、圭太はドキリとした。ただ、振り返っただけなのに、心臓が自分の中で跳ねたのを感じた。

「伊藤くんは、いつも私を心配してくれるのね」

圭太は、心臓が変な具合にギクシャクと動いているのを感じながら、澄ました風を装って言った。

「いつもじゃないよ。そんなふうに言ったら、いつも俺が真島を気にしてるみたいに聞こえるじゃないか」

咲希は圭太に向き直ると、小首を傾げた。

「そうね、いつもは言いすぎかもしれない。でも、学校で、私に毎日話しかけにくるのなんて伊藤くんくらいよ」

彼女は、大きな目で圭太をじっと見つめ、

「それはどうして？」

と聞いてきた。

圭太は何も言えなくなった。夏祭りの日、川原でいた時と同じように、ドキドキと自分の心臓の音がうるさく感じた。長いまつ毛の下の大きな瞳にひたと見つめられ、圭太は顔をそむけることすらできない。

何も答えられないままに時が過ぎていく。棒立ちになった圭太の足に、波が一、二度打ち付けた。

咲希は、じっと圭太の返答を待っていたけれど、やがてクルリと圭太に背を向けてまた波打ち際を歩き始めた。時折りしゃがんでは、貝を拾っている。そのたびに地面に垂れそうになる髪を、片手でそっとかきあげていた。

「真島！」

呼びかけた後に何か言いたいことがあったわけでもなかったけれど、圭太は咲希を呼び止めずにいられなかった。どうしてかは自分でも分からなかった。

咲希はしゃがんだまま、圭太に振り返った。その時、突然波がふくらんで、しゃがんだ咲希の腰の辺りまで濡らしてしまった。咲希が、あ、と小さく声をあげた。

「濡れちゃった」

咲希は立ち上がると、シャツの裾を絞った。太ももののつけ根の辺りが、シャツの下から顕《あらわ》になる。シャツの下には水着を着ているのに、なぜか圭太は見てはいけない気がして目をそらした。しかし、太ももとお尻の境界の辺りの白くて柔らかいそうな肌がちらりとのぞいたのが、目をそらすまでのわずか一瞬の間に目に焼き付いてしまった。圭太は戸惑った。一、二年前までは、女の子の体に注目したことなんてなかった。それなのに、身長がぐんぐんと伸び始めた頃から、圭太の心の内も変わってしまった。異性が異性として感じられるようになっていった。そして、その変化は咲希と出会ってから加速したように思う。

戸惑う圭太の耳に、また咲希の、「あ」という声が聞こえた。咲希が海を指さし、数歩海から遠ざかった。

「さけて」

咲希がそう言うのが聞こえ、圭太が何のことだか分からずにポカンと棒立ちになったまま海を眺めた。すると、その時には圭太のすぐそばまで波が押し寄せていた。

ザッパーンと音がして、圭太は膝まで届く波に打たれた。いきなりのことだったので波の勢いに体勢を崩して尻もちをついた。圭太はあっという間に全身びしょ濡れになった。

咲希は驚きと心配が交じったような目をして圭太を見つめていたが、波が去った後、圭太が砂に腰をついたまま濡れた髪を犬のようにブルブルと振ると、咲希はそれを見てクスリと笑った。

笑った咲希を見て、圭太も何だか急におかしくなって少し笑った。笑ってみると、昨日の母親とのケンカのことがふいに心から消え、胸が軽くなった。不思議だった。咲希が笑うと、圭太も心から笑うことができた。

「ねえ、もう少し遠くまで、一緒に歩いてみようよ」

心が軽やかになると、伝えたいことがするりと口から出てきた。

咲希はうつむいて戸惑った顔をしていたが、圭太から目をそらしたまま、こっくりとうなずいた。

＊＊＊

遠ざかっていく二人を、澤田先生は後ろから眺めていた。

圭太くんは、アトリエさわだに彼女を追いかけて入会してきたことといい、今日の様子といい、どうやら積極的な男の子らしい。今日澤田先生が咲希を誘ったことは、圭太くんにとっても幸いだったわけだ。

咲希にとっては今日参加したことは幸いだっただろうか。無理を言って来てもらったことが、独りよがりでなかったことを願いながら、澤田先生は二人の後ろ姿を眺めていた。

あの子は、これから思春期に差し掛かる。心に大きな波が押し寄せる時期が来る。それに耐えられるだろうかと澤田先生は心配していた。

咲希は、一度スケッチブックを持って澤田先生の家を訪ねて来たことがあった。そこには、絵のアイデアのようなものが、何枚か簡単に下描きされていた。それを見てほしいと言ってきたのだった。

澤田先生はスケッチブックをパラパラとめくった。そして、澤田先生はしばらく言葉を失ってしまった。どれも、見る者を不安にさせるような不穏な絵ばかりだった。それらは、咲希の心に巣食うものを描いてみたものだと言う。

「先生が描いてみたらって言ってたから、やってみようとしてるんだけど、どの下絵もしっくりこないんです。どうしてでしょう」

澤田先生は、スケッチブックを閉じた。

「無理して描こうとしなくてかまわないわ」

澤田先生は、その時、たくさんの下絵を通して初めて彼女の内にある苦しみを見た。それまで想像しているよりも、それは重苦しいものだった。澤田先生は、それに向き合わすような提案をしてしまったことを後悔した。

しかし、咲希はこう言った。

「でも、先生、私描きたいんです」

そんなわけで、咲希は自宅で自主的に絵を制作し続けている。しかし、何枚描いてもやっぱりしっくりこないのだと言う。そのくらい、彼女が抱えるものは大きいのだろう。

＊＊＊

海の音が耳に心地よい。

右隣を歩く咲希の存在を、右半身で感じながら圭太は歩いていた。目や耳だけでなく、皮膚までも、すぐそばを歩く彼女を感じ取ろうと感覚を研ぎ澄ましているのが分かった。

「伊藤くんは、夢ってある？」

ふいに咲希にそう尋ねられた。

「さあ……」

と、言いながら圭太は考えた。けれど、夢という夢は自分の中に見つけられなかった。

「遠い先のことは、まだ何も考えてないよ。両親は医者になってほしいみたいだけど……」

そうなの、と咲希が海を眺めて言った。

「真島はあるの？　夢」

ある、と咲希はつぶやくように言った。

「何？」

咲希は立ち止まり、海の遥か彼方、水平線を眺めるような目をして、

「母親になりたいの」

と言った。

＊＊＊

数日前、咲希は澤田先生の家を訪れていた。その時もやはり、スケッチブックを持ってきていた。

それには何枚も赤ん坊の絵が描かれていた。

「これは何？」

澤田先生が問うと、咲希は、

「私の夢に出てくる赤ちゃんの絵です」

と答えた。

その夢は、咲希の中に憑りつくものを描こうと取り組み始めた頃から、繰り返し見るようになったという。

夢は、いつも赤ん坊の泣き声で始まる。ぼんやりしていたらしい咲希は、火がついたように泣く赤ん坊の声でハッとする。あたりを見回すとそこは自分の住むアパートの居間だ。居間の畳の上には見慣れない赤ん坊が横たわって泣いている。理由は分からないけれど、咲希はその見たことのない赤ん坊を、「自分の子どもだ」と感じた。そして、泣き止ませてあげなくては、と思った。

けれど、体が動かない。頭では、早くなんとかしてあげなくてはと思うのに、咲希の体は言うことを聞かず、木偶の坊のように畳の上に力なく座ったままだ。居間を見回せば、そこは掃除をしばらくしていないのか、家具や電球の上にほこりが雪のように積もっている。壁は黄ばみ、畳はささくれ、腐ったようにぶよぶよとしている。赤ん坊の下に敷かれた布団はカビ臭く、居間の隅には汚れたままの衣服が山積みになり、居間の隣にある台所の流しには洗われていない食器が積み上げられている。台所でヤカンを火にかけていたらしく、コンロの上でヤカンが、ピーッと音を鳴らして蒸気を吹き出している。コンロのそばのテーブルの上には、空の哺乳びんと粉ミルクの入った缶が用意されていた。――ヤカンの火を早く止めにいかなくては。そう思うのだが、咲希の体は動かない。体が鉛のようだ。赤ん坊は依然、顔を真っ赤にして泣き続けている。咲希は可哀想で胸がつぶれそうになる。赤ん坊の悲痛な泣き声は部屋中にワンワンと響き渡る。その音とヤカンの音が、咲希の耳を裂きそうだ。部屋中に満ちるその音が、咲希の頭の中でもワンワンと響く。頭の中で反響し、満ち、その音が咲希の思考能力を奪っていくように感じた。早く、早く、早く！　咲希の心があせるほどに、赤ん坊の泣き声は激しくなり、咲希は何もできないまま、ただそこにぼんやりと座っているのだった。

「なぜ、繰り返しこんな夢を見るんでしょう」

咲希は、何日もまともに眠れていないような青ざめた顔をして澤田先生に尋ねた。

「先生、私、夢があるんです。母親になりたいんです。でも……」

咲希の顔に影がさしたように見えた。

「私、母親になれるか不安です。夢の光景があんまり鮮明だから、まるで未来をのぞいてきたようで……」

その時、咲希は澤田先生の家の庭にいて、夏空の下で咲き誇っている向日葵の大群の前にいた。向日葵は、青々とした葉を広げ、太陽の光をいっぱいにその身に受けて、見事な大輪の花を咲かせている。その元気のよい花と、青白い顔をして心の闇を背負う咲希が、太陽と月のように対照的に見えた。

澤田先生は励ますように、咲希の背を抱いた。抱いてみると、咲希の体がふらふらと揺れているのを感じた。腕に伝わる咲希の体の感触は、力を込めて抱きしめたら折れそうなほど細い。そう言えば、以前より痩せたように見える。

「咲希さん、ちゃんと食べてる？」

咲希は、首を横に振った。

「最近あまりぐっすり眠れなくて……。そのせいか、食欲もあまりないんです」

心配そうに顔をのぞきこむ澤田先生に、咲希は、「でも大丈夫」と演技がかった明るい顔を見せた。

「私、最近とても元気なんです。何だか、前より前向きな気持ちの時が多いの。アトリエさわだの子達とも、前より会話をすることが増えたの。おしゃべりしてみようって自分から思うことが多くなってる。でも……」

「でも？」

「ふとした時に、また、胸に重苦しいものがのしかかってくることがあるんです……。そうなると、ジェットコースターで急降下するみたいに気持ちが揺れるから、その時は以前よりもしんどくて……」

澤田先生は、それも自分のせいではないだろうかと不安に思った。咲希に心の中にあるものと向き合ってみるように言ったから、そんなふうに気持ちが波だっているのではないだろうか。今は、咲希に自分の内側の暗いものへと心を向かわすより、楽しいもの、美しいものに関心を寄せさせた方がいいかもしれない。

澤田先生は、そう思い、少しでも話を明るい話題に変えようとした。

「咲希さんは、どんなお母さんになりたいの？」

咲希は少し言い淀んでから、こう話し始めた。

「こんなことを言ったら、私のお母さんはきっと悲しむけれど……」

お日様が咲いたような明るい色の向日葵をまぶしそうに眺めて、

「私のお母さんみたいじゃない母親になりたいの」

と言った。

「お母さんのことは、私、大好きなんです。普通よりがんばり屋で、一生懸命で、真面目で……。でも、いつも忙しそうだから、一緒にいるのに一緒にいないみたいな、寂しさを感じるんです。寂しくて、寂しくて、その気持ちでいつも胸がいっぱいになって苦しいの。だから、私はもっと普通のお母さんになりたいんです。

私、小学生の低学年の頃は、他の人もみんな、自分と同じように重苦しいものを胸に抱えて生きていると思ってました。私にとったら、それが当たり前で、ずっとそうだったから。

だから、不思議に思ってました。みんな、どうして毎日あんなに平気そうな顔をして、明るく笑って暮らしていられるんだろうって。私だけが弱くて、胸の中のおもりに耐えられないのだろうか。だから、私だけちゃんと明るくできないんだろうかって思ってました。

けど、そのうち、それは違うって気がついたんです。私は普通じゃなかった。他の人とは違ってた。みんなは私みたいにおもりを胸に抱えて生きていないんです。それが全部お母さんのせいだって言いたいわけじゃないけど……」

咲希は暗い顔をした。「それから、これは四年生の時の話なんだけど、保健の授業でいつか自分も赤ちゃんを産める体になるって習ったんです。その時に思ったの。私、どんなお母さんになるんだろうって。お母さんから生まれたんだから、お母さんみたいなお母さんになるのかな。それは嫌だなって思ってしまった時にすごく悲しかった。自分のお母さんをそんなふうに思うなんて……。私、嫌な子だなって思った。だけど、それでも、私はお母さんになったら自分の子どもには、同じような苦しい思いをさせたくないんです。どこにでもいるような、普通の子になってほしい。だから、私もごく普通のお母さんになりたいんです。当たり前の毎日を、子どもと当たり前に明るく生きていきたい」

ごく普通のお母さんになりたい、という言葉を聞いて、澤田先生は無意識に自分の腹部に手で触れていた。チクリとトゲが刺さるような痛みを胸に感じたが、澤田先生はそれを顔には出さず、

「叶うわ。願い続ければ、きっと叶えられる」

と咲希に言った。

＊＊＊

「なれるかな、お母さんに」

と、咲希は圭太に言った。

「みんな、赤ちゃんを産めば当たり前のようにお母さんになっているけれど、私もちゃんとお母さんになれるかな。ちゃんと赤ちゃんをかわいいって思えて大切にしてあげられるかな」

ずっと咲希は、水平線を遠い目をして眺めている。その横顔を圭太は見つめた。

「なりたいんだろ？　だったら、なれるよ」

と圭太は言った。

「先生も、そんなふうに言ってくれたわ。なのに、私、そう思えないの」

咲希は、暗い顔をしてうつむいてしまった。

「だって、私、こんなだもの」

それを聞いて、圭太は突然不機嫌そうな顔をした。

「こんなって?」

圭太の声がそれまでの柔らかな声と違ったのを感じ、咲希は驚いた。

「何だよ、こんなって。それ、どういう意味?」

「私、他の人と違うし、普通の人が普通にできることもできないし、こんなふうだから……」

説明する咲希の言葉を圭太が遮《さえぎ》って言った。

「だから何なんだよ」

語気強く圭太が言った。

「真島は真島だよ。他と違って当たり前じゃないか。それが何なんだよ。真島は真島でいいじゃないか」

咲希は、うつむいてしんと黙ってしまった。

圭太は、それを見て、今度は急に困った顔をした。

「ごめん……。そんな顔をさせるつもりで言ったんじゃないんだ。ただ……」

圭太は、ただ、嫌だったのだ。咲希に自分を悪く言って欲しくなかった。他の人と違うことに劣等感なんて感じて欲しくなかった。そんなの悲しかった。だって、真島はちっとも他の人より劣ってなんかいない。真島は、真島は……。

圭太の頭の中にはうまく言葉にできない思いが溢《あふ》れていた。

「ごめん、うまく言えない……」

圭太がそう言うと、咲希は、

「ううん、謝らないで……」

と被りを振った。

＊＊＊

その時、遠くから二人を呼ぶ大勢の声がした。バーベキューをしていた辺りにみんな集まって、声を揃えて二人の名を呼んでいる。そろそろ帰る時間らしく、テントやテーブルが畳まれていた。

「戻らなきゃいけないね」

圭太はそう言って、サンダルを脱いで中に入った砂を払うと、彼女の先に立って引き返し始めた。

すると、圭太が数メートルも歩かないうちに、Tシャツの裾をグイッと引っ張られるのを感じて立ち止まった。

後ろを振り返る。すると、咲希が圭太から目を背けたまま、Tシャツの裾を握りしめていた。圭太が不思議そうに咲希を見つめていると、咲希は頬をほんのり赤らめて手を離した。相変わらずそっぽを向いたままだ。

一体何なのだろう。咲希の行動は意味不明だったけど、わけも分からずドキドキとした。どうしてそんな顔をしているのだろう。どうして急に触れてきたのだろう。

圭太は、ドキドキとしながら、咲希に手を差し出した。

理由ははっきりしないけれど、今手を差し出せば握り返してくれる気がした。手が熱をもっているのを感じながら待っていると、彼女は一層頬を赤らめて困ったような顔をしながらも、圭太の手を握り返してきた。華奢な女の子の手の感触が、手のひらに伝わる。

二人は手を繋いで砂浜を歩いた。その間は、とても長いようにも、一瞬のようにも感じられた。

「さっきは、ありがとう」

と、咲希は言った。

「私のために怒ってくれたんでしょう?」

圭太は、照れて何も言えなかったけれど、咲希は手を繋いだまま、少し嬉しそうに笑った。そして、

「私ね、自信がないの。今の自分にも、未来の自分にも。だけど、自信をもつように、努力してみようって、少し思えたの。だから、ありがとう」

と言った。

二人がみんなのそばに戻ると、アトリエさわだの生徒達は、今度は澤田先生の家でお泊まり会をすると騒いでいた。もう、日にちまでほぼ決まっているらしい。

お泊まり会だって? と、圭太は思った。もし、それに俺も真島も参加したなら……。圭太がそんなふうに想像していたところへ、新太が、

「圭太も真島さんも来るよね?」

と言った。

圭太は、返答につまって咲希をチラリと見た。すると、咲希も圭太に視線を向けていた。二人の視線がぶつかり合い、圭太はドキリとした。

結局、答える前に新太に「二人とも参加ね」と決められてしまった。

帰り支度の間、圭太はずっと咲希の顔が見られなかった。直視すると、顔が赤らんでしまう気がしたからだ。母親が運転する帰りの車の中では、傾き始めた太陽を眺めて楽しかった今日一日が終わっていくのを感じていた。いつもなら、楽しいことがあった日は、夕方が来ると少し寂しくなる。でも今日は、ちっとも寂しく感じなかった。むしろ、次の予定にドキドキと胸が高鳴るのを感じていた。

## 三、決壊

あと三日だ。

圭太は自分の部屋に貼ったカレンダーを眺めながら、澤田先生の家にみんなで泊まりに行くまでの日を数えていた。

その予定の日は八月の末頃にあるので、夏休みは今日を含めてあと数日しかない。いつもなら八月の今頃から、夏が終わりに差し掛かる何とも言えない寂しさを覚えるのだけど、今年はそうではなかった。この夏一番のビッグイベントがまだ控えている。そう思うと、自然と胸の内からウキウキとした気分が込み上げてきた。

そんなことを考えていた日の夜、圭太は不思議な夢を見た。

圭太は、夜に見知らぬアパートの前に立っていた。昭和のいつ頃に建てられたものなのか、木造の相当古びた外観のアパートだ。街灯に青白く照らし出されるその姿は、ボロ服をまとった老人みたいだ。アパートは二階建てで、建物の外側に階段と共用廊下がついているが、共用廊下には、ゴミバケツや鉢植えや傘が置いてあったり、干された洗濯物が取り入れられずにそのまま放置されていたりした。

そのアパートの階段を上った先の、二階の共用廊下のあたりで、ちらりちらりと青白い光の玉が揺れ動くのが見えた。それは壁や天井に取り付けられた外灯なんかではない。明らかに、宙をゆらゆらと揺れながら泳いでいる。

なんだろう。

そう思った圭太の耳に、今度はささやくような声が聞こえてきた。耳を澄まそうとすると、圭太のそばを風が吹き抜けた。アパートの周りを囲む庭木の、夜の闇に溶け込むように黒く見える枝葉が、ザワザワと揺れる。その音にかき消されそうなくらい小さな声が、圭太に、「こっち……、こっち……」と呼びかけてくる。

圭太は、首を傾げながら、アパートの階段の古びた手すりに手をかけた。ギシギシと軋《きし》む階段を上っていくと、二階の共用廊下の奥に、光るものがゆらゆらと揺れているのが見えた。その光は、蛍のように小さい。けれど、蛍ならば、点滅するように光るだろう。しかし、それはずっとぼうっと怪しい光を放っている。さらに、不思議なことに、その光は心臓が拍動するように膨らんだり縮んだりして見えた。圭太が怪しい光を見つめていると、それは廊下の一番突き当たりの部屋のドアをすっと通り抜けて、部屋の中に消えていった。

圭太は驚いた。光を追って廊下の奥まで駆けると、恐る恐るドアノブに手をかけた。ドアには鍵がかかっていなかった。圭太がドアを引くと、軋みながらゆっくりと開いた。中は真っ暗だった。圭太は恐くなり、引き返そうと思った。

その時、廊下の奥から、またあの声が聞こえた。

「……のパパ、未来のパパ……」

圭太はその声に呼ばれるように、ドアの内側に入った。圭太の背後でドアが閉まり、あたりは暗闇に包まれる。壁に手をやり、壁伝いに歩いていると、だんだんと目が慣れ、あたりの様子が分かってきた。廊下を挟んで幾つか扉がある。圭太は光るものを探して、一つ一つドアを開けていった。ドアの向こうには、トイレや風呂場、台所や畳敷きの部屋が一つずつあった。畳敷きの部屋には、テレビやテーブルが置かれている。一見して、ここは居間だろうと思ったが、テーブルの脇には、布団が敷かれていて、眠る婦人が一人横たわっていた。廊下を軋ませる圭太の足音にも、ドアを開ける物音にも、気がつくことなく眠り続けている。廊下の一番奥の部屋に近づくと、中から微かな物音が聞こえた。誰かがいて、動いている。しかも、声を殺して泣いているようで、時々嗚咽が漏れるのが聞こえた。圭太は、この声を知っていると感じた。

圭太は、ドアを開いた。

中にいる人は、ドアが開かれたことも、圭太の存在も、まるで気がついていないみたいに、ベッドに横になったまま、泣き続けている。光るものは、そのベッドの上をふわふわと舞っていた。

圭太は、ベッドに近寄り、泣いている人物の顔をのぞきこんだ。そして、思った通りだったと思った。その人物は咲希だった。圭太は寝巻き姿の咲希の手を取り握りしめ、

「真島、真島……」

と声をかけた。シーツの上に乱れて広がる咲希の長い髪を指でかいて整え、彼女の頭をなでた。そして、涙に濡れる白い頬に触れて、もう一度名を呼んだ。咲希の目が、初めて圭太を見た。

「どうして泣いているの？」

圭太が問うと、咲希は唇を開いた。

咲希が圭太に何かを言おうとする。そこで圭太の目は覚めた。

目が覚めた後、圭太はしばらく呆然としていた。夢の記憶はあまりに鮮明で、その余韻は長く続いた。その日は何度もその夢を思い出し、そのたびにあれはただの夢ではなかったように思えて胸騒ぎを感じていた。

＊＊＊

圭太がおかしな夢を見たのと同じ日のことだった。咲希は、悪夢を見て夜が明ける前に目を覚ました。最近寝る前に絵を描くと必ず悪夢を見るので、寝る前に描くのはやめようと思うのだけれど、ついつい描いてしまう。昨日も描いてから寝たら、案の定、気味の悪い夢を見た。

夢には母親がでてきた。夢の中の母は、台所に立って魚をさばいていた。咲希は戸口の辺りに立って、母の背中を見つめている。母は無言で魚を何匹もさばき続ける。取り除かれた内臓がまな板の隅に山のように積まれていく。台所の壁にかけられた時計の針がグルグルと回る。随分と時間が経っても、母は魚をさばき続けていた。

「お母さん、お母さん……」

何か異様なものを感じて、咲希は母の背中に呼びかけた。

しかし、母は振り返らない。咲希の声など聞こえないみたいに、ずっと魚の腹を裂いている。血なまぐさい臭いが辺りに立ち込めている。

「お母さん、お母さんってば……」

咲希はたまらず、母に駆け寄り、母の肩を揺さぶった。母は首に骨が入っていないように頭をグラングランと震わせた。人間ではないようなその動きにゾッとした。

咲希は恐る恐る顔を上げ、母の正面を覗き込んだ。そして、咲希は驚愕《きょうがく》した。母の顔があるべきところには顔がなく、前から見ても、後ろから見ても、母の首から上には後頭部しかなかった。

咲希は大汗をかいて、ハッと目を覚ました。横たわったまま、心臓に手を当てると、徒競走をした後のようにバクバクしていた。起き上がって時計を見ると、まだ四時だった。咲希は、ベッドから降りて立ち上がる。寝た後とは思えないくらい体が重い。

悪夢を見る日は大抵そうだが、眠りが浅く、うつらうつらする間に短い夢を見たかと思うと繰返し目を覚まし、ベッドの上で寝返りを何度もうち、嫌な汗をかき体に熱をもち、ぐったりと疲れきって朝を迎える。

今日も、ほとんど寝たような気がしなかった。しかし、もうこれ以上ベッドにいても眠れそうな気もしなくて、咲希は重たい体を引きずって部屋を出ようとした。ドアノブに手をかけてから、ふと部屋の壁に開いたまま立てかけてあったスケッチブックに目をやった。白いページが真っ黒に塗りつぶされている。昨日描いた絵が、あまりに暗くて塗りつぶしてしまったのだった。咲希は、自分の中に溜まった暗いものを、自分で描いて見つめては暗澹《あんたん》としていた。

裸になり、浴室の鏡の前に立つと、痩せた体が映って見えた。もともと華奢《きやしや》だったが、最近さらに細くなったようだ。ほっそりした少女が、鏡の中からこちらを見つめている。咲希は、蛇口を捻ってシャワーから湯を出した。とたんに湯気が浴室に立ち込める。汗をかいた体を洗い流すと、咲希は心持ちすっきりとした気がした。

浴室から出ると、朝が早い母が、起きて台所で朝食を作っていた。咲希を見て、テーブルに味噌汁とごはんと焼き魚を並べ始める。咲希は、魚を見て先程の夢を思い出し、

「ごめんなさい、食べられそうにないの」

と母に言った。

「夏バテかな」

何か言い訳しないと申し訳ないような気がして、咲希はそう言った。

母はさして気にする様子もなく、淡々と、

「食欲がないなら、仕方ないわね」

と言って、後はもう何も言わなかった。

それから、自分の朝食をたいらげると、いそいそとテーブルの上と流しを片付けて、居間で着替えを始めた。母と咲希は昔、廊下の奥にある部屋で一緒に寝ていたが、咲希が成長した今は、咲希だけが奥の部屋を自分の部屋として使っていて、母は居間に布団を敷いてそこで寝起きしている。

咲希は、母が居間の箪笥《たんす》から服を出して着替えているのを見て、もう仕事の準備をしているのかと思った。母は朝が早ければ、仕事に出るのも早い。何でもせかせかと早いうちにすませてしまう人だ。それにしたって、咲希が一口も朝食に手をつけていないのに、それを気にも留めずに早々《はやばや》と仕事に出ようとするのは、冷たいのではないだろうか。そう考えたが、咲希はすぐに自分の考えを打ち消した。いや、冷たいのではない。母がせっかちなのは、忙しすぎるからだ。咲希のことにあまり関心を寄せないのは、仕事のことで頭がいっぱいだからだ。そして、それは私達の暮らしのためだ。母はがんばり屋で、いつも一生懸命なのだ。そんな母に不満をもってはいけないのだ。咲希はそんなふうに自分に言い聞かせようとした。しかし、頭ではそんなふうに考えられても、寂しさは心の奥からどうしようもなく湧き上がってきた。

咲希は、その寂しさを絵に描いたことがある。今年の春にアトリエさわだの教室を使って行われた生徒の作品展に、咲希はその絵を出した。その絵は、母の後ろ姿が描かれた絵だった。母が台所に立って料理をしている姿を後ろから描いたものだ。その絵を母は覚えているだろうか。一見すると、家族のために食事をつくる母親の、心あたたまる姿を描いたように見えるが、その絵の本当の意味に、母は気がついてくれただろうか。

「咲希、洗濯物を干してあるから、乾いたら取り入れてね」

母が事務的にそう言うのを聞いて、咲希は「分かった」と答えた。母はいつでも淡々としている。絵の意味を理解してくれるだろうかなんて、期待しちゃいけないのだろうか。

それから咲希は、居間のテーブルの上にあったリモコンを手に取り、テレビの電源を入れた。ニュースをやっていた。咲希はそれを見るともなしに眺めた。今日も昨日と似たりよったりのニュースが流れている。報道されていることに、特に興味も抱かないまま、咲希はぼんやり眺めていた。

「帰り、少し遅くなるから」

咲希は「分かった」と答えながら、テレビのチャンネルを他に変えようとした。しかし、そこで咲希のリモコンを持つ手が固まった。咲希の目が、テレビに映される何かを見つめて、大きく見開かれていた。

「あと、町内会の人が午後に会費を取りにくるから、渡しておいてね。そこの引き出しの封筒に入れてあるから」

母は、咲希の様子がおかしいことに気が付かずに、淡々としゃべっている。

「それじゃあ、行ってくるわね」

咲希に振り向きもしないまま、母は鞄を持って玄関に立った。

その時、咲希の手からリモコンが落ち、音をたてて転がった。母がやっと振り返った。

「咲希……？」

母は咲希の顔を見て驚いた顔をした。咲希は、テレビの画面を凝視したまま、声もなくボロボロと泣いていた。それは、あまりに突然のことで、母は咲希に何が起こったのか全く理解が出来なかった。

＊＊＊

怪しげな夢の余韻と、どことなく胸がざわつくような不安感を引きずったまま、澤田先生の家に泊まりに行く日がやってきた。圭太が母親の運転する車から降りると、瑞々しい夏の草木のにおいがする澤田先生の家の裏庭から、たくさんの人の声がしていた。

門を抜けて、家の周りをぐるっと巡って裏庭に出ると、そこには咲希を除く、バーベキューを一緒にしたメンバーと、もう一人、林さんという六年生の女子生徒が先に来ていた。彼女はスレンダーで活発な印象の女の子だった。林さんは、圭太を見ると、

「先生！　圭太くんが来たよ」

と、明るい声を出した。

「いらっしゃい。もうお昼ご飯の準備が出来てるわよ」

澤田先生が掃き出し窓を開いて、居間の中から顔を出した。たくさんのガラスの器を提げて、庭に降りてくる。その庭には、木切れを組み合わせて作った三脚のようなものが幾つか並べられてい

て、その上に青竹を真っ二つに割ったものを渡してあった。そして、それを囲む子ども達は、さっき澤田先生が持ってきた器に麺つゆを入れて持って、

「花江さん、早く食べたい！」

「早くお素麺流して！」

と騒いでいた。

はいはいと、ニコニコ笑いながら答えた花江さんが、青竹に水を流し始める。続いて、水の中に、素麺がひとつかみ流されると、子ども達がワイワイと騒ぎながらそれを箸でつかみにかかった。

「圭太くん、お昼は流しそうめんだよ」

と、真奈が嬉しそうに笑って言った。

「お庭で流しそうめんなんて、初めて！」

璃奈も嬉しそうだった。圭太も、澤田先生からつゆの入った器を受け取ると、青竹を囲む子ども達の中に加わった。

「好きなものをのせて食べてね」

と、澤田先生が庭に出したテーブルの上を指さした。そこには、薬味を盛りつけた皿がのっかっていた。

澤田先生の家の庭は明るかった。子ども達のにぎやかな話し声や、弾けるような笑い声と笑顔は、夏の日差しによく似ている。今日の青く晴れた夏空や、さんさんと降り注ぐ太陽の光と同じくまぶしい。子ども達が笑いながら、競って箸を水につけるたび、小さく飛沫が散って、日差しの中で水がキラキラと光った。夏の日差しの中で、涼しげな青竹や、つるりとした素麺、麺つゆの入った器

に入れられた丸い氷や、青い大葉やネギや鮮やかな色をしたミョウガなどの薬味が、圭太達に涼しさを与えてくれていた。子ども達は思い思いの具材を素麺にのせて食べた。テーブルには、薬味の他に、錦糸卵や、キュウリやハムや、ツナやサバ缶やキムチまでもが置かれていた。

しかし、圭太はその楽しい雰囲気を楽しみながらも、ずっと気がかりに思っていることが一つあった。

「真島、まだ来ないな……」

今日は明確な集合時間が決められていたわけではなかったが、お昼ご飯前に澤田先生の家にみんな集まる予定にしていた。なのに、咲希は十三時近くになってもまだ現れなかった。そろそろ素麺も具材も底がつきてきたし、みんなもお腹がはってきたが、咲希が来ないので、花江さんや澤田先生は昼食を片付けようかどうか迷って、困った顔を見合わせていた。

「本当に遅いわね。瑞希、咲希ちゃんに電話してみたら？」

「さっきから、何度か電話しているんだけど、出ないのよ」

「そう……。一体どうしたのかしら」

＊＊＊

恭子が昼過ぎにスーパーから戻ってみると、咲希の部屋の前には、恭子が昼前に置いたお膳がそのまま置かれていた。ラップをかけられた昼食は、全く手がつけられないまま冷えている。

恭子は、ドアをノックしながらドアの向こうの咲希に話しかけた。

「咲希、咲希……、少しは食べなさい」

ドアの中から返事はない。

「今日も、ずっとそこにいるつもりなの？」

その問いかけにも、答えが返ってこなかった。恭子はため息をついた。

一体どうしたというのだろう。咲希は三日前の朝に突然泣きだし、その後からずっと部屋に閉じこもっている。理由を聞いても、何も答えない。ドアに鍵をかけて、開けてもくれない。食事を作って部屋の前に置いておいても、ほとんど手をつけない。

恭子は、何か咲希に声をかけてやらなければいけないと思ったが、こんな時に何と言ってあげたらいいのか分からなかった。それでこれだけ伝えて、ドアの前を離れた。

「お母さん、今日夜勤だからね。今から少し仮眠するから」

冷たく聞こえたかもしれない。恭子は子どもと向き合うのが不得手だ。それは、子を持つ母としては認めたくないことだったが、心のどこかでは自覚していた。劣等感にも思っていた。恭子は、そもそも人と向き合うこと自体が得意でなかった。それは、恭子が自分の気持ちを表に出すことがうまくできないからだった。

それは、小さい頃からそうだった。恭子がまだ小学生だった頃、親が農作業に出ている間、恭子は弟や妹達の世話と家事を毎日親から押し付けられていた。恭子は、よく一番末の妹を背負って食器を洗ったり、洗濯をしたりした。しかし、妹は恭子の後ろで静かにしてはおらず、ワンワン泣いたり、体をくねらせて駄々《だだ》をこねたりした。恭子は、妹をあやしながら、自分の方が泣き出したい気持ちにたびたびなった。しかし、泣いたところで、事態は良くならない。親が田畑から戻ってくるわけでも、妹が泣き止むわけでも、やらなきゃならない家事が消えるわけでもなかった。それで恭子は、ぐっと歯を食いしばることを覚えた。そうすれば、涙は少し出にくくなった。しかし、その癖は弊害を生んだ。恭子はしょっちゅう顔に固く力を入れる癖がついてしまった。そのせいで、親からこう言われた。

「あんたはお面みたいな顔をしてるね」

「ちょっとは笑ってみろ。おまえの無表情な顔を見てると、飯がまずくなる」

しかし、一度ついた癖はなかなかなおらない。

ある時、両親は遠方の親戚を訪ねて家を半日留守にすることになった。その前日、弟や妹はこの辺りの田舎では買えない菓子や玩具を出かけた先で買ってほしいと親にねだった。親は、順繰りに子ども達の欲しいものを聞いていき、最後にずっと黙りこくっている恭子に欲しいものを聞いた。しかし、恭子は親の懐具合を気にしてしまい、何もねだることができなかった。しかし、親の財布の中を心配していると口に出すのも失礼な気がして、それでただ黙ってうつむいていると、

「何もいらないのかい？　せっかく聞いてあげてるのに、可愛げのない子だね」

と言われてしまった。恭子はひどくショックに感じた。

大人になってからも、そんな恭子の癖はなおらなかった。

恭子の夫は、恭子が物静かで淡々としている分、人の二倍よくしゃべって明るく笑う人だった。しかし、夫の父が五十代の若さで亡くなった辺りから、夫の笑顔に陰りが見え始めた。しかし、その頃はまだ夫は悲嘆に明け暮れるわけではなく、父から継いだ会社を守るために仕事をがんばることで、気持ちを強く持とうとしていた。しかし、時代が悪く、バブルの崩壊とともに会社の経営も

立ち行かなくなると、夫は見る見る酒に溺れるようになった。あの頃から、夫は人格が変わり始めた。酒に酔うと、ネチネチと愚痴っぽくなったり、怒りやすくなったりした。カラッとした明るい笑顔で毎日家族を明るくしてくれていた夫はいなくなっていた。あの頃、恭子は夫になんと声をかけてあげれば良いのか分からなかった。心配はいつも胸の中にあった。酒をやめてほしい。もとの夫に戻ってほしい。つらいのなら、酒ではなく自分に頼ってほしい。しかし、それらの言葉は、恭子の中に留まって出てきてくれない。伝えたい思いは沢山あるのに、それを言葉にして伝えることを恭子は小さい頃からしてこなかった。だから、思いはただ恭子の中でグルグルと巡るだけで、誰にも伝わらない。そばで恭子を見ている人には、ただ恭子の押し黙った仏頂面が見えるだけだ。それで、夫からよくこんなふうに言われていた。

「おまえは冷たい。俺がこんなふうになっても、何とも思っていない」

違うと言えたら良かった。しかし、それすら言葉にして伝えられなかった。恭子の心の内と、夫から投げかけられた言葉にあまりにも落差がありすぎて、驚いたしショックだった。その気持ちをどのように伝えていいのか分からなかった。

夫が失踪する直前もそうだった。麻痺の残る体で病院から帰ってきた夫は、いよいよ暗い顔つきになって、何を思っているのかぼんやりとしたり、考え事をするみたいに押し黙ったりしていることが増えた。恭子はそんな夫を見て、胸騒ぎを感じていた。台風が来る前の奇妙に静かな空のように、不穏なものを感じていた。しかし、口に出したらその予感が本当になってしまいそうで、恭子は夫に何も聞けなかった。でも、今はそれを後悔している。あの頃、恭子が夫にもっと声をかけていれば、夫の失踪を止めることが出来たかもしれない。

過去を振り返れば、恭子には沢山の後悔がある。がんばったが失敗に終わったことへの後悔より、何もしなくて失敗したことへの後悔の方がつらい。だから、恭子は過去のことを思い出すのが好きじゃない。

前へ、前へ、前へ。

こぐのをやめれば倒れる自転車のように、恭子はひたすら前へ走り続けて生きてきた。特に夫が失踪してしまってからはそうだった。

夫が失踪した後、恭子の手元には大変なものが残されていた。夫の会社は倒産した時に沢山の借金があった。夫や恭子が連帯保証人になっている借金も沢山あった。それらをすべて恭子に丸投げして夫は消えてしまったのだ。恭子は弁護士を雇い、債務整理をお願いしたが、依頼してから終わるまでに長い時間がかかった。その間にも、恭子は借金による心的な負担で鬱《うつ》になってしまいそうだった。

債務整理がすんだあとも、しばらくは貧しい暮らしを強いられた。恭子の実家も貧しい田舎暮らしだったので経済的に頼ることはできなかった。義母は、同じ家に住み、生計を共にしてきた身なので、恭子が貧しくなれば、義母も貧しかった。

それでも、義母と一緒に暮らしていけば、咲希の世話や家事を手伝ってもらうことはできる。そうした方が、恭子も働きやすく、生活も立て直しやすい。

しかし、恭子は義母を元の家に一人で残して、咲希と二人でアパートを借りて別で暮らし始めた。義母と折り合いが悪かったからだ。夫がいなくなった後まで、一緒に同居していたくなかった。

そうやって始めた母一人、子一人の生活だったが、始めてみると思った以上に心細いものだった。

自分が倒れればたちまち生活は立ち行かなくなる。実際にシングルマザーになってみなければ分からないことだったが、心にのしかかる重圧は大変なものだった。生活にゆとりがなくなると、心にもゆとりはなくなる。恭子はだんだんと自分の心が尖っていくように感じた。いつも綱渡りをしているような、ピリピリと張り詰めた気持ちで生活してきた。テレビを見て子どもと笑ったり、今日学校で何があったか尋ねたり、そんなことさえしんどいと思うようになった。

恭子は一時期夜勤を詰め込み過ぎて体調を崩し、何日も熱や咳が続いたことがある。恭子は、それを押して働き続けたが、無理がたたり、肺炎を起こしてしまった。何日か入院を強いられてしまい、高い入院費がかかった。病棟師長の配慮で入院中の休みを有給扱いにしてもらえたので、給料は減らされなかったが、恭子はそれを機に、もっと貯金をしないといと思うようになった。そこで、それまで准看護師の資格しかなかった恭子は、看護師の国家資格を取ることにした。その方が、もらえる給料が高いからだ。恭子は働きながら学校に通い、毎日睡眠時間を削って勉強し、国家試験に合格した。

すべては咲希を一人で育てていくためだった。前へ、前へ、前へ。恭子は疲れ果ててもその身を引きずって今日という日を走り続けてきた。立ち止まったら襲いかかる疲労で動けなくなるかもしれない。だから、倒れそうになりながらも走り続けてきた。

そんな日々は、自身の劣等感と向き合うことから恭子を遠ざけてもくれた。残業をして遅くに帰ると、咲希は夕食を一人で食べ、恭子の帰りを待つのに疲れて居間で眠っていることもあった。会話の少ない親子だった。しかし、恭子は咲希のために働いているのだと、自分に言い聞かせてきた。咲希から逃げているわけではない。夫がいなくなり、たった一人で子どもと向き合っていかなければばならなくなったことから、逃げているわけではないんだ。これは、すべて咲希のためなのだ。

有難いことに、咲希はとてもしっかりしていたから、恭子はあまり咲希を心配したこともなかった。父を失っても、咲希は泣いたり駄々をこねたり、わめいたり母を困らせたりしない、いい子だった。そんな咲希に甘えてもきた。少し放っておいてもこの子なら大丈夫だと、たくさん働かせてもらってきた。

しかし今、咲希は急な変貌を見せた。理由も言わずに部屋に閉じこもるようになったのだ。恭子はうろたえた。どうにか咲希の気持ちを聞き出し、咲希の抱える問題と向き合ってみようと思ったが、恭子はそこで気がついた。夫が失踪してから今までの間に、咲希と面と向かってゆっくり話をしたことがどれだけあっただろう。ほとんどなかったじゃないか。恭子は、そう思い至って愕然《がくぜん》とした。今となっては向き合い方さえ忘れかけている。ましてこんなふうに心を閉ざした咲希とどう向き合えばよいのか、恭子にはさっぱり分からないのだった。

恭子は、居間にもどり仮眠のために布団をひきながら、暗澹《あんたん》とした気持ちになっていた。出口のない迷路に入り込んだ気分だった。とにかく、今は自分にできることをするしかなかった。今日も働こう。それしか私にはできない。夜勤のために今は眠ろう。そう自分に言い聞かせ、恭子は布団に入った。

＊＊＊

ドアの向こうから、淡々とした声が聞こえる。咲希は、その声の中に母の感情を読み取ろうと試みる。しかし、昔からそうだけど、咲希には母が血の通わないロボットのように感じられるのだった。

小学校一年生の時、咲希は母に、

「お友達が一人もできないの」

と打ち明けたことがあった。それを打ち明けることは、咲希には非常に勇気がいった。なにしろ、それは子どもにとってはとても恥ずかしいことだった。学校にいると、先生は子ども達に、「みんなで仲良くすること」をとても大事なことのように教える。「仲良く」できない子はダメな子なのだ。咲希は、クラスのみんなと同じように、クラスで作り出す一つの輪に、うまく加われないことを恥じていた。どうすればよいのか一人で悩み、やっぱり一人で考えてもどうしようもなくて、母に打ち明けてみた。

母は、畳の上に座って洗濯物を畳みながら、

「そう」

とだけ、言った。

咲希は、しばらく母のそばに立って、それ以外の母の言葉を待っていた。しばらくして、母は無言で立っている咲希を見上げて、

「それで?」

と聞いた。

それで? 咲希は、唖然《あぜん》としてしまった。それで、と言われても、さっき言ったことがすべてだった。お友達が一人もできない。その言葉に、咲希の悲しみも寂しさも苦しみも恥ずかしさも、

すべてが込められていた。

「それだけ」

と咲希は言うと、母は再び、

「そう」

と言った。

咲希はしばらく母のそばに突っ立っていたが、母は淡々と洗濯物を畳むだけで、それ以上は何も言ってくれなかった。

母は、気持ちが揺れない。心の内側までのぞいたことはないけれど、少なくとも咲希にはそのように見えた。それは、咲希が部屋に引きこもってみても同じであるようだった。

咲希は、母に今まで見たことがないような反応を密かに期待していた。母に声を上げて叱られてみたかった。無理矢理にでも、部屋の中から引きずり出して、パチンと頬をたたいてほしかった。

咲希はちっともこの場所に留まっていたくなかった。部屋に引きこもったのは咲希だけれど、引きこもりたいからこもったのではなかった。部屋から引っ張り出してほしいからこもったのだ。自分を見てほしいから、隠れたのだ。

咲希の心は叫んでいた。しかし、それはうまく言葉にならなかった。誰かに助けてもらいたいのに、うまく助けを求められなかった。

ここ最近、ずっと不安定だった咲希の心は、三日前、あるニュースを見た時に突如として壊れてしまった。それは、説明をしても、他者には理解され難い話だった。

そのニュースというのは、咲希が住む場所とは遠く離れた土地での出来事だった。行ったこともなければ、知り合いもいない、全くの無縁の土地だ。出来事自体は確かに恐ろしいことだった。ニュースを見て、亡くなった人を哀れんだ人もいただろう。しかし、いくら可哀想だと思っても、日本人にとっては、それは毎日のように報じられる海外の悲惨なニュースの一つに過ぎなかった。自分達の生活には影響を及ぼさない、そのうちに記憶の中から忘れ去られてしまうものだ。

しかし、咲希には、中部アフリカで起こった感染症の流行が、なぜかとてつもなく恐怖に感じられた。その感染症は、エボラ出血熱という名だった。

その病《やまい》は、エボラウイルスに感染した患者の体液に触れることにより発症する。初期は発熱や全身倦怠感のような風邪に似た症状が出るが、進行すると消化管や皮膚、血管など、全身から出血が起こる。致死率が高い上に、現時点では特異的な治療法はない。

不眠続きで、熱をもったような体やぼうっとした頭、ガサガサとした心に、そのニュースは強烈なインパクトをもって入り込んできた。テレビの画面に映る激しい出血症状をきたした患者の姿を見て、咲希は戦慄《せんりつ》を覚えた。「全身から出血する」という言葉にも、大変な死者数が出たということにも、恐ろしさを感じた。このような病気があるなんて、咲希は生まれて初めて知った。

くたびれて、外から侵入してくるものへの抵抗力を失っていた心は、砂漠に水が染み込むようにテレビから溢れてくる強烈な映像を吸い込み、心はあっという間に満杯のダムのようになってしまった。そして、心は決壊した。中からは、恐怖があふれ出してきた。大波のようになった恐怖が、咲希をあっという間に飲み込んだ。

恐怖は、咲希に言う。近づいてくる、近づいてくる。ここにも病が近づいてくる、と。咲希は自分の背後に、死のにおいが近づいてくるような、得体のしれない不安感を覚えた。理屈も、根拠もないけれど、遠く離れた海の向こうから、咲希のすぐ足元に災厄が音もなく忍び寄り、咲希の身近な人達を根こそぎ奪っていってしまうような予感がした。その不安は、理屈で否定しようとしても、咲希の心に憑りついてしまって、どうにもならなかった。

それから三日間、一人きりで、ずっと変わり映えのしない狭い部屋の中に閉じこもっていると、なおさら何度もテレビの映像を思い出した。心の中に映写機があるようだった。心が映し出す画像を眺め、咲希はボロボロと泣いた。涙はおかしいほどこぼれてくる。私はとうとう気が狂ってしまったのではないか。咲希はそう感じながら、部屋の中でむせび泣いていた。

こんな姿、誰にも見られたくなかった。こんなこと、誰にも話したくなかった。自分でもおかしいと思うのに、こんな話を誰が理解してくれるだろう。部屋の壁が、咲希の心のように咲希を取り囲んでいる。

しかし、咲希は一方で強く願ってもいた。世界中に誰か一人でいい。このドアをこじ開けて、咲希をここから引きずり出してくれる人が現れてほしい。うまく他者に助けを求められない咲希は、その人が現れることを、人知れず祈っていた。

＊＊＊

子ども達と澤田先生は、流し素麺を食べた後、散歩に出かけた。丘の麓へ下っていくと、途中で川原に出る。子ども達は、丘の緑の合間を流れる澄んだ川を見て、目を輝かせた。

璃奈は、水着を持っていないのもかまわずに水に足をつけて歩き回り、浅瀬で見つけたカニや魚を追いかけて遊んだ。遊ぶのに夢中になるあまり、璃奈のワンピースの裾はぐっしょりと濡れていた。

その後、子ども達は澤田先生の家に帰ると、それぞれの顔に笑顔の花を咲かせて、花江が待つ玄関にバタバタとにぎやかに駆け込んできた。

「ああ、暑かった」

真奈がそう言うと、璃奈が、

「お姉ちゃんも、川に入ればよかったのに」

と言った。

「いいの、私は小川の風景を絵に描きたかったから」

そう答えた真奈は璃奈が川で水遊びをしていた間、河原で新太と並んで絵を描いていた。

「真奈ちゃんは、本当に絵が好きだね」

と、圭太が言った。圭太は、川では林さんと二人で璃奈を見守るようについて回っていた。圭太は純粋に璃奈が深みにはまったり、流れに足をとられたりしないように世話を焼いていたようだが、林さんはというと、圭太と一緒に璃奈の世話を焼きながらも、璃奈のことより圭太のことばかり気にしていた。

みんなの様子を見守っていた澤田先生は、それに気がついて、オヤオヤと思った。澤田先生がまだまだ子どもだと思っている生徒達の中にも、好きになったり好かれたり、さまざまな恋愛模様が浮かんでいるようだ。

「さあ、みんな手を洗って。少し休憩をしてから、お夕食をみんなで作りましょう」

子ども達は、はーい、と素直な返事をする。そして、「お夕食はなあに」と璃奈が聞いた。

「カレーよ」

花江さんがそう言うと、子ども達は嬉しそうに笑った。

子ども達は居間で少し休んだ後、カレー作りに取りかかるべく台所に移動した。途端に、台所は子ども達で寿司詰めになった。ワイワイと騒がしく、思い思いに動こうとする子ども達はまとまりをかいていた。でもその混乱したにぎやかさを子どもたちはみな楽しんでいて、学校の集団合宿のようなワクワクとする雰囲気があった。花江さんは、学校の先生さながらに、子ども達の指揮をとって、てんやわんやしている台所をまとめていった。璃奈がお米を研ぎ、圭太と林さんが野菜を切った。澤田先生と新太、真奈は、切った野菜と肉を鍋に入れ、炒め煮した。その間、花江さんは、子ども達を見守りながら、マカロニサラダを作っていた。暑さが苦手な猫のトムは、一日中クーラーがきく家の中でくつろいでいたが、子ども達が料理にとりかかると、にわかに活気づいて彼らの足元を行ったり来たりし始めた。どうやら、何かおこぼれをもらえないか狙っているようだった。

鍋から食欲をそそる香りがし始めた頃、圭太は台所の時計を見た。午後五時を少し過ぎていた。

「咲希さん、本当にどうしたのかしら」

圭太の視線を読んで、澤田先生がそう言った。

「連絡もないままだし、心配ですね……」

不安そうな圭太に、澤田先生が、

「もう一度、こちらから電話してみましょうか」

と言った。

澤田先生は台所を離れると、廊下の小さなキャビネットの上に置かれた固定電話から咲希の家に電話をかけた。圭太は、それを近くで見守っていた。

呼び出し音が鳴っているのが、圭太の耳にも小さく聞こえた。電話にはなかなか誰も出ない。澤田先生が、圭太に目を合わせながら困り顔を作って「ダメだわ」と伝えてくる。澤田先生が電話を切ろうとした時、ようやく誰かが、

「もしもし……」

と眠たそうな声で応じた。

出たのは咲希の母親の恭子だった。

「ごめんなさい。夜勤前で仮眠をしていたもので……」

と、恭子は言った。

「そんな時にお電話してしまってすみません。私、アトリエさわだの澤田と申しますが……」

「ああ、澤田先生……。どうされたんですか？」

恭子は、言葉には出さないが、わずかに声に不快感を滲《にじ》ませていた。

恭子は私が嫌いであるらしいと澤田先生は思いながらも、気が付かなかった様子で恭子に事情を説明した。恭子は、咲希が今日澤田先生の家に泊まりに行く予定にしていたことをすっかり忘れていたようで、

「ああ、そう言えば、そんなことを言ってましたね」

と言った。

「今、咲希さんはどうされてますか？　何か体調が悪くて来られなくなったんでしょうか？」

澤田先生が問うと、恭子は急に言葉に詰まった。

「体調が悪いというか……」

「というか……？」

「何と言ったらいいのか……」

何とも歯切れの悪い返事だった。さっぱり事情が分からない。澤田先生は困ったように首を傾げた。電話の声が漏れ聞こえていたらしい圭太も、同じような顔をしていた。

「私もよく分からないんです。本人と話をしてみますか？　電話に出るか分かりませんけど、一応呼んでみましょうか？」

よく分からない？　電話に出ないかもしれない？　咲希は今どんな状態なのだろう。恭子と話をしていても、頭の中にハテナが増えるばかりだった。とにかく咲希と話をした方が早いだろう。澤田先生は、お願いしますと伝えた。

受話器をどこかに伏せて置く、ゴトリという音がして、続いて「咲希、咲希」と恭子が咲希に呼びかけている声が遠くから聞こえた。しばらく間があった。辛抱強く澤田先生が受話器を耳に当てて待っていると、恭子が戻ってきて受話器を取ってしゃべった。意外そうな声で、

「咲希、電話に出るそうです」

と言っていた。

受話器がガサガサと音をたてた。恭子から咲希の手に受話器が渡ったようだ。受話器はしばらく何の声も聞かせてくれなかったが、澤田先生は電話の向こう側に咲希がいるのを感じた。今、咲希は自宅の電話機のそばで、受話器を握って立っている。無言で、何を話せばよいのか迷いながら、

でも、何かを伝えたくて受話器を握りしめている。

「咲希さん？」

澤田先生は、優しい声で話しかけた。

「先生……」

咲希の震えた小さな声が聞こえた。

「どうしたの？　元気のない声ね」

「先生……、心配かけてごめんなさい……。今日、私、先生の家に行けそうにないんです」

「謝らなくてかまわないわ。来られないことは、別にかまわないの。それより、体調が悪いの？何かあった？」

澤田先生の問いかけに、咲希は言葉を詰まらせた。受話器を耳に押し当てて、澤田先生が咲希の返事を待っていると、澤田先生の背後からたくさんの足音とにぎやかな声が近づいてきた。

「何、何ー？」

「先生、誰に電話してるの？」

璃奈や真奈、新太が電話を取り囲んで騒ぎ始めた。

「しっ！　みんな、静かに！　瑞希は咲希ちゃんと電話してるのよ」

三人を追いかけてきた花江さんが、騒ぐのを止めようとしたが、

「真島さん？　璃奈も電話するー！」

「私にも代わって」

と、子ども達はオモチャを奪い合うように受話器に手を伸ばし始めた。

後ろから林さんも、騒ぎを聞きつけて電話のそばにやってきた。

「何？　何の騒ぎ？」

取り合いになった受話器は胴上げされるみたいに、幾つもの手の上をあっちへ跳ねたりこっちへ跳ねたりしていたが、ポンと勢いよく跳ねると圭太の手の中に落ちた。

「あー！　圭太くん、ずるい！　璃奈にかしてよー」

ただ、受話器を取り合ったり邪魔をしたりして騒ぎたいだけの真奈と璃奈と新太は、圭太の腕をつかんでひっぱったり、そばで「あー！」と大声を出したりしていた。澤田先生や花江が、子ども達をつかまえて口を塞ごうとするが、身をよじって可笑しそうに笑いながら、まだ騒いでいる。

圭太は、受話器を当てた方とは反対の耳を手で塞いで、

「真島、聞こえる？」

と、話しかけた。

「伊藤くん……？」

と、咲希が言うのが聞こえた。今日、ずっと会いたいと思っていた人の声だと圭太は思った。圭太は、にぎやかな台所に立っている間、そこにいるはずだった咲希の姿をずっと思い描いていた。料理なんて興味のない圭太だったけれど、咲希はどんな様子で料理をするだろうと考えることは別だった。絵を描く時のように、しなやかに器用に料理をするだろうか。それとも、料理となると、不器用なのだろうか。居ないからこそ想像が膨らみ咲希のことばかり考えてしまっていた。真島は不思議なやつだ、と圭太は思う。学校でもアトリエさわだでも、全然しゃべらないからかえって気になる。存在をアピールしないくせに、かえってありありと存在を感じさせるのだ。

受話器から聞こえる咲希の声は、いつもと少し違って聞こえた。初めて電話越しに声を聞いたからではない。少し掠《かす》れたような、鼻にかかったようなその声を聞いて、圭太は咲希が泣いていたのではないかと思った。

「もしかして泣いてたの？」

「……何で分かったの？」

圭太は、三日前に見た夢を思い出した。夢の中で泣いていた咲希を。そして、目が覚めてから感じたザワザワとした胸騒ぎを、今もう一度感じた。

「どうして泣いていたの？」

咲希は何も答えない。

「今日は、どうして来られなかったの？」

やっぱり、咲希は無言だった。

圭太は不安を感じた。咲希に一体何があったのか、不安に思うほど心が波立った。

「どうして何にも言ってくれないんだ」

少し尖った口調になったのを、圭太は自分で感じて驚いた。

咲希も、圭太のいらだった声に驚いたようだった。そして、不当に叱られて傷ついた子どものような声で、

「伊藤くんに話したって分からないわ」

と言った。

「今日は行けなくて、心配をかけてごめんなさい。もう、今度から私のことは誘わなくていいから。

もう放っておいて」

すねたような口調から、それが咲希の本心ではないように圭太は感じた。本当に伝えたい言葉は、もっと咲希の胸の奥にあるのではないか。そう思えて、圭太はもどかしかった。

「どうしてそんなことばかり言うんだよ！」

圭太は咲希に必死になって語りかけた。

「放っておいて？　真島はどうしていつも一人になりたがるんだ。どうしていつも寂しそうなんだ」

咲希が電話の向こうでハッと息をのんだ。圭太は、咲希から何か返答があることを願うようにして待った。しかし、咲希は何も答えない。時間ばかりがすぎていく。圭太は胸が鬱々《うつうつ》としてくるのを感じた。どうして咲希は、いつも心を閉ざしてしまうのだろう。

思えば、咲希はいつでも教室で一人ぼっちだった。その背中は、いつも寂しいと叫んでいるみたいに見えた。圭太は、気になって、時々咲希に話しかけるようになったが、二人の距離は一向に縮まらなかった。そうやって、四月が過ぎ、五月が過ぎ、時が経っていった。いつしか、圭太は自分でも気が付かない内に咲希を目で追いかけるようになっていた。あの頃、すでに圭太は咲希に恋をしていたのだろう。

圭太は苦しかった。咲希はいつも一人で教室の窓の外を暗い顔で眺めてばかりだった。同じ教室にいながら、全くかけ離れた場所にいるみたいに見えた。圭太は咲希を孤独の中から引っ張り出したかった。夏祭りの日も、海に行った日も、咲希の心に呼びかけ続けてきた。だけど、咲希が圭太の声に答えてくれることはなかった。圭太の思いはいつも空回りで、行き場のない思いが胸の中で熱を発しながら膨らみ続けていた。

今日も咲希に思いが届かないままで終わるのだろうか。圭太は、受話器を握る手にギュッと力を込めた。切ない気持ちがどうしようもなく込み上げてくる。

その時だった。咲希の小さな声が圭太の耳に届いた。

「……助けて」

それは、微かな声だった。しかし、確かな心の声だった。

「一人でなんか、いたくない。伊藤くん、助けて……」

咲希は声を上げて泣いた。心の奥から、今まで溜め込んできた寂しさが、滝のようにどうどうと音をたててあふれ出してくる。気持ちがあふれるままに、咲希は大声で泣いた。

圭太は、初めて聞いた咲希の心の声に胸が熱くなった。

「一人になんかさせないよ」

圭太は心の底から咲希に誓った。電話越しに話しているのに、まっすぐに咲希と向かい合って話しているみたいに感じた。今、二人の心はそれくらい近くにあった。

「俺がずっと真島のそばにいるから」

咲希は、それを聞いていっそう泣いた。圭太は、咲希が泣きやむまで、その声を黙って聞いていた。そうしている間、圭太は咲希の裸の心を抱いているように感じていた。咲希はしばらく泣き続けてから、

「ありがとう」

と照れくさそうに言った。その声を聞いて、頬をほんのり赤く染めて微笑する咲希の様子が圭太

の目に浮んだ。

「心配してくれて、本当はうれしかった。今はまだ、言葉にまとまらなくて、何も話せないんだけど、また伊藤くんに会えたら話したいことがたくさんあるの。今日なぜ行くことができなかったかとか、今、何を思っているかとか……」

圭太は、

「分かった」

と微笑む。

「俺も真島に伝えたいことがあるんだ。だから、また会って話をしよう」

＊＊＊

その後、圭太と咲希は、互いに照れくさくなってしまい、一言、二言、言葉を交わすと話を終えた。

圭太が受話器を置いた時、廊下にいるのは圭太と澤田先生だけになっていた。騒がしい他の子供達や花江さんは、いつの間にか廊下からいなくなっていた。どうやら、花江さんが圭太に気をつかって他の子供達を遠ざけてくれたようだった。

「咲希さん、泣いてる声が受話器から漏れ聞こえてたけど……」

圭太は澤田先生に頷いた。

「先生、俺、真島が心配だから、様子を見に行ってきます」

「今から？」

澤田先生は驚いた。

「ここから咲希さんの家まで随分遠いわよ」

「大丈夫です！」

圭太はそう言うと、玄関へ駆け出した。

「ちょっと待って、どうやって行くつもりなの⁉」

澤田先生が後から追いかけてきて、靴をはく圭太に問いかけた。

「自転車、貸してもらえませんか？」

澤田先生が目を丸くした。

「本気なの？　着く頃には真っ暗になっちゃうわ」

圭太は、玄関のドアを開けると、くるりと澤田先生に向き直り、まっすぐな目をして言った。

「それでも、行きたいんです」

そう言うと、圭太はダッと門の方に駆け出した。門のそばには自転車が置いてあった。澤田先生が、

「ちょっと‼」

と叫ぶ。

「鍵！」

澤田先生はそう言って、靴箱の上に置いてあった自転車の鍵をひっつかむと、玄関の外に飛び出してきて、圭太の方に向かって放り投げた。圭太はそれをキャッチすると、素早く鍵を開けて自転

車にまたがった。そして、澤田先生が門のそばに駆けつけた時には、圭太は風のように走り去った後だった。

澤田先生は、圭太の背中を見送りながら、額の汗を拭った。

「どうしたのかしら、あんなに急いで飛び出して行ってしまって……。車で送ってあげても良かったのに、そう話す間もないんだもの」

澤田先生がそんなふうにつぶやいていた頃、圭太は舗装されていない田舎道を自転車でビュンビュンと飛ばしていた。圭太は、そうしながら、咲希との電話でのやりとりを思い返していた。

「俺がずっとそばにいる」と圭太が言った時、心の中で「真島が好きだ」と叫んでいた。その思いの熱量に突き動かされるように、圭太は自転車をこいだ。じっとしていられない。咲希に会いたい。そばにいたい。その思いが、圭太の中を血液のように駆け巡り、自転車をこぐ足に信じられないようなエネルギーを与えていた。

＊＊＊

電話を終えた時、咲希はもう泣いてはいなかった。

受話器を置いてふり返ると、そこには仮眠に戻ったはずの母が立っていて、咲希の様子をうかがうようにじっと見つめていた。

「どうしたの?」

と咲希が言うと、

「それはこっちのセリフよ。電話の途中で大声で泣きだすんだもの。いったいどうしたのかと思ったわ」

と母が言った。

「驚かせてごめんなさい。もう大丈夫よ」

「……そう。それならいいわ。その話はもうおしまいにするわ」

母は納得がいってなさそうだったが、そう言った。それから、

「だけど、やっと部屋から出てきてくれたから、ついでに夕食を食べてちょうだい。今温めるから」

と言って、台所へ歩いていった。咲希も母に続いて台所へ入ると、母が冷蔵庫の中から作り置きの食事を取り出し、電子レンジの中に入れているのが見えた。咲希は大人しくテーブルについて食事が温められるのを待っていた。味噌汁を温めたり、ご飯をよそったりする母の背中を咲希はぼんやり眺めていたが、ふとこの景色に似た絵を描いたことを思いだした。

「お母さん、今年私がアトリエさわだの展覧会に出した絵を覚えてる？」

「展覧会の絵……？　ええと、どんなだったかしら……」

恭子はちょうどチンと鳴った電子レンジから皿を取り出しテーブルに置くと、台所の隅にある戸棚からノートを引っ張りだしてきた。何のノートだろう。咲希はそんなところにノートがしまわれていたこと自体初めて知ったのだった。

母はノートをパラパラとめくり、あるページで手を止めて言った。

「ああ、私の背中の絵ね。覚えてるわ」

咲希は、母が手にしているノートをのぞき込んだ。そこには、こう書かれてあった。

「五月三日、
アトリエさわだの展覧会に行く。咲希の描いた絵をみる。台所に立つ私の背中の絵を描いていた」

咲希はそれを読んで驚いた顔をした。

「お母さん、日記をつけてたの？」

「そうよ。知らなかった？」

「だって、書いてるところなんて見たことなかったわ」

「日記なんて、人前で書くものじゃないでしょう。あまり読まないで。恥ずかしいわ」

咲希はかまわず読み続けた。母が「どうしたのよ」と困った顔をする。咲希は日記のその先を食い入るようにして読み、そしてハッとした。

「描かれていない咲希の存在を絵の外に感じる。咲希はきっと私の背中をジッと眺めている。どんな思いで見つめているのだろう」

と書いてあった。

何も言ってくれないから知らなかった。母は絵を見て、何も感じなかったわけではなかったのだ。

咲希は戸棚に駆け寄ると、引き出しを開けた。その中には同じノートが何冊も入っていた。開くと、どれも日記帳だった。ノートの表には日記をつけた年代が記載されている。

咲希は、自分が一年生の時のものを探した。見つけ出し、咲希はその年の日記を片っ端から読んでいった。

母が、お箸やコップを出しながら、

「ご飯が冷めちゃうわ。早く食べなさい」

と背後で言っている。

咲希にはその言葉は耳に届いていなかった。それどころではなかった。必死で日記のページをめくっていた咲希が、あるページを見つけて、

「あった！」

と言った。

そのページにはこう記されていた。

「六月一日、
咲希から友達ができないと相談される。心配だったし、動揺もしたが、どう言葉をかけたらよいか分からなかった。あまり大げさに心配すると本人が傷つくかもしれないとも思い、何でもないことのように返事をしてみた。咲希は、一言しゃべっただけで黙って立っているので、『それで？』と聞いてみたが、『それだけ』と言った。もう少し何か話してくれるかと思ったが、話はそれで終わってしまった」

咲希はその先の他の日の記載もパラパラと読んでみた。

「六月十二日　あれから、友達はできただろうか。

六月二十日　今日も咲希は一人で帰ってきた。

七月一日　時おり咲希は寂しげな顔をしている。触れてみていいのか分からない」

今まで、母は私に全く無関心なのだと咲希は思っていた。しかし、母は母なりに私を見ていた。

私の心を知りたがっていた。

「お母さん、私ね……」

と咲希は言った。

「背中の絵を描いた時、寂しかったの」

母に振り返って欲しかった。もっと話を聞いて欲しかった。そうしてもらえなくて、咲希はすごく寂しかったのだ。

母は、咲希に言った。

「そう。なら、言ってくれたら良かったのに」

咲希は唖然とした。言ってくれたら良かったのに。確かにそうなんだけど、咲希はそんなふうに切り返されるなんて思いもしなかった。気がつかなくてごめんねと、もっとすまなそうな顔をしてくれると思った。それに、咲希は母にずっとこう思ってもきた。母はなぜ、私に何も聞いてくれないのだろう。子どもを心配して、何かと聞いてくれるのが母親の義務だと思っていた。

でも、母も咲希にこう思ってきたのだ。咲希はなぜ何も言ってくれないのだろう。

母は何も聞かない。咲希も何も言わない。それでは分かり合えるはずがなかった。そう言えば、咲希から母に気持ちを尋ねたこともなかった。咲希は母にばかり変化を求めていたけれど、変わらなければならないのは両方ともだったのだ。それができて私達はようやく分かり合うことができる。

咲希はようやくそのことに気がついた。

「私、一つ決めたわ」

咲希は引き出しにノートをしまい、母に向き直るとそう言った。母は、咲希の決心したような顔を見た。

「引きこもりは終わりにするわ」

母は咲希のその言葉に驚いて、珍しく目を見張った。

「自分の中にこもってちゃダメなんだわ。私、それが分かったの」

母は、驚いた顔のまま咲希に近づき、咲希の片手を両手で握りしめた。

「本当？　もういつも通りに戻ってくれるの？」

咲希が母の手の上に自分のもう片方の手を重ね、うんと言ってうなずいた。途端に母はヘナヘナと力が抜けたように脱力して、その場に崩れ落ちそうになった。咲希が慌てて母を支えると、母は咲希にしがみつくようにして抱きついてきた。

「良かったわ」

と、母が安堵の声を出すのを、咲希は自分の耳のすぐ近くで聞いた。

咲希は久しぶりに母から抱擁を受けながら、安らかなものを感じていた。母の様子からも声からも、自分を心配していたことが感じられた。

母は照れたような顔で咲希から離れると、

「さあ、ご飯にしましょう」

と言った。

「しばらくあまり食べてなかったから、たくさん食べなきゃね」

母の声がいつもより柔らかいと咲希は思った。喜んでも声に抑揚がつかない人だから分かりにくいけど、今きっと母は上機嫌なのだろう。

「さ、座って」

いつもより少し優しい声でそう言いながら、咲希の背に手を当て、テーブルにつくよう促した。

咲希は普段より機嫌のよい母の様子をみて嬉しく思っていた。同時に、咲希はあることに気がついた。咲希が心を開けば母の態度も柔らかくなったように、自分が変われば、周りにも変化が起こるのかもしれない。そして、寂しさは誰かに埋めてもらうものではないのかもしれない。自分が誰かを思い、その思いを誰かが返してくれる。交互に思いを与え合わなければ、埋まらないものなのかもしれない。私が勝手に一人で寂しがっていた時、母や圭太も寂しかったのかもしれない。

そのことに気がついた時、咲希は突然圭太に会いたくてたまらなくなった。教室でも、アトリエさわだでも、いつも声をかけてくれていた圭太。咲希は圭太に嫌われたくなくて、長い会話を避けていたけれど、咲希がそっけない返事をするたび、圭太は寂しげに笑っていた。だけど、本当は咲希も……。

咲希はそこまで考えて、急に立ち上がった。

「お母さん、ごめんね！　私、今からどうしても出かけたいところがあるの！」

圭太に会いたい。咲希は今それしか考えられなかった。台所を飛び出すと、自分の部屋に飛び込んでクローゼットを開けた。着替える時間ももどかしくて、夏用の薄手の上着を部屋着の上にサッと羽織ると、財布だけをひっつかんで、玄関に走り出す。

「ちょっと、急にどうしたの⁉」

驚いた母が玄関に追いかけてくる。

「本当にごめんね、ご飯は帰ったら食べるから！」

咲希が玄関のドアを開け放つ。ドアの向こうは、空も街も綺麗な夕焼け色に染まっていた。その景色の中に咲希は飛び出していく。恭子は西日のまぶしさに目を細め、アパートの階段を駆け下りて街へ走り出して行く咲希を見送った。揺れる髪が、金色の光を照り返し、キラキラと輝いて見えた。その後ろ姿は生き生きとして見えた。

「何が何だかよく分からないけど、元気になったってことなのかしら……」

恭子はそうつぶやいて、咲希の背を見送った。

***

空の色がどんどんと変わっていく。咲希はそれを、タクシーの中から眺めながら、もうすぐ夜が訪れるのを感じていた。

「ここでとめてください」

咲希はタクシーの運転手にそう告げると、お金を払ってタクシーを降りた。そして、知らない街の大通りの景色を眺め、ため息をついた。タクシーがこんなにもお金がかかるとは知らなかった。考えてみれば、タクシーに一人で乗ったことなんてなかったから、澤田先生の家まで走ったらどのくらいの料金がかかるのか、全然理解していなかったのだ。

咲希の財布はすでに空っぽだったが、今いる場所は澤田先生の家からまだ二十キロも離れた場所だった。ここから澤田先生の家まで歩いたら、いったいどのくらいの時間がかかるだろう。咲希は自分の計画性のなさを呪いながら、とぼとぼと歩き出した。

しばらく歩くと、咲希は一本の橋の前にたどり着いた。それは、赤い欄干のついた片側一車線の橋だった。その橋を渡りながら、咲希は段々と不安になってきた。東の空には早くも星がちらつき始めていたし、橋の下に見える川も、橋の向こうに見える街も、闇に沈み始めていた。橋の上で、街灯がチカチカと点滅しながら、頼りない光を発している。咲希は、橋の真ん中で、欄干に寄りかかりながら川を見下ろした。耳を澄ませば、水が流れる音が聞こえる。水は黒々としていて、どのくらいの深さがあるのか分からなかったが、見下ろしていると吸い込まれそうに感じた。水面には街灯の明かりがぼんやり映っていて、ゆらゆらと揺れていた。咲希の心も、それと同じように揺れていた。澤田先生の家まで圭太に会いに行こうと決心していた気持ちを、波のように押し寄せてきた不安がグラグラと揺らしている。

咲希は、欄干に寄りかかったまま、しばらく途方に暮れていた。そんな咲希の様子を、少し離れた場所から、じっと見つめている人がいた。しかし、咲希は虚ろな目で川面を見つめるばかりで、そんな人がいることも、その人が段々と近づいてきていることも、全く気がついていなかった。

「ねえ、何してるの？」

咲希は、そう声をかけられ、初めて自分の背後に人が迫っていたことに気がついた。驚いて振り返ると、そこには知らないおじさんがいた。おじさんは、咲希の肩に手をかける。

「君、可愛いね。一人なの？」

おじさんの手は、咲希を逃がすまいとするように、しっかりと肩をつかんでいた。ごつごつとした、大きな手だった。咲希は、つかまれた肩から全身へ、サーっと緊張が走るのを感じた。

怖い――。

舐めまわすように見つめてくるおじさんの顔を見上げながら、咲希は感じたことのないような恐怖を感じていた。心臓は逃げろ逃げろというように早鐘をうつのに、手足は硬直してしまって、一歩も動けなかった。

「お家はどこ？　おじさんの車で、送ってあげるよ」

そう言って、おじさんが咲希の手をつかんで、どこかへ引っ張っていこうとする。咲希は、

「やめて!!」

と、声をあげた。

その時、近くで自転車の急ブレーキの音がして、誰かが自転車から飛び降りた。その人は、素早くおじさんに駆け寄り、おじさんの手首をつかんでキッとにらみつけた。

「真島を離せ！」

その人は圭太だった。咲希は、先ほどまでとは違う驚きを胸に感じた。

「嫌だな、悪いことをしようとしていたわけじゃないんだ……」

おじさんはそう言って咲希から手を離すと、すごすごと立ち去っていった。丸めた背中が何とも情けなく見えた。

「助けてくれて、ありがとう」

咲希は圭太にそう言いながら、恐怖が体から抜けていくのを感じた。それと同時に、嬉しい驚きに心臓が高鳴るのを感じた。圭太に会えた。会いたくてたまらなかった人に会えたのだ。でも、不思議なことが一つある。

「伊藤くん、どうしてここにいるの？」

咲希がそう尋ねると、

「真島こそ、どうして？」

と、圭太が聞き返してきた。

咲希が頬を赤くしてうつむくと、圭太も照れくさそうな顔をして視線をそらした。それから圭太は頭をかきながらこう言った。

「会いたかったから。真島に、すぐにでも」

咲希は、それを聞いて思わずこう言っていた。

「私も伊藤くんに今日どうしても会いたかったの」

咲希と圭太はお互いに驚いた目をして見つめ合うと、ピッタリと同じタイミングで、

「なぜ？」

と口にした。

二人はますます頬を染めて、照れくさそうに視線をさまよわせた。咲希は、うつむいてもじもじとしていたが、やがて顔を上げてこう言った。

「私ね、伊藤くんに拒まれるのが怖くて、ずっと気づかないふりをしていた気持ちがあったの。今日、それに初めて気づいたの。だから、伊藤くんに会って、伝えずにいられなかった」

咲希は、心臓の鼓動がどんどんと早くなるのを感じていた。圭太が好きだ。ようやく気がついたその思いを早く伝えてしまいたかった。でも、同時に伝えるのがとても怖かった。二つの気持ちが体の中でぐちゃぐちゃに交ざって、頭が真っ白になりそうだった。緊張で体がわずかに震えていた。

「私ね、伊藤くんが……」

そう言いかけたきり、言葉が出てこなくなった。告白しても上手くいかないかもしれないと思うと、泣き出してしまいそうだった。緊張した面持ちの咲希を見て、圭太は赤らんだ頬を指先でかきながら、こう言った。

「驚いたな、俺が言いたかったことを、まさか真島から先に言われそうになるなんて……」

それから、優しく微笑むと、まっすぐに咲希を見つめた。

「正直、驚きすぎてまだ信じられない。でも、嬉しいよ。ただ、そこから先は俺に言わせてくれないか」

咲希の震える手を圭太が握りしめた。咲希はドキリとして、圭太の顔を真っ直ぐに見つめた。圭太の方が咲希より背が高いので、見上げるような形になった。

「俺、真島がずっと好きだった。多分、自分でそう気づくよりもずっと前から――」

咲希は、自分をみつめてくれている圭太の瞳をまっすぐに見つめ返した。今ここに圭太がいて、自分を思ってくれている。温かな手――それはまるで圭太の心みたいだった――で、咲希の手を握りしめてくれている。そのことを咲希は五感全部で感じ取ろうとしていた。そうすればするほど、咲希を包んでいた檻のようなものが壊れていくのを感じた。

咲希は、肌に涼しい夜風を感じた。あ、と咲希は心の中でつぶやいた。暗い箱の中に閉じ込められていた心が、ふいに、外へ解き放たれた気がした。急に辺りの景色が鮮明に感じられ始める。二人の頭上には、いつの間にかたくさんの星が輝いていた。一際明るい三つの星に囲まれて、天の川が見えていた。橋の下から香ってくる水のにおいをかいでいると、天の川が香っているかのように感じられた。咲希は星空を見上げながら、今まで心がずっと寂しさに閉じこめられていたのだと気がついた。

「ありがとう。私も、伊藤くんが好き」

辺りは静かだった。照れ隠しに星を見上げたままつぶやいた咲希のそばで、圭太が優しく微笑んだ。

その後、圭太は自転車で咲希を家まで送ってくれた。二人乗りなんて初めてで、咲希はぎこちなく荷台に腰を乗せると、そっと圭太の胴に腕を回した。圭太が自転車をこぎ出すと、思ったよりもずっと自転車が左右に揺れたので、咲希は思わず圭太の背中にしがみついた。走りだしてしばらくすると、スピードが増してきてあまり揺れなくなったけれど、咲希は背中にしがみついたままでいた。心臓が飛び出しそうなくらい大きな音をたてていて、こんなにくっついていたら心臓の鼓動が圭太に伝わってしまわないか心配になったけれど、咲希は腕を離さなかった。揺れを言い訳にしなければ、こんなふうに圭太に抱きつくことはできないと思ったから。

圭太は、そんな咲希を後ろに乗せ、ぐんぐんと力強く自転車をこいでいった。自転車は、橋から下りて大通りを過ぎると、神社や小山に沿った通りにさしかかった。そこは人や車の往来が少なく、しんと静まり返っていた。静かだと、夜の闇の濃さが際立つように感じられ、その分、頭上の星達がまばゆかった。美しい星空の下で、咲希と圭太は二人きりだった。咲希は、圭太の背中の感触を自分の頬や胸に感じながら、この二人きりの時間を閉じこめる星空を見上げた。ずっとこの時間に閉じこめられていたいと、咲希は思った。

「夜空が澄んでいるね」

と、圭太が言った。

「それに、風も涼しくて、夏の終わりを感じるね」

と。二人が急激に距離を縮めた八月が、もうすぐ終わろうとしていた。自転車は、時間の流れのように、二人を乗せて進んでいく。

＊＊＊

澤田先生は、家に遊びにきていたアトリエさわだの子どもたちのために布団を並べていた頃、圭太が咲希の元にたどり着いたのかどうか気にしていた。すると圭太の母から一本の電話がかかってきて、

「今日、圭太は先生の家に泊まると聞いていたんですが、先程うちに帰ってきました。本人に聞いたら『用事が出来て夕方先生の家を出た』と言っていたんですが、そうだったんですか？」

と言った。

澤田先生が「報せてなくてすみません」と言うと、

「いえいえ。こちらこそ、一人だけ勝手な行動をしてすみません。帰りついたことをお伝えしとこうと思ってお電話しただけですから……」

と、圭太の母が言った。本人は風呂に入っているとかで電話に出てくれなかった。

一方の咲希からは、翌朝澤田先生の家に電話があった。

「昨日は心配をかけてごめんなさい。でも、もう大丈夫です。次の美術教室にはちゃんと行きます」

声には明るさが感じられた。昨日の夕方の消え入りそうな声とは違っていた。澤田先生は、その訳が知りたかった。何しろ昨日は一日中咲希のことを心配していたのだ。それに、お泊まり会に来なかった訳から、圭太との電話のやり取り、それからその後何があって明るさを取り戻したのかまで、分からないことばかりだった。しかし、いろいろと聞き出すのは野暮なように思われた。もし、無事に二人が会えたのなら、その時に二人が交わした会話や二人が感じたものは、二人だけの秘密にするべきことだ。

そして、不思議なことに、咲希の母の恭子にも変化が表れた。恭子から、アトリエさわだに電話がかかってきたのだ。

「最近の咲希の様子について教えてもらいたいんですけど……」

と咲希の様子を案じる内容の電話だった。そして、そんな電話は月に一回程度、かかってくるようになった。

時には、

「澤田先生は、咲希と仲が良いようですから、咲希との接し方についてアドバイスをいただけないでしょうか」

と聞いてくることもあった。澤田先生は嬉しい驚きを感じた。

圭太はと言うと、あれから間もなくアトリエさわだをやめてしまった。やめると連絡してきたのも手続きをしたのも圭太の母だったが、やめた後に圭太本人が一人でアトリエさわだの職員室に挨拶にやってきて澤田先生にこう言った。

「医者になれって言う両親の言葉の言いなりになるわけではないけど、将来のことを自分なりに考えてみて、もっとたくさん勉強したいと思ったんです」

圭太の顔は晴れ晴れとしていて、とても前向きな様子に見えた。

圭太が挨拶に来たのは、小学生コースの授業がある日の、ちょうど休憩時間の時だった。圭太が挨拶を終えて澤田先生と一緒に職員室から出たところに、咲希も教室から外に出てきた。二人は、澤田先生の前ではにかんだ笑みを交わしあった。

それから数日後、咲希は、こんな絵を描いた。自転車をこぐ男の子と、自転車の荷台に乗る女の子の後ろ姿を描いたものだった。二人の向こうには、夜の闇に沈んだ街と、綺麗な星空が見えている。とても美しい空だった。とても美しい絵だった。その空は、あの日二人で見たものなのだろうか。

四、五年の月日、闇の中を進む船

圭太と咲希が両思いになった日から、五年の月日が流れ、咲希は高校一年生になった。季節は、また夏。咲希は今、ホテルの屋上にいた。ホテルの屋上では、ビアガーデンが開かれていて、たくさんの大人達が酒を飲んでいた。咲希の母の恭子の姿もその中にあった。恭子は、今日、職場の飲み会に参加していた。咲希はそれについてきていたのだった。

咲希は、テーブルを離れて屋上のフェンスに寄りかかって、一人きりで夜景を眺めていた。ホテルのそばには川が流れていて、橋がいくつかかかっている。その中の一本には赤い欄干がついていて、圭太が咲希に告白をした橋に良く似ていた。

咲希は、あの日のことを懐かしく思い返していた。その思い出を思い返す時、いつも決まって、鼻先を儚い香りがくすぐっていく。思い出のそのにおいは、少し甘い。例えて言うなら、線香花火の煙の中に混じるわずかに甘い香りのような、縁側で食べるスイカのみずみずしく薄甘いにおいのような淡い甘さをしていた。夏の夜空の風景や咲希を後ろに乗せてやすやすと自転車をこいでいく力強い圭太の後ろ姿は、今も、その淡く甘いにおいと共にありありと思い出せる。それは夏が来るたびに思い出す景色だった。汗ばむ日に、ふと涼しい風が窓の外から吹き込み、風鈴を涼やかに鳴らした時や、夏の日差しをキラキラと反射しながら揺れるプールの水面を見た時、車で海の近くまで来た時に、潮のにおいが香ってきて、まだ海を見ていないのに、青々とした波の姿やさざなみの音を思い浮かべた時、そんな時なんかにふと思い出す、咲希だけの夏の景色だった。あの夏から、圭太との二人の時間が始まった。

ホテルの屋上にはたくさんの人がいた。咲希の背後で、乾杯、と言う声が聞こえ、ビールのグラスを打ち合わせる音がする。振り返ると、そこにはまるで南国のような景色があった。鉢に植わったハイビスカスやプルメリアの花がライトに照らされ、人々でにぎわう白いテーブルの周りを飾っている。陽気で軽快な音楽が、その場を満たすいろんなもの――にぎやかな声や人々の熱気、空を覆う濃い闇とライトの明るさ、花の甘い香り、テーブルに並ぶ美味しそうな料理や酒の香り――と混ざりあって豊かに人々の心を楽しませていた。

咲希は、恭子が職場の人達と一緒にテーブルについて飲み食いをしている様子を眺めた。恭子は五年前に比べて柔和な顔をしていた。あの頃に比べると、恭子はいろんな面で変化していた。恭子は、以前より、夜勤や残業を減らした。休みの日には、時々咲希と買い物やファミレスなんかに出かけるようになった。以前は余暇に時間やお金を使うより、仕事を大切にしていた恭子だったが、咲希と過ごす時間を増やそうと心がけてくれているようだ。それは五年前に、咲希が「ずっと寂しかった」と打ち明けたからだろう。

他にも恭子には変化があった。もともとは、無駄を一切排除した何の面白みもない生活を好んでいたが、今では余暇や職場の飲み会――恭子は昔、これを何の生産性もない無駄な時間と言っていた。ダラダラ、ダラダラ、酒を飲みながら意味のないおしゃべりに時間を費やして何が面白いんだろう、と――などの楽しみにも、時間を割けるようになった。人付き合いの悪さも、それに応じて以前より改善されたようだ。最近では、特定の友人もできた。それは澤田先生だった。

澤田先生と恭子がどんな経緯で仲良くなったのか咲希は知らない。恭子は昔澤田先生を嫌っていたようだったし、今でも相性がいいようには見えない。恭子と澤田先生は、しょっちゅう意見が食い違って、口論をしていた。なのに、どういうわけか、二人はしょっちゅう電話で話をしたり、お互いの家を行き来していた。人という者はよく分からないものだ。

咲希はぼんやりとそんなことを考えながら、職場の人たちと会話する恭子を眺めていた。恭子は少しよそ行きの笑顔――身内が見れば、綺麗すぎて作り物くさいと感じる笑顔。今日の恭子は、何か考え事でもしているのか、どこか上の空に見えた。でも、飲み会の雰囲気を壊さないように、上の空であることを隠せるようになっただけでも成長したなと咲希は思う――を作りながら、小皿にとったサラダをつまんでいる。恭子の笑い声に重なるように、同じテーブルを囲む歳も服装も雰囲気も様々な大人たち――恭子は病院で働いている。飲み会には病棟の看護師達や医者やその他さまざまな職種の医療従事者がきていた――が笑うのが聞こえた。顔を赤くした人たちが、酔いで滑らかになった舌で、楽しげに盛んにしゃべりあっている。

咲希は、飲み会の雰囲気が好きだった。その場に満ち満ちる人の活気が、お祭りに似ていると咲希は思う。ただ、飲み会についてくると、一つだけ困ることがあった。咲希はただそこで、隅に置かれた置物のように、黙って微笑んでその場を眺めていたいだけなのに、周りを囲む大人達はそうさせてくれないのだった。咲希を必ず会話に引っ張りこもうとした。気を使ってそうしてくれているのだと咲希にも分かった。しかし、大人数の大人達に囲まれ、突然言葉を投げかけられても、咲希にはそれをうまく投げ返すことが出来なかった。それで、いつも申し訳なく思っていた。

屋上の隅からテーブルに戻ると、恭子と先程まで会話していたおばさんが、

「咲希ちゃん、大きくなったね」

と声をかけてきた。

「本当だねぇ。もうそろそろ彼氏もできたかい？」

と、咲希の対面に座るおじさんが聞いてきた。そして、

「居ないんならおじさんが付き合おうか？」

と言葉を続ける。すると、その隣に座っていたおじさんが、

「この人、お医者さんだからお金はあるよ。ハゲてるけど」

と茶々を入れる。

「うるさいなあ。そういうお前もおじさんじゃないか」

二人のおじさんの会話を聞いて笑っていたおばさんが、

「おじさん達なんて咲希ちゃんは相手にしないわよねー。そっちの若い独身の子はどう？」

おばさんに急に話をふられた二十代くらいの男の人が驚いた顔をしていた。

「僕ですか？　咲希ちゃんからしたら、僕もおじさんでしょう」

と言って笑う。

咲希は、その会話の間に一言も言葉を挟むことが出来なくて、ただ苦笑いを浮かべていた。もう少し夜景を眺めていれば良かった。咲希がそわそわしていると、咲希の肩にかけた小さな鞄の中で携帯電話の着信音が鳴った。咲希は鞄から携帯電話を取り出しながら、テーブルを離れた。片耳を塞いで電話の相手と会話しているが、周囲が騒がし過ぎてうまく会話ができない。喧騒から逃れられる場所を探してビアガーデンの出入り口辺りまで歩き、とうとうビアガーデンの会場を出て、エレベーターホールの前で咲希は電話の相手と会話を始めた。

＊＊＊

咲希が席を離れた後、恭子はビールを飲み、同僚と会話をしながら、咲希が歩いて行った方をチラチラと眺めていた。長話をしているらしい。なかなか帰ってこない。恭子は、同僚に相槌をうちながら、時々浮かない顔をした。聞いているようなふりをしながら、実は相手の話もあまり頭に入ってきていなかった。ぼんやりとした恭子の耳に音楽が聞こえてくる。ハイビスカスの鉢植えのそばに置かれたスピーカーから、潮騒を感じるような音楽が流れている。夏服の短い袖から露出した腕に夜風があたると、その風の中にありもしない潮のベタつくような感触を感じた。恭子は昔、家族で海の近くに住んでいた。青い、どこまでも続いていくような海を咲希と夫と眺めたことを覚えている。あの頃は、あの果てしがない海のように、未来が広々と広がっている気がしていた。咲希はまだ小さくて、海のように無垢だった。

恭子は同僚達の明るいおしゃべりから少し離れたい気がして、テーブルを離れた。セルフサービスの食べ物を取りにきたふりをして、バイキング料理が並ぶテーブルの周りを意味もなくうろついてみた。その時、誰かが恭子の肩をポンとたたいた。恭子が振り返る。するとそこには澤田先生が立っていた。

「こんなところで会うなんて偶然ですね」

そう言う澤田先生は、ビールがなみなみと入ったジョッキグラスを片手に持っている。ビアサーバーからビールのお代わりを注いだところらしい。

「どうしたんですか？　なんだか横顔が暗く見えましたけど」

澤田先生は、相変わらずストレートにものを聞いてくる。恭子は澤田先生のこういうところにいつもとまどわされる。

「私、今日、中学の教師だった頃の教え子達と来ているんです」

そう言って、澤田先生が座っていたテーブルに視線を送った。そのテーブルは恭子が今立っている場所――セルフサービスの料理や飲み物が置かれたスペース――のすぐそばだった。テーブルについてビールを飲んでいた男性の一人が、澤田先生に手を振り、恭子にも「こんばんは」と挨拶してきた。その男性は不思議な風貌をしていた。髪もヒゲもボサボサ。服はしわくちゃで、所々シミがついていて小汚い。髪とヒゲの間にのぞく顔は若そうにも見えたが、風体がどうも仙人じみていて、年齢も職業も想像がつかなかった。その男性は、恭子に近づいてきて、

「初めまして、佐々木です」

と名乗った。

胡散臭《うさんくさ》い外観の男だと、恭子は身構えた。

「澤田先生のお友達ですか？」

そう尋ねる佐々木に、澤田先生が、

「咲希ちゃんのお母さんの真島恭子さんよ」

と紹介した。

「ああ、それで……」

と佐々木はヒゲに覆われた口でにんまり笑った。

「少し前に、咲希ちゃんをビアガーデンの中で見かけたんですよ。お母さんと一緒に来てたんです

ね。携帯を持って、電話しながら歩いてるところだったなあ」

咲希は、白いワンピースを着ていた。その服は白くなめらかな肌をした咲希によく似あっていた。夏の夜空の下、咲希は暖色の電灯の明かりに柔らかく照らされていて、まるで月から降りてきた人のように見えた。ビアガーデンに飾られたプルメリアの甘い夢のような香りが、咲希の残り香のようにただよっていた。

「電話が終わってから話しかけようと思っていたら、見失っちゃって……。今、咲希ちゃんはどこにいるんですか？」

「それが、電話をしながらビアガーデンの外に出て行って、それから帰ってきてなくて……」

恭子はそう言いながら自分の席を振り返り、随分遅いなと少し不安に思い始めていた。もう時刻は八時を回っている。こんな時間に酔っ払いもうろつくような場所で、女の子一人でいるのは何かと危ない。

そんな恭子の心の内には気が付かず、佐々木はマイペースに話を続けている。

「そうなのかあ。じゃあ、そのうち帰ってきますね。咲希ちゃんと僕はアトリエさわだで顔見知りになったんですよ」

そうなんです、と澤田先生が恭子にいった。

「彼は咲希ちゃんがまだ小学生だった頃から知ってるんですよ」

佐々木はアトリエさわだの生徒ではないが、子どもが描く絵を眺めるのが好きで、アトリエさわだにときどき遊びに来るらしい。佐々木自身が、恭子にそう説明をした。

「咲希ちゃんは迫力のある絵を描く面白い子ですね。僕は咲希ちゃんの絵を見たり、咲希ちゃんから絵の話を聞いたりするのが大好きなんです」

自分の娘と親しいように話す佐々木を、恭子は改めてジロジロと眺め回した。何度見ても、どの角度から見ても、彼には清潔感がない。しかも、ニヤニヤと浮かべる笑みは怪しげだ。はっきり言って、自分の子どもに少しも近づけさせたくないタイプの人間だった。佐々木が楽しげに話すのとは対照的に、恭子は不愉快そうな目をして佐々木を眺めていた。しかし、佐々木はそれに気が付く様子が少しもない。

「こんな場所で咲希ちゃんのお母さんに会えるなんて思ってなかったなあ。どうです？　少し一緒に飲みませんか？」

と、佐々木が言う。

「でも、恭子さん、誰かと一緒に飲みに来てるんでしょう？」

澤田先生がそう言っても、

「まあいいじゃないですか。ほんの少しだけ」

と言って佐々木が強引に誘ってくる。それを、恭子が苦労して断っていた時、腰に突然何かがぶつかってきた。驚いて恭子は腰を見下ろした。そこには、おそらくまだ小学校の低学年くらいであろう子どもがいて、無邪気な笑顔を浮かべて恭子の腰にしがみついていた。恭子はギョッとした。全く知らない子どもだったからだ。今度は一体何なのだろう。

「こら！　楓花！」

その人のお母さんらしき女性が近づいてきて、その子を恭子の足から引き剥《は》がした。

「どうもすいません」

恭子に頭を下げたその女性は、澤田先生によく似ていた。澤田先生は、楓花と呼ばれた子のそばにしゃがむと、

「伯母さんのお友達だと思って甘えにきたんでしょう?」

と言った。楓花が澤田先生にうなずいて見せた。

「姪御さんですか?」

恭子が尋ねると、澤田先生はニコリと笑って「ええ」と答えた。

「こっちは私の妹の茉莉」

楓花の母親を手で指し示してそう言った。

「楓花と茉莉は、私の教え子達と親しいの。だから、今日はみんな一緒に食事をしてたのよ」

楓花は、恭子を見上げてこう言った。

「ふうか、みずきおばちゃんのおうちにあそびにくる人とはみんななかよしだよ!」

そうね、と澤田先生が楓花に笑いかける。

「咲希ちゃんとも仲良しよね」

「うん!」

この子も咲希を知っているのか。恭子は知らなかった咲希の人間関係の広がりを知って少し驚いていた。あの子は母親に何も話さないから、恭子は咲希のことをあまりよく知らない。一方で、澤田先生は知らぬ間に咲希を「咲希さん」ではなく、「咲希ちゃん」と呼ぶようになっていた。咲希も澤田先生と電話で話をしている時など、とても親しげに話をするのを耳にするし、二人はとても仲がいい。もしかすると、母親とよりも、澤田先生との方が親しいのではないかと恭子には時々思

われた。

恭子はまた気持ちが暗くなってきて、表情に陰りが出てきた。澤田先生はそれを見逃さなかった。

「ねえ、恭子さん。ちょっと良かったら二人で少し飲みませんか？」

「え？　でも、私、今日は職場の飲み会で来ているんです」

恭子はとまどいの表情を浮かべた。

しかし、澤田先生は恭子の手をとると、「まあまあ」などと言って、屋上の端の静かな場所まで引っ張っていった。

澤田先生は、屋上を囲うフェンスによりかかり、夜景を眺めながら恭子に言った。

「綺麗ですね」

恭子は澤田先生の隣に立って街を見下ろすと、「ええ、そうですね」と困ったような顔をして言った。

「そんな顔をしないで」

澤田先生が苦笑する。

「今、何か悩んでいるんでしょう？　恭子さんの顔を見たら、すぐに分かります」

澤田先生が隣に立つ恭子の顔をじっとのぞきこむ。澤田先生の目は、相手の胸の内まで見透かしていそうな、まっすぐな目をしていた。恭子はその目を見ると、あきらめたような顔をして、ため息をついた。

「誤魔化しても、駄目みたいですね」

澤田先生がにっこりとした。

「ええ、無駄です。それに、私はしつこいですから、恭子さんが白状するまでそばを離れませんよ」

恭子が苦笑した。

「相変わらずお節介な人ですね。私ね、本当のことを言うと、先生みたいなお節介な人、苦手なんです」

「知ってますよ」

澤田先生は、笑顔で応じる。

「だけど、今は先生のそういうところが少しありがたいです」

「それも、知ってます」

澤田先生はそう言って、恭子の肩に自分の肩をトンとぶつけた。そして、二人は顔を見合わせると、クスクスと笑ったのだった。二人の前に広がる夜景が、キラキラと輝いて綺麗だった。

＊＊＊

恭子は悩んでいた。それも頻繁にだ。内容は大抵いつも咲希のことだった。悩みが尽きなくなったのは、咲希が思春期に入った頃からのことだ。

咲希は小学五年生の時にほんの三日ではあるが部屋に閉じこもっていたことがある。その直後、咲希は恭子に「ずっと寂しかった」と話した。そう打ち明けられて、恭子は恭子なりに咲希への今までの接し方について反省もしたし、責任も感じた。恭子はそれ以来、夜勤や残業を減らし、咲希と過ごせる時間を増やそうと努めてきた。咲希は、そのことを喜んでくれていたし、親子の会話も徐々に増えていったのだった。

しかし、咲希が六年生になり、中学生になり、段々と成長していくに従って、今度は母親をうっとうしがるようになってきた。そして、それに比例するように、彼氏だという男の子――初めてうちに遊びにきた時に、「伊藤圭太です」と名乗って、丁寧に頭をさげてくれた――と会う回数が増えていった。圭太は、真面目で優しそうな子だったが、遅い時刻まで咲希の部屋で過ごしている日もあった。そんな時は、部屋の中の様子がどうしても気になって、用事がないのにドアの前を行ったり来たりした。そして、廊下の時計を眺めては、圭太はまだ帰らないのかとイライラして、わざと大きな音をたてて廊下を歩いたり、掃除をしてみたりしたのだった。

それでも、母親の心配などはどこ吹く風といった様子で、二人は頻回に会っているので、思い切って咲希に圭太のことをいろいろ尋ねたみたことがあった。「伊藤くんってどんな人なの？」とか、「今日は二人で何をしていたの」とか……。すると、咲希は「どうしてお母さんにそんなことまで教えなきゃならないの？　関係ないでしょう？」と、とても不愉快そうな顔をした。

こんなこともあった。出かけようとしていた咲希に、「今日も彼氏と会うの？」と聞いたら、ムッとした顔をして返事もせずにドアを閉めて出ていってしまったのだ。恭子は、そんな咲希にとまどうばかりだった。もともと咲希は大人しくて手のかからない子だっただけに、そんな反応に恭子はいちいち傷ついていた。

それから、咲希の交友関係の変化にも恭子は悩んでいた。

圭太と付き合い始めた頃から、咲希は少し明るくなった。学校で口数が増えたようで、小学校六年生の頃には、クラスに友達が二人ほどできていた。

中学に上がると、咲希と圭太は違う学校に通うようになった。圭太が医者を目指すために偏差値の高い私立中学に入学したためだった。圭太と離ればなれになり、また暗い咲希に逆戻りするのではないかと心配したが、それは杞憂《きゆう》だった。咲希はクラスの中で大人しいタイプのグループに入って、孤立することなく過ごしていた。

しかし、高校に入ると様子が一変した。急に派手なタイプの友達――髪の色も、メイクも派手、高校生らしくない高い鞄を持ち、露出の高い服を着て、年上のチャラついた雰囲気の彼氏を連れている――がたくさんでき、咲希の部屋にしょっちゅう押しかけてきては、タバコを吸いながらやかましく騒ぐようになったのだ。

恭子は驚きを隠せなくて、ある日、友達が帰った後に咲希にこう尋ねた。

「どうしたの、今までの友達とは随分雰囲気が違うじゃない」

咲希は、少し困った顔をしてこう答えた。

「私、あの子達に気に入られたらしいの。高校の入学式の日に、教室で突然声をかけられたの。『可愛い』『私たちのアクセサリーにしたい』って」

「アクセサリー？　それ、どういう意味？」

恭子は怪訝《けげん》な顔をした。咲希はやっぱり困った顔をして首を傾げた。

「さあ。あの子達、気まぐれそうだし、何を考えてるのか分からない」

首を傾げる咲希は、昔と変わらず素朴で大人しい雰囲気をしていた。あの子達と馴染めそうに少しも思えない。咲希はあの子達の中にいて楽しいのだろうか。

「ねえ、咲希自身はあの子達と一緒にいたいと思ってるの？」

咲希は、少し考えてからこう言った。

「思ってるわ。タイプが違うから、一緒にいたらしんどいけど、せっかくできた友達だもの」

恭子は眉をひそめた。

「友達がほしいなら、あの子達以外の友達を作ればいいじゃない」

咲希は、その言葉を聞いて、急に険しい顔をした。

「そんなに簡単に言わないで。お母さんは何にも分かってないのね。友達を作るのって簡単なことじゃないのよ。それに、学校で孤立するのって、私たち子どもにとったら死刑宣告のように怖いことなの。私、中学の間だって、友達の輪から外れないようにずっと無理してきたのよ。それを何にも知らずにいるんでしょう？」

急に咲希の口調が険しくなったので恭子は驚いた。それに、中学の頃、咲希はそれなりに楽しそうに見えていたので、まさかそんなふうに思っていたとは思わなかった。

「咲希は何でも難しく考えすぎよ。それに、友達ってそばにいると楽しいから一緒にいるものなんじゃないの？　なんで無理してまで付き合うの？」

咲希は、話にならないという様子で頭を振った。

「私たち子どもには、子どもなりのいろんな事情があるのよ。今日遊びに来ていた子達は、クラスで一番目立ってる子達なの。あの子達に逆らったら、クラスにいられないわ」

そう言うと、咲希は恭子に背中を向けて、自分の部屋に入っていった。ドアがバタンと大きな音を立てて閉められ、中から鍵をかける音が聞こえた。

そんな会話があってから、恭子は余計にあの子達と咲希が親しくすることに不安をもつようになった。しかし、そんな不安をよそにあの子達は頻回に咲希の部屋を訪れた。時にはあの子達の彼氏――二十歳前後くらいの人達で、髪はやっぱり派手な色をして、耳にはピアスを開けていた――までやってきて、咲希の部屋で酒を飲んで祭りのように騒いでいることもあった。恭子は、咲希が心配で頭がクラクラするように感じた。

そのうち、咲希自身も薄らとではあるが化粧をするようになった。それに、着ている服も派手とまではいかないが、以前よりあか抜けた服を着るようになった。化粧品も服も小遣いで買ったのだと咲希は言うけれど、小遣いで買えるような額の品物ではないので、こっそりバイトをしているのではないかと恭子は疑っていた。毎週同じ曜日、同じ時間に家を空けるので、こっそりあとをつけてみたら、咲希が隣町のファミレスの裏口へ入っていくのを目撃した。どうやら、あそこがバイト先らしい。

「バイトをしていたことも黙っていたし、小遣いで買ったなんて嘘までつくようになって、私、正直、ショックで……」

恭子は、そう言いながら暗い顔をして夜景を見下ろした。澤田先生が、気遣うような顔をする。

「それで、ついつい『バイトしてるんでしょう？　分かってるのよ』って詰め寄っちゃったんです。そしたら、咲希が『証拠がないでしょう?!』って言うから、あとをつけていたことを話しました。そしたら、こう言われました。『そこまでするなんて信じられない。うっとうしい。大嫌い』って」

それから、咲希はしばらく恭子に口を聞かなかった。それどころか、バイトのことにしろ、友人関係のことにしろ、彼氏とのことにしろ、恭子が少しでも干渉すると無視をするようになった。同じ家の中にいるのに、恭子がまるでいないみたいに、視線すら合わせない。食事を作っても食べてくれなかった。恭子は寝込んでしまいそうなくらい傷ついた。しかし、生活は続いていくので、毎日心の中で泣きながらも、きちんと仕事に行き、家事もこなしてきたのだった。

「辛かったわね……」

と澤田先生がつぶやく。折れそうな心を何とか奮い立たせて家事や仕事に明け暮れる恭子の姿を想像して、澤田先生は心を痛めた。

澤田先生は、恭子の気持ちも良く分かるし、同時に咲希の気持ちもよく分かった。咲希は今でもアトリエさわだに通い続けていたので、澤田先生はずっと咲希の成長を眺めてきたわけだった。咲希は、ここ数年で急激に変化した。そのきっかけは圭太だろうと澤田先生は思う。圭太が咲希の思春期の扉を開いたのだ。

圭太と咲希は五年前から付き合いだした（それを澤田先生に打ち明けたのは咲希だ。付き合いだしてから一カ月ほど経った頃のことだった）。二人はうまくいっているようだった。毎年、夏には夏祭りや海に二人で出かけていて、楽しそうな写真をたくさん撮っていた。咲希はその写真を澤田先生にも見せてくれた。少し照れくさそうな顔をして、いろんな思い出を語ってくれた。クリスマス前になると、「先生、圭太くんにどんなものをあげたらいいと思う？」と咲希から相談を受けた。「去年はあれをあげたから……」と思い出を振り返ることさえ、楽しそうだった。

時には、街中を二人で手を繋いで歩いている姿を見かけたこともあった。

去年は、二人とも高校受験の勉強で忙しかったようだが、それでも互いの家や図書館なんかで一緒に勉強したりして、励ましあって頑張っていたようだ。

受験が終わって一段落した頃、咲希は「圭太」と題した一枚の絵を描いている。その絵は、天を衝くような大樹の絵だった。根元にある街が小さく見えるほど樹は大きく、枝は空を飲み込みそうに見えた。あんまりにも大きいので、見ていてちょっと怖くなるくらいだったけど、咲希にとって圭太の存在はそのくらい大きいということなのだろうと澤田先生は解釈した。

圭太と良好な関係を築いている一方で、母親とはうまくいかないようだった。母親と口論になったという話を咲希から度々聞いていた。「圭太」の絵を描いた後、咲希は「怒り」と題した絵を描いた。その絵は、全体的に暗い色調をしていて、背景には咲希のアパートの居間が描かれていた。絵の真ん中には、咲希がいた。咲希は小学生くらいの幼い姿をしていて、壁にもたれかけ、じっとこちら――絵を眺めている澤田先生の方――を見つめている。口は固く閉ざしているのに、目は何か言いたげで、体全体からは怒りのオーラのようなものが漂っていた。部屋には咲希以外の人気はなく、そのせいかひどく寒々しい様子で、カーテンの開いた窓の外は真っ暗だった。

澤田先生はその絵を見て、咲希の中にはずっと消化されないままの怒りがあるのだと感じた。咲希は、未だにこんなふうに思っているのだろう。親にそばにいてほしかった時にそばにいてもらえなかった。自分を見てもらいたい時に見てもらえなかった。甘えたい時に甘えられなかった。その気持ちが怒りになって、咲希の中に堆積《たいせき》している。

もちろん恭子のために弁明するならば、恭子は咲希を寂しがらそうなんて微塵《みじん》も思っていなかったし、咲希への愛情はしっかりとあった。以前、恭子と二人で話をしていた時に、「母子家庭になってからは、咲希のためだけに生きてきた」と言っていたのを澤田先生は覚えている。その時、恭子はこうも言った。どんなにヘトヘトで仕事から帰ってきても、咲希の寝顔を見れば、歯を食いしばってでも頑張ろうと思えた。咲希だけが頑張る理由だった。自分のことは全部置き去りにして、がむしゃらに働いてきた。そう語った恭子の言葉には嘘は一つも感じられなかった。だけど、その気持ちは、咲希には伝わっていなかった。二人の思いはずっとすれ違っていた。

子どもは、安定した親子関係の上に成長を積み重ねていくものだけれど、咲希の場合、土台が不安定な上にどんどんと積み木を重ねるようにして成長してきた。今となっては、いつ崩れてもおかしくないようなところまできている。くわえて、今、咲希は思春期まっただ中にいた。心と体が急速に成長しているところだった。今、咲希は自身の成長にとまどっているのだろう。咲希の体は、どんどん大人になろうとしていく。それにつれて心も変化していく。母から離れて自立しよう、母よりも友人や彼氏と親しくなり、自分の世界を作っていこう。そんなふうに心が向かっていく。しかし、咲希の不幸なところは、自立に向かう気持ちとは真逆の気持ちが心の中に共存していて、咲希を真っ二つに裂こうとしているところだ。咲希の中には、未だに母を恋しがって泣いている幼い咲希が住んでいる。そして、その寂しさは素直に表現されないで、怒りになって母親にぶつけられている。

先月のある日――梅雨の頃で、その日は朝から雨が降っていた――に、咲希からこんなふうに打ち明けられたことがある。

「私、生きづらいの。どうしてだか分からない。学校に行って、帰ってきて、それだけの普通のことがとてもしんどいの。それをお母さんに分かってもらいたいって思う。でも、今までずっと放っておいたくせに、どうして今更干渉してくるんだろうって気持ちもあるの。その二つが、頭の中でぐちゃぐちゃになっていて、お母さんとうまく話せないの。話していると、ついついイライラしてしまうの」

澤田先生は、それを聞いてつらく思ったのを覚えている。

「私、育て方を間違えたんでしょうか」

と恭子がつぶやく。夜景は美しいのに、街のネオンの明かりが一つも恭子の目には映っていない様子だった。

「子育てに正解も不正解もないわ」

それだけに余計に難しいのだけど、と澤田先生は心の中で付け足した。

澤田先生は切ない気持ちでいっぱいだった。咲希の苦しみと恭子の苦しみを解きほぐすには、ガチガチに絡まった糸の玉を解きほぐすような作業が必要になるだろう。その玉は、長い年月をかけて巨大化し、今や糸端を見つけることすら難しいありさまになっている。それを解きほぐすには、どれくらいの時間がいるだろう。

夜が深くなっていく。澤田先生は、恭子の話を聞きながら、暗澹としていた。咲希はまだ電話をしにビアガーデンから出ていったまま、帰ってこない。月だけが、平和そうにぽっかりと空に浮いていた。

＊＊＊

「ごめんね、周りがうるさくて、全然声が聞こえないの」

咲希は携帯電話を耳に押し当てて、ビアガーデンの会場を出た。エレベーターホールの前まで来ると、やっと辺りが静かになった。

「もしもし、聞こえる?」

圭太の声が電話の向こうから問いかけてきた。

「ええ、やっと聞こえたわ」

「あのさ……」

圭太は少しためらいながらこう言った。

「外食中にごめん。あとで少し会えないかな?」

「え?」

咲希は急な誘いに驚いた。もちろん、嫌な驚きではなかった。

「今日、夏祭りをやってるんだ。ほら、去年もやっていただろう。咲希が今いるホテルの近くの、川沿いの道に屋台を並べてさ」

咲希は、パッと明るい顔をした。——夏祭り! 忘れていた。今日は夏祭りの日だったんだ。

咲希と圭太は去年もその祭りに行っていた。その時、来年も行こうと話をしていたのだった。

「お母さんとの用事が終わってからでいいから、来られるようになったら電話してくれないかな」

圭太はそう言ったが、咲希は、

「今すぐ出られるわ」

と答えた。

「大丈夫、お母さんにもちゃんと言ってから抜けてくるから」

咲希はそう言って電話を切ると、恭子には何も告げないままで、エレベーターに飛び乗った。エレベーターで一階まで降りると、フロントの前を突っ切って、正面玄関へと向かった。自動ドアの向こうには、たくさんの人が行き来するのが見えていた。

咲希はホテルから出て、人の流れの中を泳ぐようにして、川沿いの道を歩いていった。やがて、大きな交差点を一つ挟んで、その向こうの川沿いの道に屋台が立ち並んでいるのが見えた。咲希は交差点を渡ると、屋台を眺めながらぶらぶらと歩いた。圭太は今こちらに向かっているところだ。着いたら電話をくれると言っていた。

提灯と屋台の明かりが夜に浮かび上がるように明るい。その間を夢見心地で歩いて行くと、人の群れと屋台の向こうに、巨大な建造物がぬうっと突き出ているのが見えた。それは五重塔のような形をしていた。塔は花や提灯で飾られていて、提灯の赤い明かりが塔を怪しげに暗い夜空の中に浮かび上がらせていた。咲希は、その怪しげな美しさと、巨体な姿に目を奪われた。この塔は何か祭りのシンボルのようなものであるらしい。祭りに来ればこの塔があると去年から咲希は知っていたはずなのに、その怪しげな美しさと巨大さに、恐ろしささすら感じる思いで、立ち止まって塔を見上げていた。

吸い寄せられるように、塔に向かって咲希は足を出した。すると、咲希の左肩に人がぶつかってきた。ぶつかった人の後からも、どんどん人が咲希に向かって流れてくる。

「あ、ごめんなさい」

反射的に謝って人を避けようとした咲希だったが、今度は咲希の右側から人がぶつかってきた。避けようとするたびに、違う人にぶつかられ、咲希は足がぐらつき、ひしめき合う人の中でバランスを崩した。

咲希の体が背後に傾く。倒れる、と咲希が思った時、何者かが咲希を後ろから抱きとめた。男性の、しっかりとした腕の感触を背中に感じた。

「大丈夫？」

咲希は抱きとめた誰かの顔を見上げた。

そこには圭太がいた。

大丈夫と答えながら、咲希は思わず頬を赤くした。

「ごめんね、こんな人混みじゃなくてホテルの中で待っていてもらったら良かった」

圭太がそう言いながら咲希の体を起こす。咲希は立ち上がり圭太から離れたが、先程の抱きとめられた感触が肌に残っていて、まだドキドキとしていた。触れた圭太の腕は見慣れたものであるはずなのに、抱きとめられると男の子って体がこんなにしっかりとしているのかと驚いてしまった。不覚にも心臓の鼓動が早くなっていた。昔から成長が早くて、同級生と並ぶと一人だけ大人びて見えた圭太だったが、高校生になった今、圭太は身長が一八〇を超え、体格も雰囲気も一段と大人に近づいた。小学生の頃から彼を知る咲希だからこそ、その成長ぶりに驚いてしまう。咲希だってこそ数年で成長したが、それとはまた全然違う。こんなふうに体に触れると余計に感じる。自分とは全く違う生き物みたいだと。

「ごめんね、抜け出してきてもらって」

「いいの。もうお腹いっぱいだったし、知らないたくさんの人の中に長時間いるのは疲れるから」

咲希は微笑んだ。

「お母さんには何て言ってきたの？」

咲希は少し返答につまってからこう言った。

「退屈になってきたから、先に帰るって言ってあるわ」

「かまわないって？」

「うん」

圭太は安心した顔をした。咲希は少しチクリと胸が痛んだ。母に何も言わずに黙って出てきたことよりも、自分を信頼してくれている圭太に嘘をついたことに後ろめたさを感じた。

母には後で頃合いを見て、先に帰るから二次会でも三次会でもゆっくりと行ってきてと電話をしよう。咲希はそんなふうに思っていた。なぜ、すぐに母に知らせないかと言えば、最近の母は何かと心配性だったからだ。先に帰ると言えば、いろいろ勘繰られるかもしれない。今から誰かとどこかに行くつもりじゃないかなどと詮索されるかもしれない。母がそんなふうに詮索するようになった理由は分かっている。母は、咲希が高校に入ってからできた友人達を嫌っているようだった。確かに彼らは外観だけ見れば派手で、真面目な母の目には不良のように見えるかもしれない。それに、彼らは団体でいると、少し周りを威圧するような雰囲気を持っている。タバコを吸ったり、お酒を飲んだり、時には万引きなんかの悪いこともしている。咲希自身、最初は彼らを警戒していた。しかし、四月からの数カ月間、彼らと接してみて、きちんと向き合ってみれば印象とは随分違う人達だと感じた。遠くから眺めているとみんな恐く見えたし、似たりよったりに見えたけど、話してみると一人一人みんな違った。変なところで真面目だったり、弱かったり、優しかったり、いろんな側面を持っていた。みんな当たり前にいろんな側面を持った普通の人だった。

そんなことも分からずに、頭から彼らを否定する母に咲希は腹が立っていた。最近、やたらと母に腹が立つことが増えた。以前はそんなことはなかったのに。今でも咲希は子どもだけど、もっと子どもだった頃は、母は完璧に見えていた。いつもがんばり屋でエライ母だと思ってきた。ピリピリしていると怖かったけど、それでも大好きだった。今は昔より母のいろんな面が見えるようになった。完璧なんかじゃ全然なくて、間違ったことも言うし、欠点もたくさんある。母はがんばり屋だけれど、母親にはあまり向いていないと思う。子どもの気持ちに恐ろしく鈍感だ。見当違いな心配ばかりしている。

一方で咲希は昔より成長した。人間関係も高校に入って急激に広がった。咲希は新しく広がった世界に夢中だった。人間関係に疲れることもあったけれど咲希はそこにいたいし、まだまだ新しい世界を広げていきたいのだ。しかし、なぜだろう。母は咲希がそう望むほど心配するのだ。引き留めようとするのだ。母と二人きりで過ごした狭いアパートにすっぽり収まっていた頃の咲希でいさせようとするのだ。あの頃、咲希はずっと孤独で絶望感に満ちた日々を送っていた。咲希はあの頃のままでいたくないのだ。なのに、なぜそれが分からないのだろう。咲希には、そんな無理解な母が疎《うと》ましく思えるのだった。

「お母さんもかまわないって言ってるなら、ゆっくり祭りを見て回れるね」

圭太はそう言うと、咲希の手を取った。

「行こう」

そう言って、咲希の手を引いて歩き始める。圭太は咲希の前に立ち、人混みをかき分け進んでいく。圭太はなぜか急いでいるみたいだった。祭りの屋台の明かりが向かい合う川沿いの道を二人は小走りでずんずんと進んでいく。

「急がせてごめん」

　圭太は咲希に振り返ってそう言った。

「でも、もうすぐ船が出ちゃうから」

「船？　船に乗るの？」

「そうだよ」

　圭太はある場所まで進むと立ち止まった。咲希は息を弾ませながら圭太の隣に立った。二人の目の前に黒々とした川と、その上にかかる桟橋があった。桟橋の傍には屋形船が停まっている。屋形船は、塔と同じように花や提灯に飾られ、暗い色の空と川の間に光り輝きながら浮かんでいた。煌《きら》びやかなその姿は、昔絵本の挿し絵で見た宝船のようだと咲希は思った。

「乗っていいの？」

　と咲希は聞いた。こんな特別な日に特別な船に乗るには予約がいるだろうし、お金もそれなりにかかるのだろうと思った。圭太は、ただ落ちついた大人のような笑顔を見せて、

「大丈夫」

　とだけ言った。

　咲希は、圭太に手を引かれて船に乗り込んだ。船にはたくさんの人が先に乗っていた。二人が空いている席を探して座ってから間もなく、船は動き出した。乗客達はみな歓声をあげ、船の外を眺めていた。揺れる黒々とした水の向こうに祭りの屋台が見える。たくさんの屋台や提灯の明かりは、赤く光る島のようだ。咲希はまるで幻を見ているように感じた。光る幻の島の真ん中に、あの塔が

立っていた。ここからでもそれは巨大に見えた。何となく、それはこの世のものではないように見えた。

「怖い」

と、咲希はつぶやいた。圭太の腕に思わずひしとしがみついていた。

しがみついてきたのは揺れるせいだと勘違いした圭太は、

「つかまってて」

と言って咲希の肩を抱いた。その腕の中にいると咲希はとても安心した。圭太はいつも、落ちついていて、波が打ち付けても動じない港みたいだった。咲希も、圭太と一緒に歳を重ねたはずなのに、咲希は波の上で揺れる小さな船みたいだった。圭太に繋がれていなければ、あっという間に波に流され、雨や嵐にあって転覆していただろう。

圭太の腕の中に収まって、咲希はもう一度川の向こうを眺めた。そうすると、先程恐ろしいと感じた景色が、今度はうっとりするほど美しく見えた。咲希が、胸の内で「綺麗」とつぶやいた時、まったく同じタイミングで、

「綺麗だね」

と、圭太が咲希にささやいた。

それから、圭太は言った。

「五年前、この川原であったことを覚えてる？」

圭太と咲希が初めて二人きりで話をした時のことだ。咲希は忘れるはずがなかった。

「覚えてるわ、夏祭りの金魚を逃がしたんだったわね」

圭太は、

「懐かしいね」

と微笑んだ。

「あの金魚、友達はできたかしら」

川は船が行き来できるほど広い。夜の暗がりの中では、川原との境目さえ見えず、どこまでも広がって見える。こんな広い場所では、金魚はかえって寂しかったんではないかと咲希は思った。

けれど、圭太はこう答えた。

「今ごろ、水の中で他の魚達と祭りの明かりを見てるんじゃないかな。結構楽しくやってるだろうと思うよ」

咲希は明るい顔をした。根拠はないけれど、圭太がそう言うならそうかもしれないと思えた。圭太は、いつもそうやって咲希の気持ちを軽くしてくれる。

咲希は川原を眺めた。そこでは、歩き疲れた人達がしゃがんで休んでいたり、子ども達が走り回ったりしていた。そこに、小学五年生の頃の自分達もたたずんでいる気がした。自分達が付き合うことを、まだ知らないままで。

光る船はゆっくりと暗がりの中を進んでいく。咲希は不安と期待をない交ぜにしたような気持ちで、圭太と手を繋いで船の行く先を見つめていた。

その時、船に揺られる水の上に、小さな光が浮かんでいた。咲希と圭太はそれをちらりと見て、蛍だと思った。その小さな光は、水面の上を這《は》い、船に接近し、船体に沿ってふわっと舞い上がった。そして、咲希に近づくと、夜風になびく咲希の髪にふわりとくっついた。圭太がそれをつかまえようとすると、ふわっとまた宙に浮かび上がって夜空に吸い込まれるように空の高い所へ飛んで行った。咲希が空を見上げると、そこには無数に星が出ていて、さっきの蛍のような小さな光が広い夜空を埋め尽くすようにして輝いていた。

＊＊＊

船は川をゆっくりと三十分かけて巡った後、元の場所に戻ってきた。それから、二人は船をおりると、屋台を見て回った。射的をしたり、ヨーヨーすくいをしたり、二人は恋人同士で過ごす夏の夜を楽しんだ。咲希はあまりに楽しくて、こんな夜はもう二度と来ないのかもしれないと思った。いつだってそうだ。咲希は圭太とどこかへ出かけると、信じられないくらい楽しくて、少し不安になる。咲希は手を繋いで隣に立つ背の高い彼を見つめた。そして、屋台の一つ一つを、そこに灯る明かりを、その上に見える夜空を見つめた。目をつぶればそれらが消えてしまわないか心配だった。息をすることにさえ慎重になった。胸が苦しいと思った。幸福だと思うほど、苦しかった。

屋台を端から端まで見て回った後、咲希は少し疲れを感じ始めた。咲希の足取りが遅くなったのを感じて、圭太は咲希に川原に置かれたベンチに腰かけるよう勧めてくれた。

「休んだら帰ろうか」

と圭太が聞いてきた。優しい声音だった。咲希を労わってくれている。どうしてこの人はいつもこうなのだろう。同じ歳と思えないほど、気遣いに長けている。圭太が優しすぎるので、咲希はいつも自分が圭太に甘えてばかりのように感じる。

「もう、他に買いたいものはない？」

そう聞かれ、咲希はないと答えるつもりだったのに、無意識にりんご飴の屋台に目をやってしまった。咲希の視線を目でたどって、圭太はクスリと笑った。

「好きだものね。買ってくるよ、ここで待ってて」

そう言って、圭太は人混みをかき分けてりんご飴の屋台に歩み寄って行った。

咲希は自分の子どもっぽさを恥じた。隠したつもりの気持ちが目線に表れていたなんて。たくさんの人が前を行き来する中、咲希はポツンと所在無さげにベンチに腰かけていた。

その時、咲希の携帯が肩にかけた鞄の中で震えた。電話がかかってきているみたいだ。鞄から出して見てみると、ちょうどその時電話が切れたが、母からのたくさんの着信履歴が残っていた。すっかり忘れていたと咲希は青ざめた。今更、電話するのも何を言われるか分からなくて怖くて、メールに「抜け出してごめんなさい。もうすぐ家に帰ります」とだけ打って送った。

それから、咲希はぼんやりと塔を眺めた。塔は雑踏や屋台の向こうに、神秘的に輝いていた。

＊＊＊

圭太は、リンゴ飴を一つ買うと、咲希が待つベンチのそばに戻った。すると、咲希はぼんやりと遠くを眺めていた。その視線の先に目をやると、そこには祭りの名物である塔があった。それは、屋台の隙間から突如にょっきりとその巨大な姿をはみ出させていた。それを眺める咲希の横顔には、不安と焦燥のようなものが張り付いて見えた。

「どうしたの？」

圭太が尋ねると、咲希はゆっくりと圭太に顔を向けた。夢から覚めたような顔をしていた。

「塔を見ていたの」

圭太は、そうだね、とうなずいた。

「とても綺麗。なのに、あれを見てるとなぜだか恐怖が押し寄せてくるの。でも、見つめずにはいられない」

咲希は、ベンチの空いているところにそっと手をやった。そして、圭太をじっと見つめてくる。自分の隣に、圭太に座って欲しいと言っているようだ。咲希の大きな瞳の奥に不安が揺れているように見え、圭太は隣に座ると咲希の頼りない小さな手を握った。

「圭太くんといると、とても楽しいわ。夢の中にいるみたい。高校に入ってからは友達もたくさんできたし、毎日幸せだわ。なのに、どうしてかしら……」

怖いの、と咲希は小声で言った。不安と焦燥で押しつぶされそうになるの。自分の世界が広がって行くほど、未来に向かって進もうとするほど、怖くてたまらなくなるの。

圭太は、

「大丈夫」

と言って、咲希の頭をなでた。そうすると、咲希が小さな頭を力なく圭太の肩に預けてきた。

圭太は、昔、アトリエさわだで咲希が描いた夕日の絵を思い出していた。あの絵は今でもアトリエさわだに飾ってあるらしいが、圭太はそこをやめてから、その絵を見たことはなかった。だからあの絵を見たのは、五年も昔のことになる。しかし、圭太はあの絵を見た時のことをはっきりと覚えている。あの絵の前に立って、圭太は立ちすくんだ。絵の中から、叫び声が聞こえてきたからだ。それは、咲希の声だった。助けて、助けて、と繰り返し聞こえた。あの絵は、咲希の中に住む不安や恐怖といった、黒々とした思いそのものだった。咲希はその黒々としたものを、いつも「それ」と呼んでいた。「それ」が私の中に住んでいる。いつもそう言っていた。

「それ」はまだ、咲希の中に依然として住んでいるようだった。未来を見つめようとする咲希を、不安の中に引きずり込もうとするように、咲希の背後に張り付いていた。圭太は、励ましてそばにいる以外に何もしてあげられなかった。

「帰りましょう」

と言って、咲希は立ち上がった。

「せっかくのお祭りだったのに、暗いことを言ってごめんなさい」

圭太は立ち上がり、そんなふうに言う咲希の横顔を見つめた。二人でいるのに、一人で何かと戦っているみたいなつらそうな横顔をしていた。たまらなくなって、圭太は咲希を抱き寄せた。咲希の長い髪が揺れ、圭太の腕の中にその華奢な体がすっぽり収まった。

一人で戦わないでほしいと、圭太はその腕で伝えようとしていた。一緒にいる。それを知って欲しかった。

＊＊＊

二人で帰ろうと、屋台の並ぶ間を抜けて歩いていた時、突然屋台の列が途絶えてぽっかりと開けたスペースに出た。そこにはたくさんの提灯が飾られていて、それらには一つ一つ違う絵が描かれていた。

「何かしら」

咲希はそう言って、目を丸くした。引き寄せられるように近づいていく。圭太も咲希の後を追って、提灯が並ぶそばに近寄った。そして圭太は、提灯アート展という看板が並んだ提灯の脇に立てられているのを見つけた。

「こんばんは」

看板を眺めていると、一人のおじさんが声をかけてきた。その人は、看板のそばに置かれたパイプ椅子に腰掛けて、ニコニコと笑っていた。

「投票していきます?」

おじさんの椅子のまえには小さな机があって、紙切れと穴の空いた箱が置かれていた。おじさんいわく、これは提灯を使った絵画コンテスト——参加者は事前に祭りの事務局に申請し、支給された提灯に絵を描いて出展。その出来を祭りの客に見てもらい、いいと思った作品に投票してもらう。そして一番票が多かった作品を作った人に、事務局から賞金が渡されるというもの——なのだそうだ。

たくさんの提灯が並ぶ様は幻想的だった。咲希がその間を光に照らされながら、うっとりとした顔で歩いていく。そして、ある提灯を指さし、

「あ、これ、佐々木さんのだわ」

と言った。

「ササキ?」

と、圭太は聞き返した。

「ほら、ここに佐々木誠って名前が書いてある。五月に佐々木さんの個展を一緒に見に行ったでしょう?」

「ああ、あの佐々木さん」

圭太はそう言って、不思議な風貌をした佐々木のことを思い出した。佐々木は画家だが、売れた画家ではなかった。個展というのも、街角の雑居ビルの小さな貸しスペースを自費で借りて開いたもので、とてもこじんまりとしたものだった。彼のことは、個展でだけでなく、アトリエさわだでも見かけたことがある。よくボサボサ頭にヒゲモジャの顔でふらりと訪ねてきていた。服にはいつも絵の具や溶き油なんかが染み付いていて、見るからに汚らしかった。外観を全く気にしないらしく、そんなことに使う時間があれば絵を描いていたいと言っていた。ポケットは何を入れているのかいつもパンパンに膨れていて、おまけに油染みがついているから、よく生徒から「ポケットにコロッケでも入れてるんじゃないの」とからかわれていた。圭太の母なんかは、生徒の作品展に現れた佐々木を一目見て眉をひそめた。その時、佐々木は、澤田先生に「生徒さん達とどうぞ」と言って、焼き菓子が入った箱を土産に渡していたが、それを見ると「圭太は食べちゃダメよ」と険しい顔で言っていた。おそらく衛生面を心配したのだろう。圭太は自分の母親が特別潔癖だとは思わない。おそらく、多くの人が佐々木に対して、その不衛生そうで胡散臭い外観に、少し警戒心を抱くのではないだろうか。しかし、咲希はそうではなかった。昔一人ぼっちだったせいか、人付き合いに不慣れで、自分に好意をもってくれる人をみんないい人だと思う傾向が咲希にはあった。だから、咲希は佐々木に対して全く警戒心を抱いていなかった。彼女は、佐々木を「友達」だと言った。

「歳の差を超えて、とっても仲良しなの。佐々木さんって面白いのよ。今度、また家に遊びにおいでって言われたわ」

自転車に二人乗りして、佐々木の個展を見に向かっている時、咲希はそんなふうに言っていた。

「今度また」という言葉がひっかかった。

「何度か家に遊びに行ったことがあるの？」

と圭太が聞くと、

「ええ、友達だもの。当然だわ」

個展で見た佐々木の絵は、見た目に似合わず絵本の挿し絵にでもなりそうな、ファンタジックで可愛らしいものが多かった。空に浮かぶシャボン玉の中に街があったり、台所を探検する小人がいたり、空想上の生き物らしいカラフルな色彩をした生き物が描かれていたりした。それらの絵の片隅には、決まって一人の少女が描かれていた。それらの少女はぼんやりと顔をぼかされて描かれているので、はっきりとは言えないが、雰囲気や後ろ姿がどれも咲希に似ているように圭太には思われた。

個展に出した絵の中で一番の新作だという絵にも、その少女は描かれていた。その絵は美女と野獣をモチーフにしたもので、野獣の住む荒れ果てた城の中をさ迷う少女が描かれている。少女は崩れかけた螺旋階段を登っていく。その階段を上がった先には恐ろしい姿をした野獣がいて、少女の様子をこっそりうかがっている。少女は登っていく先に何が待ち受けているのか、まだ気がついていないのだろう。ずんずんと突き進んでいく。そんなシーンを切り取った絵だった。

圭太は、その絵に不穏な予感めいたものを感じた。圭太は占いなど根拠のないものを信じないタイプなのに、そのクセ予感が当たることがあった。五年前、咲希が部屋に閉じこもった時もそうだった。

物思いにふけりながら佐々木の提灯を眺めていた圭太に咲希が、

「どうしたの?」

と言った。

圭太は考え事をやめて、

「何でもないよ」

と微笑んでみせた。咲希は影のある圭太の表情に不安を感じたんだろうか。ふっと、圭太にこんなことを言った。

「来年の今頃、どうしてるかしら」

圭太は歩調を緩めると、咲希の手を握りしめた。

「来年もまた、こうやって一緒に祭りに行こう」

「再来年も?」

「再来年も、その次の年も、ずっと」

咲希は圭太に微笑んで、うん、と言った。

その表情を見て、圭太は先程感じた不安を忘れようと思った。不安を抱いているとそれが悪いことを引き寄せてしまうかもしれない。今日、二人で祭りを見られて楽しかった。そして、隣で咲希が笑っている。それが目の前にあるすべてだ。それだけ考えていよう。そう思いながら、圭太は咲希の手を強く握り直した。

＊＊＊

咲希と圭太は川沿いの道をしばらく歩いてから橋へと曲がった。橋の上を二人で並んで歩きながら、咲希は時々川原を振り返った。祭りの明かりがだんだんと遠ざかっていく。川原に見える景色が明るくてにぎやかなほど、咲希の心は侘《わび》しくなった。胸にぽっかりと穴が空いて、隙間風が吹き抜けていく。

何事も、終わりは悲しい。

楽しい時間が終わる時も、別れも、死もすべて悲しい。でも、避けられない。すべてにはいつか終わりがくる。

咲希はそう考えて自分が描いた夕日の絵を思い出した。それから、夕日から逃げるように走って家に帰った時のことや、母親が不在のアパートの中、もう母親が帰って来ないのではないかと思った日を思い出した。そして、失踪してしまった父を思った。

咲希は、自分が振り返るたびに何も言わずに歩調を緩めてくれる圭太を愛しく思った。圭太は優しい。そして、咲希に信じられないような幸福をくれる。例えば、今日、屋形船から見た景色を、咲希が綺麗だと感じたちょうどその時に、圭太が「綺麗だね」と言ったことを、小さな奇跡のように感じた。圭太と過ごしていると、小さな奇跡がたくさん起こる。その瞬間に咲希は、今が幸福の頂点のように感じる。このまま、時間が凍結すればいいのにとすら思う。そうすれば、圭太との時はずっと終わらない。

でもそれは停滞を望むということだ。咲希はずっと今まで走ってきた。胸を押しつぶしてくるような正体不明の「あれ」に苦しめられながらも、それに支配されたような苦しい日々から抜け出したくて、あがいてあがいて、あがきながら未来へと進んできた。それだから、時が止まればいいのにと思うことは、もがきながら未来に進んでいきたい気持ちと真っ向から反発し合う。咲希はその磁石の両極のような二つの気持ちを、一つの胸の中に持っていた。

咲希は時々気持ちが混乱している。今日、ベンチで圭太の肩にもたれかかった時もそうだった。咲希はそうしながら、圭太のしっかりして安心するような肩の感触と、底抜けの優しさを感じていた。圭太があんまり優しいので、咲希は時々圭太にどこまでも甘えたくなる。でも、そうしたいと思うと同時に、圭太に依存してはいけないと思う自分もいる。咲希は時々このまま自分がどんどん圭太に依存していって、どんどんと無力で自分一人では何もできない人になるのではないかと恐怖してしまう。圭太ばかりがどんどんと成長していく。彼はちょっとのことで動じない。しっかりと根を張った大樹のように成熟して安定している。咲希はその大樹を見上げ、自分がいかに小さくて頼りないかを感じている。小さ過ぎて、樹の根に呑み込まれてしまいそうですらある。自分がなくなっていきそうだ。

大樹に似た圭太は、いなくなった父親にどこか似ていた。外観や性格の話ではない。まだ幼かった咲希には、父も母もどっしりとした大樹に見えていた。いつも咲希はその根元に腰掛け、安心して甘えていた。圭太といると、時々自分が小さくて無力な子どもに逆戻りしていくみたいに思う。それではいけないと、自分の中の声が言う。成長したい。未来に向かいたいと、心の声が言っている。

咲希は昔より、望んでいたものを手に入れたはずだった。母親の関心、たくさんの友人、それから優しい恋人。だから、昔より幸福なはずだった。なのに、咲希の心には昔と同じように雲がかかっていた。六歳の時から心に住み着いた「あれ」が依然として咲希の中に居座ったままだったからだ。

「あれ」は不安を連れてくる。不安は凝り固まる。長く心の内に置いておくと、それは層を成《な》し、巨岩のようにカチコチの大きな固まりになる。咲希は今、突然広がった人間関係にしがみつこうと必死だった。また、孤独の中に戻りたくなかった。しかし、長い間孤独の中にいた咲希は、多人数と会話すること自体にしばしば疲れを感じていた。それでも、しがみつきたかった。咲希は彼女達といる時には楽しげに笑っている仮面をつけていた。しかし、その仮面の下の顔は引きつっていた。そんな自分を俯瞰すると空虚に感じた。笑った仮面を張りつけてあるだけで、中身はがらんどうだ。そこに広がる虚空は、宇宙みたいに広くて寒々しい。咲希は何者かになりたかった。昔の自分とは違う何者かに。そのために焦《あせ》ってばかりいた。しかし、焦れば焦るほど何もかも空回りした。彼女達と過ごす時間も、学校の勉強も、バイトも、焦るほどうまくいかなかった。自分のことをがんばっても並以下の人間だと感じた。そんな自分に、この先どんな未来があるだろう。そう思うと焦《しょう》燥《そう》感はさらに増した。そのせいだろうか、最近また、あまり眠れなくなっていた。

橋を過ぎ、神社の前を通り、静かな住宅街にさしかかった。圭太がふと立ち止まった。

「どうしたの？」

そう尋ねた咲希の顔を、圭太はじっとのぞきこんだ。

「何を考えているの?」

咲希は少し考えてから、

「話すほどのことじゃないわ。私自身の問題なの」

と答えた。圭太は、さぐるような目をして咲希の顔を見つめていたが、それから、ふっと微笑んで、

「こっちへ来て」

と言った。咲希を抱き寄せると、自分の胸と腕の間に咲希の頭をすっぽりと包み込んだ。

「何にも心配いらないから、ここにいて」

咲希は腕の中でモゾモゾと抵抗した。

「子どもをなだめるみたいに言わないで」

そんなふうに言ってはみたが、咲希は圭太の腕の中で、どうしようもないほどの安らぎを感じていた。このままでは、咲希は泣き出してしまいそうだったので、圭太の首にギュッと抱きつくと、熱のこもったキスをした。

「大好きよ。だから、これ以上優しくしないで」

そういう咲希の頬に圭太が優しく触れた。それから、無言のまま、長い長いキスをした。咲希は、とうとう泣き出してしまった。安らかで、愛おしくて、でも苦しくて、泣きながら何度もキスをした。顔がぐしゃぐしゃになるまで、泣いていた。その間、圭太は咲希に何度も「大好きだよ」とささやいていてくれた。

## 五、儚い夕月

八月のある土曜日、古ぼけたアパートの一室で仙人じみた風貌の男が絵を描いていた。彼は名を佐々木という。佐々木の部屋のエアコンは今現在壊れてしまっているので、彼は窓を開けて、扇風機を三台自分に向けて強風で回していた。ボサボサの髪とヒゲが風になびき、ついでに掃除されていない部屋のホコリやゴミ箱に入り切っていないゴミが風に舞っている。そんな中、真剣な眼差しをしてキャンバスの前で精神統一をしている佐々木は、嵐がふく荒野にたたずむ神様みたいに見えなくもなかったが、実際はただのズボラな売れない絵描きであった。佐々木は二十代後半であったが、その年齢不詳な外観のせいで、実年齢よりかなり上の四十代くらいに見られることがあった。女性とは付き合ったことがない。淡い恋心を女性に抱いたことは、これまでに幾度かある。しかし、それらは大抵告白する前に終わってしまう。佐々木が話しかけるだけで、毛虫かゴキブリにでも突然遭遇《そうぐう》したみたいに、女性はキャッと悲鳴をあげる。怖々「何ですか？」と尋ねてくる女性のそばに、佐々木がジワジワと距離を詰めていくと、女性はたまらず逃げ去ってしまう。そんな佐々木は、平日は会社にきちんと通っているれっきとしたサラリーマンだったが、街角で職務質問された時など、会社員だと言ってもなかなか信じてもらえない。自分でも本当なのか時々自信がなくなる。そんな怪しげな風体の会社員がいるものかと警察官に言われれば、「確かに」と思ってしまうのだった。

佐々木は明らかに外観で損をしていた。澤田先生には「中学のころの佐々木くんとは随分変わっちゃったわね」とよく言われた。中学のころの佐々木は、短髪だった。成長が遅くて背が低く、ヒゲもまだ生えておらず、声変わりもしていなかった。幼げな印象から、クラスのみんなから坊ちゃんと呼ばれていた。「昔みたいに短髪にして、ヒゲもそってみたらどうかしら」

澤田先生はそんなふうに佐々木に言うこともあったが、佐々木は頑として首を縦にふらなかった。絵描きになりたくて、仕事をするかたわら睡眠時間を削って絵を描いてきた。私生活のほとんどは絵に捧げてきたのだ。自分の身なりを気にする間も惜しかった。大学の同期のやつらや会社の同僚、後輩達が次々と彼女を作り、薔薇色の恋人時代を過ごし、愛でたく結婚していく一方、佐々木は二十代の貴重な時間を、絵を描くことで費やしてしまった。今さら髪型を変えてどうなる。ヒゲをそってどうなる。それで恋人ができなければ、なおさら自分が惨《みじ》めだ。もうこれは意地なのだ。僕はこのスタイルで生きていくぞと意地を固めてしまっていたのだ。しかしそれでも、こんな僕で良いという女性に巡り会うことができればと、心のどこかで願っていた。

そんな都合の良い妄想をしながら、一人で薄ら笑いを浮かべていた佐々木の所に、誰かが訪ねてきた。ピンポーンと間の抜けたチャイムの音が鳴り響く。佐々木が玄関のドアを開けて見ると、そこには見目麗しい女性が立っていた。ドアの外の夏の日差しもまぶしいが、彼女もまぶしい。真夏だというのにぬけるような白い肌をしている彼女は、何を食べたらそんなふうに透明感あふれる体になるのだろうか。私、実は人間じゃないんです、妖精なんです、と突拍子もないことを言われても、かえって納得がいくぐらいだった。

ああ暑かった、と言いながら、ふわりと部屋に上がりこみ、佐々木の部屋の床にペタリと座り込む彼女を、彼は不思議なものを見るような目で見つめた。彼女は明らかにこの部屋には似つかわしくない存在だった。佐々木だけでなく、部屋全体が違和感を覚えてソワソワしているように思えた。

「あ、あれですか？　新しく描いた絵って」

彼女、真島咲希は部屋の奥に飾ってあった絵を指さした。「新しい絵が描けたから見においで」と佐々木が言うたびに、彼女は嬉しそうな顔をして佐々木の部屋にやってきた。そして、興味深げに絵を眺め、真剣な様子で感想を述べる。そして、いつも佐々木の絵を好きだと言ってくれた。

今日も、咲希は佐々木の絵をひとしきり眺めていた。佐々木の部屋は暑いので、床に座って壁に立てかけてあるキャンバスをのぞきこむ咲希は、薄らと汗をかいていた。扇風機を近くに持っていって咲希に向けてやると、咲希の髪や服が強い風になびいた。咲希が手で髪をおさえると、半袖のシャツのゆったりとした袖口から脇がのぞいた。袖口が風で揺れるたびに、白いレースのついた下着の端がちらちらと見えていた。咲希は気がついていなかったが、佐々木は無垢な少女に申し訳ないことをしてしまったと思い、扇風機を咲希から遠ざけた。

その日、咲希は夕方バイトだと言っていた。まだ時間があるからと、咲希はここに来るまでにスーパーに寄って買ってきた食材で佐々木の夕食を作ってくれた。佐々木の部屋にはガスコンロと炊飯器が一台ずつ、それからまな板と包丁と鍋が一つずつ置かれているが、佐々木自身は使ったことがなかった。自炊したことがないのだ。空腹になれば、近所の牛丼屋に行くか、コンビニ弁当やカップ麺で済ませていた。冷蔵庫を開ければ、食材はほとんど入っていない。初めて咲希がこの部屋に訪れた時、

「何を食べて生活しているんですか？」

と心配したほど、すっからかんだ。以来、佐々木の健康を心配した咲希は、時々佐々木に手料理を振る舞ってくれるようになった。女性に優しくされたことのない佐々木は、相手がまだ少女のよ

うな年齢だとしても、嬉しくてニヤニヤとしてしまうのだった。

「バイト、大変だね。夕方って何時から？」

そう尋ねながら、佐々木は炊事場に立つ咲希を見つめた。

「五時からです」

と咲希は答えながら、包丁を動かしている。包丁のリズムに合わせてわずかに揺れる肩や束ねられた髪の先を佐々木は眺めていた。そして、やっぱりそこにいる咲希を不思議に思った。

「咲希ちゃんは、変わり者だね」

佐々木は自分のことを棚に上げてそう言った。

「どうしてですか？」

咲希が野菜を切る手を止めて振り返った。

「僕と親しくしてくれるからさ。自分で言うのは悲しいけど、僕はこれまで大抵の女性に毛嫌いされてきたから」

咲希はふわりと微笑む。

「その人たちは、佐々木さんをよく知らないからですよ」

「そうかな」

咲希は切った野菜に視線をもどしながら、ええ、と言った。そして、野菜を湯気がたつ鍋に入れようと、鍋の蓋をとった。途端に出汁の香りが部屋にひろがった。

「佐々木さんはいい人だわ。それに、どんな人でもよく話せばどこかはきっと好きになれると思うの。高校に入って、いろんな友達ができてから、よくそう思うようになったわ」

佐々木は、料理をする咲希の後ろ姿を見つめながら、無垢《むく》な子だと思った。その心の純粋さは、佐々木の心を打った。そして、その一方で、咲希のことが少し心配にもなった。咲希は人を警戒しない。誰でも受け入れようとしすぎている。例えば、咲希はこの部屋に訪れている時も、全く佐々木に警戒心を抱いていない。佐々木が下心を持っているかもしれないなんて、毛頭考えていないのだ。

「人を信用し過ぎない方がいいよ」

佐々木が忠告すると、咲希はおたまで鍋の中をかきまぜながら首を傾げた。

「信用し過ぎるって変な言葉ですね。信じる時に、加減して信じるなんて無理です。ああそうなんだ、と思った瞬間に、心の中に染み込んでしまっている。信じるってそういうものです。それが言葉にしろ、人にしろ、信じた時にはすでに手遅れです。丸ごと信じてしまっています」

それを聞いて、佐々木はひどく後ろめたく感じた。

「じゃあ、咲希ちゃんは、僕のことも丸ごと信頼してくれているわけだね」

満月みたいに欠けたところのない笑みを見せてうなずく咲希を、佐々木は悲しい気持ちで見つめた。それから、佐々木は部屋の中を見回した。佐々木の部屋には、佐々木が描いたたくさんの絵が壁に立てかけてあった。森の中や、野原や、湖や、いろんな場所に少女がたたずんでいる絵だ。少女の顔はぼかされていて、はっきりとした顔立ちは分からないが、どことなく咲希に似て見えた。佐々木は、それらの絵を描いた時の気持ちを思い出していた。絵の少女に向けられた秘めた思いを——。

「僕は咲希ちゃんと友達でいられない」

佐々木が悲しそうな声で唐突に言った。咲希は驚いて鍋の中をおたまでかき混ぜていた手を止めると、佐々木に振り返った。

「どうしてですか？」

咲希は狼狽《ろうばい》していた。

「うまく説明ができない……」

佐々木はそう言ってうつむいた。それから、沈んだ面持ちで立ち上がって、咲希の鞄を手に取ると、咲希の前に差し出した。

「勝手でごめん。もうこんなふうに部屋にも来ないでほしい」

咲希は泣きだしそうな顔をしながら鞄を受け取った。佐々木が玄関に背を向けていると、背後で咲希が靴を履いてドアを閉める音がした。独りきりになった部屋で、佐々木はしばらくぼうっとしていた。それから、ふと咲希が先程までいた台所に目をやった。立ち上がり、暗い表情で台所へ行って鍋の蓋を開けると、出来上がった料理が美味しそうな香りをさせていた。

＊＊＊

翌日――。

夕方の月が、窓の外に幻のように儚く見えている。夕日が空を赤く燃やしていた時間が過ぎ、空は明るいのでも暗いのでもない、静かに青い時間がやってくる。夕方の青さは、昼間の青い空と全然違って、ゆっくりと辺りを冷やしていくような色をしている。わずかに空気の温度が下がり、窓の外でうるさく鳴いていた蝉の声が止んで、夕方鳴く虫たちの声が聞こえ始めた。アパートの裏庭の夕顔が、しぼんだ朝顔にかわって白い花を開き、風に静かに揺れていた。夕方の空が、辺りの様子を変えていく。

今日はなぜだか、夕方の時間が少しも怖くなかった。咲希は初めてと言っていいぐらい、窓辺で夕方の景色の変化をじっくりと観察していた。夕方の時間は短い。そして、刻一刻と様子を変えていく。夕方の月も、わずかな時間の間にしか見られない。夕方の月は、夜の月よりもずっとひっそりと物静かな様子をしている。それは、まだ暗くなりきらない空の中で、意識して見ようと思わなければ目に入らず、その光は消えてしまいそうなほど儚い。咲希は、夕方の月を見ていると、切ない気持ちになる。咲希は、自然と昨日の出来事を思い出していた。

昨日、バイトの後に圭太に会った。圭太が咲希のバイト先であるファミリーレストランまで迎えに来てくれたのだった。時刻はもう夜の九時になっていた。なぜ、そんな遅い時間に二人は会ったのかというと、咲希がわがままを言ってしまったからだった。

その日、咲希はバイトで散々な思いをした。普段から要領の悪い咲希は、店長に叱《しか》られてばかりいるが、その日は特にひどかった。昼間、咲希は突然訳も分からないまま佐々木という友人を失った。そのショックを引きずったまま、夕方からバイトに入ったが、その日は土曜日で家族連れの客も多く、仕事は多忙を極めていた。ショックのせいで集中力を欠いた咲希は、ミスを連発した。どうにか気持ちを切り替えようとしたがうまくいかなかった。人間関係を作るのが下手な咲希は、他のバイトのスタッフ達と打ち解けられていない。咲希が店長に叱られていると、スタッフ達は冷ややかな目で咲希を見つめていた。そんな視線を背後に感じ、咲希は心が潰《つぶ》れそうなほどつらかった。

叱られ終わった後も、他のスタッフと目を合わせるのが怖かった。彼らの視線を意識すると、仕事の手がふるえた。

咲希は、夏休みに入ってからというもの、学校の友人達ともうまくいかなくなり始めていた。夏休みになってからは、昼間から夜遅くまで、長時間友人達と過ごす日が増えた。友人達はみな良い人達だった。集まれば、毎日がパーティーか祭りのように、にぎやかに騒ぐことを好んだ。咲希も友人達のそのテンションについていきたかったのだけれど、もともと多人数の中でワイワイ会話するのに慣れていない咲希は集まるごとに疲れを感じるようになっていった。友人達に合わせて作った偽りの自分も、保っているのが難しくなっていった。バイトだとか、いろいろな理由をつけて友人達の誘いを断るようになった。咲希を「アクセサリーにしたいぐらい可愛い」と言っていた友人達は、徐々に咲希を冷ややかな目で見るようになっていった。

友人達と疎遠になると、咲希の母はその変化に気がついた。

「最近、あの子達、遊びに来ないのね」

「あまりうまくいってないの」

咲希が暗い顔をしてそう言うと、母は反対に嬉しそうな顔をした。

「あら、いいことじゃない。もともと咲希とは不似合いな友人だったもの。このまま縁がきれてしまえばいいわ」

咲希は自分の気持ちも知らずに勝手なことを言う母親にいら立ちを覚えた。それを抑えきれなかった咲希は、この後母親と口論になった。

その日以外にも、母につらく当たってしまうことがよくあった。学校やバイト先などでつらいことがあると、咲希はついつい母親のせいではないかと思ってしまうのだ。母親に似たせいではないか。母にこんなふうに育てられたせいではないか。自分がこんなふうなのも、今がつらいのも、未来が暗いのも、親が違えば違っていたのではないか。

本当はそうではないと、咲希だって頭では理解している。しかし、ついついそういう気持ちがいら立ちと共に湧き上がり、自分がうまくコントロールできないのだった。

夜中になってから、ふと、そんな自分が悲しくなる。ケンカして意地をはって食べなかった夕食のことを思い出し、それを片付けている母親の姿を想像して、どうして自分はこんなふうになってしまったのだろうと思った。

咲希は、客が帰った後のテーブルを拭きながらため息をついた。咲希の悪い癖だが、咲希は一度落ち込むと、芋づる式に悪いことばかり思い出すところがある。そんな咲希を見て、圭太は、

「今だけを見て」

と何度か言ったことがある。

「過去の出来事は咲希を追いかけてはこない。もうそれは、咲希を傷つけることはないんだ。今、咲希を苦しめているのは、過去の出来事じゃない。それを思い出している自分自身だよ」

今ここに圭太がいたら、そう言って気づかせてくれただろう。しかし、今、彼はそばにいなかった。

咲希は、自分が思い出したたくさんの出来事に追い詰められ、ますます仕事をしているのがつらくなってきた。たまらなくなって、咲希はバイトの途中にロッカールームに飛び込んだ。そして、圭太にメールを送った。

「会いたい」

と、それだけ打ったメールを。

返信はすぐにきた。「分かった。今日、バイト先へ迎えに行くよ」と書いてあった。突然どうしたの、とも、すぐにでないとダメか、とも聞いてこない。圭太らしいと咲希は思った。いつでも、まず咲希の気持ちに応えようとしてくれる。質問をするのはその後だ。

圭太は他人の気持ちをくみ取るのが、小学生の頃からうまかった。相手が何を望んでいるのか察知して、それを叶えようとしてくれる。咲希は、圭太のそんなところを理解して、甘えてしまっているところがあった。あんなメールを送れば、どんなに遅い時間でもすぐに会おうとしてくれることは分かっていた。しかし、意図的にそういうメールを送ってしまった後になって、咲希は後悔し始めていた。不安が急に湧いてきたのだ。つらいことがあるたびにこうやって圭太に依存していては、いつか愛想を尽かされるのではないだろうか。

「急に会いたいなんてメールしてごめんなさい。何でもないの。これからは、突然そんなメールをしてきても、放っておいてください」

そうメールを送信すると、咲希は携帯電話をロッカーにしまい、仕事に戻った。

午後九時、仕事が終わって咲希は着替えを済ませた。それから、裏口を通って外に出ると、裏口のすぐそばにある駐輪場の柱にもたれかかって立っている圭太が目に入った。音楽か何かを聴いているらしく、ズボンのポケットから伸びたイヤホンを両耳にはめていた。咲希は、圭太を見て驚いた顔をして裏口の前で立ち止まった。圭太は、そんな咲希に気づいて、イヤホンを外してほほえみかけてきた。

「どうして来てくれたの？」

そう問う咲希に、圭太は少し苦笑してから、

「好きな女の子に放っておいてって言われて、放っておける男はいないよ」

と答えた。

「どうしたの？　何か落ち込んでるの？」

そんなふうに尋ねながら、咲希に近づいてくる。圭太がいるつもりでなかったのに、不意をつかれた咲希は、バイト中からずっと張り詰めていた緊張の糸が切れてしまったように感じた。今度圭太に会う時は、落ち込んでなんかいない様子を繕《つくろ》おう。愛想を尽かされないように、もっとしっかりした人間を装うと思っていたのに、すっかり気もちが緩んでしまった咲希はうまく自分を取り繕うことが出来なかった。途端に、今までのつらかった気持ちが全部涙になって目からあふれてきた。咲希はそんな自分を見られたくなくて、圭太に背中を向けた。

「咲希」

圭太の声が咲希のすぐ後ろから聞こえた。

「泣いてるんだろ？　どうして隠そうとするの？」

圭太の息が、咲希の耳の辺りにかかる。それを感じたのと、圭太に後ろから抱きしめられたのがほとんど同時だった。

「泣いてなんかないわ」

咲希はそう答えたけれど、涙は次から次へとこぼれていた。咲希はそれを必死で拭った。

「強がらなくていいんだよ」

圭太はそう言うと、咲希の顔を後ろからのぞきこんだ。咲希が圭太に顔を向けると、圭太が咲希の濡れた頬にキスをした。

「咲希の笑ってるところも、泣き虫なところも、全部見られるのが俺の特権なんだから」

咲希は目を閉じて、圭太の声を聞いた。耳でというよりも、圭太に抱きしめられているところ全部で、圭太の声を感じていた。体が食物を取り込むように、心が圭太の言葉を吸収しようとしている。咲希は、もはや自分が圭太なしでは生きていけないような気がしていた。

圭太は、咲希が泣き止むと、自転車を駐輪場から出し始めた。咲希の分まで駐輪場から出してあげながら、こう言って笑った。

「それにしても、本当に咲希は俺の前で泣いてばかりだね」

咲希は、

「ごめんなさい」

と泣いた後の赤い鼻をして言った。

「謝らないでよ。その泣き顔が嫌いだったら、俺は咲希と付き合ってないよ」

咲希は、自転車にまたがりながら、自分の心が自分の体を離れて圭太に寄りかかっているのを感じていた。圭太は優しすぎて、時に毒のようだ。その毒は蜜のように甘くて、咲希はすでに中毒になりかけている。

二人して自転車をこいで自分達の住む隣町に向かいながら、咲希はずっと圭太が好きだということばかり考えていた。圭太と今一緒にいるのに、この後別々の家に帰ることがもう寂しかった。ずっと一緒にいたくて、そればかり考えていた。

圭太が、自転車をこぎながら、夜の空気をすっと吸い込んだ。それから、何か決意したような顔をしたかと思うと、こう言った。

「今晩は、一緒に過ごそう」

それは、まるで咲希の気持ちが伝わっていたかのような言葉だった。咲希の瞳が驚きに揺れる。そして、何かを考える前に、

「そうしたいって、私も思ってた」

と答えていた。

圭太がほっとしたように微笑んだ。咲希に断られないかと、圭太もドキドキしていたのかもしれない。

「今晩、両親とも家にいないんだ。うちに泊まりにおいでよ」

今度は咲希がドキリとする番だった。緊張で自転車のハンドルを握る手が汗ばむのを感じた。これから、圭太の家に初めて泊まりに行くのだ。咲希の紅潮した頬に夜風があたる。咲希は圭太を眺めた。圭太の横顔や、喉仏や、しっかりとした腕を。この人と、今晩一緒に過ごすのだ。あまりに急な展開に咲希の心臓は飛び跳ねていた。今晩星が全部降ってきたとしても、これほど驚きはしないと思った。

あの後、咲希は信じられないくらい幸福だった。そのできごとを思い返しながら、咲希は今、自分の部屋の窓辺で夕空を眺めていた。

＊＊＊

昼間の気配が消えて行く。眩しい日差しや蝉の声。アパートの塀の外を歩いて行く、虫取り網やプールバッグをもった子供たちの姿とにぎやかな声。みんなみんな、どこかへ消えていった。今は街を冷やしていく夕空と儚い夕月の下で、わずかに夕方鳴く虫の音がするだけ。

昨日の記憶は、幻だったんじゃないかと咲希は思う。本当だと思うには、あまりにも甘い記憶だった。思い出してまたため息をつく。咲希は、幻のように儚い夕月を見上げ、圭太にまた会いたいと思っていた。いつも咲希のすぐ後ろに影のように付きまとう「あれ」が、今日は遠くに感じられた。咲希があまりに幸福で、それを寄せ付けようとしないので、それは部屋の隅で残念そうにいじけていた。咲希はそれに言う。今日はそこに居てね。この余韻をまだ忘れたくないの。

＊＊＊

澤田先生は、ガラスの容器に入ったレモン水――輪切りのレモンが浮かんでいる――をグラスに注いだ。突然やってきた咲希は、夏の日差しにすっかり体を熱くしていた。咲希はグラスを澤田先生から受け取ると、レモンが香る冷たいそれを気持ち良さそうに飲んだ。

咲希は、スケッチブックを持参していた。澤田先生に見てほしいと言う。澤田先生はそれを手に取って眺めた。そうしながら、今日に限って連絡もせずに突然やってきた理由を考えていた。

澤田先生は時折咳をしながらスケッチブックをめくった。

「風邪ですか？」

と、咲希は尋ねた。

「ううん、大丈夫よ。ここ、冷房で空気が乾燥してるから」

と澤田先生は言ったが、本当は昨日から頭が痛かった。風邪っぽいと思っていたが、案の定今朝から熱が出ていた。しかし、せっかくやってきた咲希を追い返すわけにもいかず、澤田先生は何でもないふりをしていた。

絵の感想を言いながら、澤田先生はちらちらと咲希を眺めた。彼女は澤田先生の言葉をどこか上の空で聞いている様子で、座っているソファに置かれているクッションをいじったり、胸に抱いてみたり、ふわふわとして落ち着きがなかった。

根拠のないただの勘だけれど、何かあったなと澤田先生は思った。そして、こういう時の女の勘は大抵当たる。

「圭太くんと何かあった？」

澤田先生は直球で尋ねてみた。咲希は分かりやすく頬を赤くして動揺した様子を見せた。それだけで、答えは出ていた。

咲希は澤田先生に、「誰にも言わないでね」と口止めしながら、一昨日、圭太との間に起こったことを教えてくれた。澤田先生は、とうとう二人にもそんな時がやってきてしまったかと思った。

澤田先生は咲希のそばに座って、咲希の手を握った。

「圭太くんが好き？」

咲希はうなずいた。

「とても。ずっと一緒にいたいわ。高校を出ても、大人になっても、ずっと」

真っすぐな目をしてそう言った。

「だったら、なおさらきちんとしなきゃだめよ。あなたはもう体は大人の女性と同じなの。赤ちゃんだってできちゃうのよ。気を付けないと、あなたも圭太くんもとてもつらい思いをするわ」

咲希は、もう一度深くうなずいた。

「分かってるわ。私もちゃんと気を付けて避妊するし、圭太くんはとても優しくてしっかりとした人です。だから、心配はいりません」

澤田先生はそれを聞いて、頭の中で、うーんとうなった。避妊すればよいという話ではない、と澤田先生は思った。澤田先生の感覚では、性行為そのものがまだ二人には早いと感じていた。しかし、その行為に適した年齢がいくつからなのかと問われると、澤田先生も明確な答えは分からなかった。ともかく、圭太なら、乱暴なことをしたり、避妊を怠ったりして、大切な彼女を傷つけたりしないだろう。幸い、彼女はこの家によく訪ねてくるし、何かあれば、私にはきちんと相談してくれる。ならば、二人の関係性についてやかましく干渉することはかえって逆効果だろう。ただ一つ、気になることがあるとすれば……。

「お母さんは、咲希ちゃんと圭太くんがそこまで深い仲にあることを知っているの？」

咲希は首を横に振った。だろうな、と澤田先生は思った。

咲希の顔が曇った。

「また、ケンカをしたの。最近は普通の会話より、ケンカばっかり」

一昨日、咲希は母親に外泊することを報せなかったそうだ。圭太は母親に電話して伝えるように言った。しかし、咲希は「伝えた」と嘘をついて、本当は報せていなかった。翌日帰ってきてから、無断外泊したことを母親からひどく叱られた。自分が悪いと分かっていた咲希も、ついつい口答えをしてしまい、ひどい口論になった。二人の言っていることはちっとも噛み合っていなかった。母親は、咲希が自分のやっていることをおかしいと分かっていないと思って叱っている。一方の咲希は、自分がしていることが母親に否定されるようなことだと分かってやっている。当然怒るだろうことも分かっている。分かっているが、咲希はもう叱られるのが怖くて、大人が禁止することをしないでおこうと思う歳ではなかった。むしろ、大人の決める枠をあえて飛び越えて、そうするとどうなるのか自分で確かめてみたいと思っていた。だから、いくら母親が正論で常識を伝えようとしたところで、咲希は反発するばかりだった。

咲希は言った。

「お母さんとケンカした日は、よく悪夢をみるの」

最近彼女は、小五の時のように、赤ちゃんの出てくる夢をまた繰り返し見るようになったと言う。今日、彼女が持ってきたスケッチブックには、その夢に出てくる赤ん坊の絵が何枚も描かれていた。

その夢はこんな夢だった。

赤ん坊が泣いている。

アパートの狭い部屋の中に、その声はワンワンと響く。咲希は赤ん坊を抱き上げ、母乳を与えようとした。しかし、抱いても乳首をくわえさせても赤ん坊を泣き止ませてあげることができない。泣き続ける赤ん坊のそばで、咲希はただただ途方に暮れていた。

赤ん坊の泣き声は悲痛そうで、聞いている咲希の胸は張り裂けてしまいそうだ。サイレンのようにワンワンと響くその声は両耳を塞いでも聞こえてくる。ついには、咲希の頭の中でけたたましい音量で赤ん坊の声がこだまし始める。それは、踏み切りの警報音のように、胸をざわつかせる不穏な響きをしていた。とうとう咲希は押し入れに入って赤ん坊の声から逃れようとするようになった。押し入れの戸を閉めて、咲希はそこで泣いた。赤ん坊に、ごめんね、ごめんね、と思いながら、何もできないまま泣いていた。

「昔から、私には叶えたい夢があるんです。お母さんになりたいの。でも、母親とケンカするたびに不安になるんです。私、母みたいな嫌な大人になっちゃうんじゃないのかなって。最近、母親を見てると、嫌なとこばかり目につくんです。でも、気づいたら自分も同じことをしてる。私たち、よく似てるんです。そう気づくたびに、どうしようもなくイライラするの」

それはつらいだろうと澤田先生は思った。自分の母親を否定することは、自分の中の一部を否定するのと同じだ。咲希は母親を見てイライラしているわけではない。自分の姿を、母親の中に見てイライラしているのだ。今、彼女は自分というものと向き合う時期だ。向き合いながら、葛藤しているのだろうと澤田先生は思った。

＊＊＊

咲希は、澤田先生の家を訪ねた後、家に帰るとまた絵を描いていた。海辺に立つ男の人の後ろ姿の絵だった。どうして、後ろ姿を描いたかと言うと、顔をはっきりと覚えていなかったからだ。それに、もう最後に会ってから十年も経つ。今では顔も変わっているだろう。

母親とケンカをするとよく見る夢に、赤ん坊の夢とは違うもう一つの夢があった。それは、幼い頃の海の思い出の夢だった。その思い出の中の咲希は、三歳かそこらのように思う。とても幼い。小さな咲希は、両手を父と母につないでもらって海辺にやってくる。海辺の景色はとても明るい。波打ち際に太陽の光が降り注いでいる。波に近づくと、それは揺れながら咲希の足をパシャピシャと濡らす。波はイタズラで、小さくなったかと思えば、突然大きくなる。咲希と戯れているようだった。咲希は波に足をこそばされるたびに、キャッと声をあげ、笑い声を弾ませた。全く予想のつかない動きをする波が、小さな咲希には少し怖かったけれど、だからこそ面白くて何回も波に向かっていった。その頃の咲希は、今の咲希よりもっと勇敢だった。まだ知らないものも、得体がしれないものも、ただ怖いだけじゃなかった。

母が咲希のそばに立って水平線を眺めていた。海はずっと遠くまで、太陽の光を反射してキラキラと輝いていた。明るくて果てしなく広がっている景色を見つめ、母は言った。

「この景色が、これからの未来みたい」

未来という言葉の意味が、咲希には分からなかった。だけど、この景色を見て母がそんなふうに言うのなら、未来はきっといいものなのだろう。未来をいつか自分も見てみたい。そんなふうに咲希は思った。

父は、咲希を抱いて海に入ると、咲希の背が届かないところまで連れていってくれた。深い所まで来ると、海の底は透明から深緑にだんだんと変わっていって、最後は底が見えなくなる。それでも、咲希は父に抱かれていると怖くなかった。父の胸や腕は、大きな船のようにどっしりとしていて揺るぎないものに思えた。

父は、咲希を小さな冒険者と呼んだ。

「どんどん知らないことに飛び込んでいけ。怖がるな」

そして、こう約束してくれた。

「大丈夫。ちゃんとそばで見守っているから」

咲希はその言葉を信じていた。

夢の中の父は、日差しや水面からの照り返しによって眩しく照らされていた。咲希はキャンバスの前で目を閉じて、夢の中の父の顔を脳裏に蘇らせようとした。しかし、記憶の奥にあるその姿は見つめようとすればするほど、眩しい光がキラキラと邪魔をして、ぼやけてしまうのだった。

咲希は、目を開いた。そして、キャンバスの中の、こちらを振り向いてくれない父の後ろ姿を見つめた。父は、今どこで何をしているのだろう。見守ってくれると約束したのに、父はいなくなり、それ以来ずっと、代わりに「あれ」が咲希の背後に張り付いている。「あれ」は近頃また怪物のように膨らみ、咲希が未来を見つめようとするとそこに不安や焦燥を投げつけてくる。咲希は不安や焦燥にかられると、父を思い出し会いたくなる。また、父に「大丈夫」と言ってほしかった。その言葉で背中を押してくれたら、また自分の足で知らないものに飛び込んでいけるような気がしていた。

咲希は、部屋の壁に立てかけられたもう一つのキャンバスに目をやった。そこには、何かが描きかけてある。「あれ」を描こうとして、うまくいかずに途中で投げ出しているものだった。今までに咲希は何度も「あれ」を描こうとした。その挑戦は小五の時に、澤田先生から「胸の中にある正体不明なものを、絵にしてみたらどうか」と言われた時から始まった。以来、ずっと挑戦し続けているが、一度もうまくいっていない。

「あれ」はいつも咲希のそばにいた。父や母より咲希と親しい。まるで「あれ」は、失踪した父や忙しい母に代わって咲希の子守りをしようと思っているかのように、咲希のそばを離れない。しかし、こんなに近くにいるのに、それは咲希にはっきりと姿を見せてくれなかった。正体が分からないから、追い払えないのかもしれない。そろそろ、正面からしっかり向き合って、「あなたに子守りされる必要はない。もう離れてほしい」と伝えたいと思っていた。

部屋にこもった画材のにおいを、窓を開けて夕空の中に追い出していた頃、携帯電話に圭太から着信があった。

用事はないんだ、と圭太は言った。

「ただ、どうしてるのかなって思って」

咲希は、絵を描いていた、と答えた。

「何の絵?」

と、圭太は尋ねた。

「お父さんの絵」

と咲希は言った。そう、と言った圭太の声には、少し心配そうな声が交じった。

「お父さんに会いたいの?」

うん、と咲希は言った。

「どこにいるのか、生きているのかどうかさえ、本当は分からないけど」

圭太はますます心配そうな声で、そう、と言った。

それから、圭太は急にこう言った。

「明日、会えないかな」

咲希はそう言われて、反射的に部屋の壁にかかったカレンダーに目をやった。そして、明日の欄をじっと見つめた。そこには、学校の友人達とロックバンドの野外ライブに行く約束があることをメモしていた。しかし、咲希はそのライブに出てくるバンドのグループがどんな歌を歌っているのか知らなかったし、知ろうとも思わないくらい興味がなかった。本当はその約束をした時から、行くのが憂鬱だった。そもそも友人たちにあまり会いたくなかった。そんな気持ちのせいで、ライブの会場の場所がどこだったかさえ記憶に残っていなかった。待ち合わせのバス停の場所はかろうじて覚えていたけれど。

「都合が悪い？」

圭太が聞いてきた。

「ううん」

咲希はそう答えながら、カレンダーの文字を机の上にあったペンでぐしゃぐしゃと塗りつぶして消した。

「何にも予定はないわ」

圭太が、それなら、と明るい声を出した。

「どこか出かけよう。何か楽しいことをしよう」

圭太と明日の約束をしてから咲希は電話を切った。そして、学校の友人達に「明日はバイトが入って、一緒に行けなくなった」とメールを送った。

咲希は、嘘をついて友人達との予定を破棄してしまったことに、後ろめたい気持ちを感じたが、鉢合わせない限り友人達には嘘だと気づかれないだろうと考えた。これ以上考えたところで仕方がないので、友人達との予定のことは忘れることにした。そして、急に出来た明日の嬉しい予定に、気持ちを向けることにした。明日は圭太に会える。そのことばかりを考えていた。

由紀子が咲希の父親と出会ってから、五年の月日が流れていた。

幸せには温度と手触りがある。幸福は温かく、柔らかい。同じように、不幸にもそれがある。不幸はゾクリとするほど冷たい。もしくは不快なほどに暑く、べたついている。おそらくそれは、体に染み付いた記憶なのだと由紀子は思う。幸せ、あるいは不幸だと感じた体験の、言葉に訳されないありのままの記憶。

由紀子は冬が嫌いだ。朝起きて、顔を洗うために洗面台の前に立つと、裸足の足——由紀子は靴下を履くと眠れないので、冬でも起き抜けは裸足だ——が寒くて、途端に洗顔が億劫《おっくう》になる。そうなると、一日の始まりからつまずいたような気持ちになってしまう。こういう時、由紀子は決まって冬の海を連想する。冬の海は波の音まで冷たい。息を吸い込むと、潮の匂いのする空気が、カチンと凍りつきそうな温度をしていて、吸い込んだ鼻の奥がツンと痛くなる。冬の海は、思い描くだけで心の芯まで凍りつきそうに感じる。

一方で、由紀子は夏も苦手だった。暑すぎて、思考がまとまらなくなる。今年も八月がやってきた。真島と過ごす五回目の夏だ。由紀子は、五年前から真島と付き合っていた。そして、四年前からは、洋と暮らしていた一軒家に、真島と二人で同棲していた。

今日も暑い。エアコンを効かせているのに、部屋の中は蒸し風呂のようだ。アイスでも食べようかと思って、さっき冷凍庫から取り出してきたのだが、食べている最中からベタベタと溶けてしまった。今の自分は、このアイスに似ている。汗をかきながら、ベタベタと溶けて形がなくなってしまいそうだ。今のところ、体はかろうじて形を保っているが、脳みそはとっくに溶けてしまっている。せっかくの休日なのだから、たまった家事をしないといけないと思うのに、流し台の前に立つと、途端に暑さでぼんやりとしてしまう。視線は、意味もなく食器用洗剤のボトルや、乾いた皿が数枚置かれたままになっている水切りカゴなんかに向けられていた。それらの向こうには小さな窓があって、夏の日光が差し込んでいた。乾いた日差しは、流しにあるものをくっきりと照らし出す。水切りカゴの隅にはあかがこびりついているのが見えていた（そんなに赤裸々に照らし出さなくてもいいのにと思ってしまう）。由紀子は、水切りカゴを今日こそ掃除しなければと思ったが、そんな考えもすぐさまアイスのように溶けてしまった。窓の外からは近所で行われている工事の音がする。こんな暑い中ご苦労なことに、作業着姿の男達が騒音を鳴り響かせて古い家をリフォームしている。ここ数日、ずっとだ。暑い上に、ドドドド、ガガガガと、騒音を聞かされては、家事をする気にもなれない。

由紀子は暑さと騒音から逃げるように、窓から顔を背けた。そして、部屋の中の景色をぼんやりと眺めた。流しのそばには冷蔵庫があって、冷蔵庫にはマグネットでスーパーの特売のチラシをとめてあった。それから、流しの対面にある棚には炊飯器が置かれていた。由紀子は炊飯器の側面のポケットにたてられたしゃもじや、流し台にくっつけられたタオルかけ、ダラリと垂れ下がる少しシワのできたタオルなんかを見つめた。

そして、こんなふうに思った。とてもありふれている、と。

目に入るもの全てがありふれていた。そして、由紀子の毎日も、とてもありふれていた。特別なことなんて、何もない。恋人の真島はどこにでもいるような優しい男で、二人の暮らしは平凡で穏やかだった。それでも、由紀子は自分の日々を不幸せだと感じていた。

由紀子は台所を離れると、汗をかいた服を着替えるためにクローゼットのある部屋に移動した。すると、そこには真島がいた。その部屋は、二人の寝室として使っていた。真島はベッドの脇に座り込んで、背を丸めて手に持った何かを見つめていた。そして、由紀子が部屋に入ってきたことに気がついて、慌てた様子で持っていた何かをそばにあった箱にしまった。

由紀子は、またか、と思った。また、あの写真を眺めていたのか。

それは、この一軒家に真島が転がり込んできた時から、持っていたものだった。彼は荷物の少ない人だった。由紀子は、自分の家に転がり込んできた真島の、身の回りの物の少なさに驚いた。しかし、そんな真島が大事に箱にしまって持ち込んできたものが二つあった。一つは結婚指輪、もう一つは、別れた娘の顔写真が載った新聞の切り抜きだった。

娘は真島咲希と言った。咲希は、その新聞に載った当時は小学生だった。咲希は絵がうまいらしい。県の絵画展で金賞をもらっていた。自分の描いた絵を持って、恥ずかしそうな笑みを浮かべている咲希の顔写真が地方紙の新聞に載せられていた。記事には咲希の小学校名も書かれていた。真島は、その切り抜きを、夜中なんかにこっそり眺めていることがあった。由紀子が寝た頃を見計らい――実際には、由紀子は眠っておらず、寝たふりをして、真島の様子をうかがっているのだが――、ベッドから抜け出して、クローゼットの隅に置かれた小さな箱の中からその切り抜きを取り出し、背を丸めてじっと眺めていた。

由紀子は寝たふりをしたまま薄目でその背中を眺める。そして、こんなふうに思う。この人の心は、今でも別れた家族と一緒にあるのだろう。私と一緒にいてくれるし、とても優しくしてくれるけれど、気持ちは少しも私なんかに向いていない。ただ、家族を失った寂しさを紛らわすために、私と一緒にいるだけなのだ。

由紀子がそんなふうに思うのにはちゃんと根拠があった。結婚指輪を今でもとってあることもそうだし、由紀子が「家族と正式に別れて結婚してほしい」と何度も話しているのに、真島が一度として首を縦に振ってくれないことも、そうだった。

ベッドの下に箱を押しやり、「何か用事？」と言いながら笑顔を取り繕う真島を、由紀子は悲しい目で見つめた。

「着替えにきたの。汗をかいたから」

「ああ、暑いものね」

真島は切り抜きのことに触れられなくてホッとした表情を浮かべた。そして、そそくさと部屋を出ていった。

部屋に一人取り残された由紀子は、少しの間、ぼんやりと立ち尽くしていた。頭の中では、先程の背を丸めて切り抜きを見つめていた真島の姿を思い返していた。そして、言い様のない孤独感を味わっていた。洋は、由紀子のそばを去った。永遠にもう帰ってこない。真島もまた、そばにいるのに由紀子を見つめてくれない。

由紀子は日々寂しさがつのっていくように感じていた。日々は淡々と穏やかに過ぎていくのに、寂しくて、寂しくて、今にも気が狂いそうだった。

行かないで、離れていかないで。お願い、私のそばにいて。私を見て。

由紀子は胸の中で叫んでいた。しかし、それは洋に叫んでいる言葉なのか、それとも真島に叫んでいるのか、判然としなかった。由紀子は真島を愛していると同時に洋を今でも深く愛していた。いや、真島を愛しているのではなく、真島に洋を重ねていただけなのかもしれない。

洋、また私から離れていくの？　私のそばに帰ってきてくれたと思ったのに、どうしてこちらを向いてくれないの？　私はずっとあなたを愛してる。あなたをずっと見つめている。それなのに、どうして？

由紀子は、寂しさがだんだんと自分の抱えきれないものになっていくのを感じていた。そして、そのうちに真島の家族に怒りと恨みを抱くようになった。真島が今でも家族を忘れられないのは、真島自身の気持ちの問題で、家族に恨みを抱くのは理屈に合わない。それは由紀子も分かっていたが、他に怒りの矛先を向けようがなかった。

由紀子は真島に家族のことを聞いてみたことがあった。妻の名前はなんというのか、他にも子どもはいるのか、どういう経緯で離れて暮らすようになり、家族は今どこでどんなふうに暮らしているのか。しかし、真島は何も教えてくれなかった。だから由紀子は、それらを興信所に依頼して調べてみようかと考えたこともあった。しかし、今のところ、踏みとどまっている。それを知ったら、きっと自分は家族に会いに行かずにいられないだろう。

ただ、もし真島が家族に会いに行こうとしていたり、私を捨てようとしたりすれば——。もしそんなことがあれば、自分の衝動を止めることができないかもしれない。そんなふうに由紀子は感じていた。

＊＊＊

真島は、二十代の時、恋人から「あなたって太陽みたいな人ね」と言われたことがあった。真島は、長身で体格もがっしりとしていた。父親の下で建設現場の仕事を始めてからはなおさら体格が良くなった。それに、昔はよくしゃべり、よく笑う人だった。自分でそう考えるのは照れ臭いけれど、太陽みたいだという評価が、見当はずれではないと思っていた。

しかし、そんな真島の性格は咲希が生まれた頃から少しずつ変わっていった。

真島は、咲希が生まれて間もない頃、初めて体験する赤ん坊との生活におおいに戸惑った。抱き方が悪いのか、妻が抱けばすぐに泣き止むのに、真島が抱いても少しも泣き止んでくれなかった。夜泣きにも、どう対応していいか分からなかった。眠る咲希は、赤ん坊ってこんなに可愛いものだったのかと驚くほど可愛いく、咲希が生まれたことを心から幸福に思っていた。でも、咲希の世話は、がんばろうと思っても、空回りすることが多かった。もともと感情表現が乏しかった恭子は、咲希が生まれてからは、より夫に興味を示さなくなったように感じた。真島は、咲希が生まれたことに幸せを感じる一方で、これから自分がうまくやっていけるか、不安も感じていた。

そんな頃、真島は海に舟の上から飛び込む夢を見た。海はだだっ広く、どこまでも深く、真島はそんな海の中でチリクズのように小さかった。真島は、どちらに向かって泳げばいいかも分からないまま、海の中を泳いでいた。海に顔をつけて、深いところをのぞきこめば、暗い深緑色をした水の向こうを怪物のように巨大な体をした何かが泳いでいくのが見えた。クジラだろうか、それとも、サメだろうか。真島は、恐ろしさに震えながら、懸命に手足を動かした。でも、焦れば焦るほど、体は波に翻弄《ほんろう》される。体は次第に疲れ、そうなるとより一層恐怖が増してくるのだった。

咲希が三歳になった頃には、こんなこともあった。妻が夜勤の日、保育園に咲希を迎えに行くと、咲希はいつもより元気がなかった。夕食もほとんど食べなかった。母親が家にいないせいで元気がないのだろうと思っていると、夜の九時を過ぎた頃に、咲希が急に嘔吐をした。吐物で汚れた衣服を脱がそうと咲希の体に触れると、焼けるように体が熱かった。間が悪いことに、その日、トメも遠方の親類を訪ねに行っていて家を空けており、真島は一人でこの事態に対処しなければならなくなった。咲希はよっぽど倦怠感が強いのか、服を着がえる間も、ぐったりとしてされるがままになっている。病院につれていかなければと思ったが、こんな夜にどこに連れていけばいいのかも分からない。恭子の勤務先に電話をかけたが、電話もなかなかつながらない。そうこうしている間に、咲希は二度目の嘔吐をした。吐物を片付け、咲希を布団に寝かすと、枕に乗せられた頭が、いつもよりも小さく、頼りなく見えた。赤い顔をして、フーフー息をしている咲希を見ていると、かわいそうで何とかしてあげなければと思った。そして、こんな時に頼りない自分が嫌になった。

その後、電話が恭子につながり、教えてもらった病院へ咲希をつれていくことができた。咲希は胃腸炎にかかって脱水症状を起こしていると言われ、病院の救急外来の処置室で点滴を受けた。真島はベッドの脇に置かれたパイプ椅子に腰掛け、ぐったりとベッドに横たわる咲希に付き添った。

処置室の窓にはカーテンがかかっていた。真島は落ち着きなく時々立ち上がっては、カーテンを少し開いて外を見ようとした。窓の外は真っ暗く、鏡のように自分の姿が窓にうつるばかりだった。しかし、真島はその窓の向こうに、夜空やすっかり寝静まった街を感じた。

その頃、救急外来の待合室には、一人の患者さんがいた。腕を骨折したようで、包帯を巻いて三角巾でつってあった。その患者はもう診察や処置がすべて済んで、会計を待っているようだった。処置室には咲希の他にもう一人、患者が寝かされていた。その患者のベッドは、咲希のベッドとカーテンで隔てられていた。腕をつった患者も、隣のベッドの患者も、咲希も真島も、いずれもみんな黙りこくっていた。時折パタパタと看護師が足音をさせて、点滴の残りの量を確認しにきたが、それ以外は音もなく、病院はしんと静まりかえっていた。夜が深いと真島は感じた。それがより一層、真島を不安にさせた。

点滴は一時間ほどで終わった。あとは吐き気止めの座薬をもらい、帰っていいと言われた。時計を見ると夜中の二時だった。咲希は点滴を受けてから、少し楽になったようだったが、それでも真島は家に帰ることが不安だった。帰ってから再び具合が悪くなったらどうしたらいいのだろう。しかし、医者が帰っていいと言っているのに病院に居座ることもできず、不安なまま咲希を抱いて病院の玄関を出た。

その日、真島は家に帰って咲希と床についてから、こんな夢を見た。洞窟の中を咲希の手を引いて歩いている夢だ。洞窟の中は真っ暗く、懐中電灯の明かりがとても頼りなく感じた。その上、迷路のように入り組んでいて、歩いても歩いても出口の光が見えてこない。次第に、自分が出口に向かって前進しているのか、後退しているのかも分からなくなってくる。それでも、迷ってしまったことを口にすると咲希が不安がるので、とにかく歩き続けるしかなく、真島は内心不安で押しつぶされそうなのをたえて歩き続けていた。

妻と子ども。真島が結婚を通じて得たものは、真島に幸福ばかりを与えてくれるわけではなかった。それでも、真島は結婚して良かったと思っていた。子どもを得たことも、良かったと思っていた。何もかも順風満帆とはいかないけれど、幸せは家族と共に生活するこの家にあると思っていた。

しかし、父が亡くなってから、雲行きが変わってきた。真島は肉親の死に続いて、会社の倒産、健康な体の喪失と、いろんなものを立て続けに失った。得たものは借金ばかりだった。生活が厳しくなると、妻との間にはいさかいが増えた。度重なる喪失と、それによる落ち込み、そしてさらにそれを追い詰めるような妻――妻の方はそんなつもりはなかったのかもしれないが、真島にはそう感じられた――。真島は家に居場所がないように感じた。

ある日、真島は今月分の借金の返済のために用意してあったお金を家から持ち出して衝動的にふらりと家を出た。なぜそんなことをしたかと言えば、ただ、気づまりな家から、一日か二日、離れてみたかっただけだった。近場の温泉宿に泊まった。二泊して、さあ今から帰ろうと思ったが、どうしても家に足が向かなかった。今更のように、お金を持ち出したことに罪悪感を覚えた。宿の近くのバス停で行く当てもないままぼんやりと座っていると、停まったバスから一人の女性が降りてきた。その女性は、真島を見て、あ、と声をあげた。彼女は、かつて昔、真島に「太陽みたい」と言った人だった。脳梗塞を起こして働かなくなってから、すっかり筋肉も落ち、顔つきも以前と違って暗くなった真島を見て、彼女は驚いた。彼女はバス停のベンチに座り、真島から事情を聞いた。彼女は、真島をひどく哀れんだ。

「家に帰りたくないのなら、私の家に来たら?」

彼女はその時独身だった。結婚を考えて数年間付き合っていた男性がいたが、数週間前に別れていた。

真島は、自分がどうしたいのか分からなかった。彼女が自分に好意がある様子なのはすぐに分かった。しかし、真島の頭にあるのは家族のことばかりだった。しかし、どうしても家に帰る踏ん切りがつかなかった。

「帰りたくなったら、いつでも帰ればいいわ」

彼女にそう言われ、真島は自分の気持ちがはっきりとしないまま、彼女の一人暮らし用のアパートで同棲を始めた。時は、一カ月、二カ月と過ぎた。真島は家に帰れないままだった。彼女は真島に優しかった。泣きぼくろが愛らしく、手が美しい女性だった。彼女は真島のために手料理を作った。真島と彼女は、二人でそれを食べ、晩酌をした。夏が来ると、晩酌の後に、二人で夜の散歩をした。彼女と何を話したかはあまり覚えていない。真島はずっと逃走しているような気持ちだった。大切なことから、ずっと逃げている。真島の頭には、絶えずそれが浮かんでいた。

夜の散歩の途中、二人でよく星を見上げた。星は綺麗だった。彼女ははっきりと口にはしなかったが、真島がいずれ妻と別れ、一緒になってくれることを望んでいるようだった。しかし、真島は彼女との暮らしはいずれ終わると感じていた。彼女との暮らしは、旅のようだった。旅は日常から離れ、癒しを得させてくれる。でも、旅というものは、いつかは終わるものだった。真島は、彼女に癒しを与えてもらった。彼女とずっと暮らせたら、幸せだろうとも思った。しかし、それと同時に、彼女と暮らすアパートが、本来いるべき場所じゃないといつも感じていた。

彼女と暮らし始めてから一年半後、真島は彼女の家を出る決意をした。その気持ちを伝えると、彼女はバス停で再会した時と同じように哀れんだ顔をした。

「ここを出て、行く当てがあるの？」

と彼女は聞いた。

真島は被りを振った。行く当てどころか、所持金もなかった。仕事を探そうにも、半身に麻痺を抱えていれば、簡単に仕事も見つからない。彼女の家を出たら、たちまち生活に行き詰まるのは目に見えていた。

彼女は真島をじっと見つめた。

「そんな暗い顔をしないで。このまま別れたら、これから一生、あなたが野垂れ死んだところばかり想像して生きていくことになるわ」

彼女は真島に違う街に住む知人を紹介した。真島はその知人の職場で簡単な事務仕事をさせてもらうことになった。住む場所は、その知人が世話してくれた。

そこで二年暮らし、それからまた真島は違う街に引越した。今度はどうにかして自分で仕事と住む場所を探した。しかし、その街も、住み始めてすぐに引越しを考えるようになった。

どの街に住んでも、真島は暮らしに馴染まなかった。仕事が終わり、自分のアパートに帰ろうと暗い路地を歩いていると、いつも違和感を覚えた。帰り道はここじゃない。そんなふうに思えてきて、路地の真ん中で立ち止まり、ぼんやりとしてしまうのだった。

休日、時々バスで海を見に出かけた。海岸沿いの道から海を眺めていると、昔のことをたくさん思い出した。海からの帰り、バスに乗っていると、同じように海からの帰りらしい家族連れと乗り合わせたことがあった。幼い女の子が、親に向かって何かしきりに話しかけているのを聞くと、咲希を思い出した。懐かしい海の近くの我が家——風がふくと潮の匂いがする——の玄関のドアを、ただいまと言って開けると、いつも小さな足音が駆けてきて咲希が抱きついてきた。抱きしめると、小さな子どもの柔らかな体の感触と、温かな体温を感じた。擦り寄せてくるほっぺたは、なぜかいつもひんやりしていて、髪は大人のそれよりずっと柔らかかった。そして、小さな腕で、ギュッと父親の体を抱きしめてきた。

真島は、追いかけてくる思い出を振り切るようにまた引越しをした。家族のもとを離れてから、五年後のことだった。そして、引越した先で由紀子と出会った。

由紀子とは、これまでの逃走の旅の中で一番長く共に過ごした。今年でもう出会ってから五年になる。由紀子は影のある女性だった。夫を亡くしているからだろう。日陰のような由紀子は、自分と似ていてそばに居やすいと感じていた。

由紀子は真島のことを愛してくれていた。何度か真島に「私と再婚してほしい」と言うことがあった。真島が「まだ家族が忘れられないんだ」と正直に答えると、ただ悲しい目をしてうつむいた。真島に怒ったり、罵《ののし》ったりはしなかった。由紀子が内心でどんなふうに思っているのかは知らないが、真島は彼女がとても穏やかな女性だと思っていた。由紀子の両親も、真島が由紀子と結婚もしないままダラダラと同棲していることを責めたりしなかった。責めたりして、真島が由紀子から離れていくことを恐れていた。

「由紀子は、夫が亡くなってから深く落ち込んでいました。それはもう、後を追って死んでしまうんじゃないかと思うくらいでした。だから、由紀子にはそばにいて支えてくれる人が必要なんです。由紀子は、あなたをその人に選んだ。真島さん、どうか由紀子のそばにいて、支えてやってください」

由紀子の父からは、そんなふうに言われていた。

でもやはり、真島にとって由紀子との暮らしは旅だと感じられた。穏やかで幸福で、いつかは終わる旅だ。真島は由紀子にも、由紀子の父にも申し訳ない気持ちがしていた。これ以上、由紀子が自分を必要とする前に、また新しい街に引越さなければならないと思っていた。

由紀子が真島を愛する一方で、真島は家族をずっと思っていた。家族に会いたかった。だけど、一番大変な時に、お金を持って逃げ出した自分を、家族が受け入れてくれるか自信がなかった。逃げ続けて十年。今更家族の元にどんな顔をして帰ればいいと言うのだろう。

真島は、家を飛び出してからというもの、家族の夢をたびたび見た。昨日も家族が夢にでてきた。それはこんな夢だった。

朝日を覚ますと真島は海の近くの懐かしい家にいた。見慣れた寝室の風景が目に飛び込んでくる。畳の上に敷かれた布団の上に、まだ眠っている六歳の咲希が転がっている。寝巻きがめくれてはみ出たお腹が、呼吸するたびに静かに上下していた。真島は、咲希の頭をそっとなでた。柔らかい髪の感触が手のひらに伝わった。とても懐かしい感触だった。

真島は、そうか、家を飛び出したのは夢だったのかと思った。あの十年間の出来事は、長い長い夢だったのだ。今、手のひらに触れるこの感触こそが現実なのだ。

真島は、その日、家族と穏やかにすごした。そして、次の日からは仕事を探し、妻と二人で懸命に働いて借金を返していった。努力のかいがあって、生活は少しずつ上を向いていった。せっせと働くうちに、咲希は小学校にあがり、それから中学生になり、中学もあっという間に卒業して、高校生になった。高校の入学式の日、真島は咲希と妻と三人で校門のそばに並んで写真を撮った。咲希は思春期にさしかかり、親と写真を撮るのを少し恥ずかしがっていた。入学式の後、真島が、

「何か、三人で食べに行くか」

と提案したけれど、咲希は、

「友達と約束しちゃったから、私、行かない」

とつれないことを言った。

「お父さん、お母さんと二人で行ってきたらいいじゃない。じゃあ、私は友達と出かけるから」

そう言って、真島に背を向けて、友人のそばに駆けていった。

「冷たいわね」

と妻が言った。

「そんなことないさ。成長の証だよ」

真島はそう言いながら、笑った。平気なつもりだったが、少しだけ寂しい笑顔になった。それでも、真島は幸福だった。咲希がだんだんと大人になり、親から離れ、自分の世界を広げていく様を見守ることができていることが、本当に幸福だった。

校庭に桜の花びらが舞う。その下を咲希が駆けていく。真島はそれを眺めながら、いつの日か咲希が結婚し、純白のドレスを着て「今までありがとう」と微笑む時がくるのを想像した。その時は、寂しくなんかないと強がってみても、きっと泣いてしまうだろう。その日まで、涙はとっておこう。

真島はそんなふうに思いながら、友人数人と笑いさざめきながら遠ざかっていく咲希の後ろ姿を、目を細めて眺めていた。

夢はそこで終わった。とても幸福な夢だった。幸福な夢なのに、真島は目が覚めると自分が泣いているのに気がついた。涙はあふれて止まらなかった。

隣で眠る由紀子に聞こえないように、静かな声で、咲希、とつぶやいた。答えてくれる声はない。夢は終わった。今では夢の中でみた高校生の咲希の顔さえ、はっきりと思いだせなかった。

## 七、怒りの蓋

パチンコ台の前で、タバコを吸いながらイライラと貧乏ゆすりをしている男がいた。彼は、晃《あきら》といった。五年前、佐々木はアトリエさわだから帰っている途中に不良高校生にからまれたことがあったが、その不良高校生がかつての彼だった。今、彼は二十歳になっていた。頭髪はかつてと変わらない金色だったが、首から腕にかけてタトゥが施されているのは、五年前と違っていた。

そんな彼は怒っていた。何に対して怒っているのかと問われると、明確に答えることはできない。あえて言うならば、「何もかもに」だろうか。晃は感情のベースが常に怒りに傾いていた。

晃の日常は、怒りと共にあった。しかしそれは、晃の心の基盤に怒りがあるからではなかった。心の奥には、晃自身が気づきもしないような寂しさが常にあった。それは、何年も何年も解消されないまま、晃の心に深く根ざしてしまっていた。しかし、晃はその寂しさと向き合ってみたことがなかった。寂しさを口に出したこともなかった。寂しさを口に出すことは、大きなリスクを伴う。寂しさを受け止めてもらえなければ、口に出す前より寂しさが増すからだ。だから、晃はその感情に怒りで蓋をしていた。子どもの相手に時間を割くことを嫌がり、多額の小遣いを渡すことで、穴埋めしようとする親達に、寂しさをぶつけるのではなく怒りをぶつけた。いつも不機嫌で付き合いにくい晃が本当は嫌いだけど、金持ちの息子で羽振りがいいから晃と仲良くしている友人達にも、同じように寂しさではなく怒りをぶつけていた。晃は、隠している自分の本心を、誰かに見抜かれるのを恐れていた。だから、無意識に心の奥に踏み込まれることを避けようとしていた。怒りはそのための武装だった。晃がまとっている不良じみた服装や派手な髪の色も、それと同じ役割を果たしていた。晃は、不用意に心に踏み込まれないよう、誰に対しても威嚇しながら生きていた。そんな態度が、晃の寂しさを増す原因になっているとは気がつかずに、誰に対しても、いつでもヤマアラシのように尖っていた。

そして、そんな自分の心のからくりに気がついていない晃は、自分の怒りの原因は他者にあると思い込んでいた。自分はなぜいつもこんなにイライラするのだろう。それは、どいつもこいつもバカで、俺をいら立たせるからに違いない。そんなふうに考えていた。それは、真島咲希とは真逆の思考のパターンだった。咲希は自分の中の寂しさを、寂しさのままで受け止めて生きていた。そして、彼女は自己を責めても他者——母親をのぞいては——を責めなかった。二人は心の奥にあるものは同じなのに、感情の方向性がアベコベで、まるで鏡像のような存在だった。そんな二人は偶然にも、今年、咲希の高校の友人を通して知り合ったのだった。咲希の友人達は、年上の男性の友人を多くもっていて、そういう人達を咲希の部屋に招くことがよくあった。晃も、その中にいたのだった。

晃が咲希に出会った時の第一印象は「異色」だった。自分やその友人達とは、明らかに雰囲気の違う人間だった。咲希は学校の中で言うなら、教室の隅に静かに座っているようなタイプで、晃はそんなタイプの人間とつるんだことがなかった。そういうヤツらに、興味をもったこともなかった。しかし、晃は初めて会った時から咲希に興味を抱いていた。理由は単純で美人だったからだ。話しかけてみると、最初、咲希は晃に少しビクついていた。なんだよ、コイツ、俺が怖いのか。どうせ、俺の外観だけ見て、怖いだのいけ好かないだの、勝手に決めつけてるんだろう。晃はいら立ちを覚えたが、ひとまずは我慢することにした。眺めれば、眺めるほど、いい女だったからだ。顔だけでなく、足の形も綺麗だ。白くて透明感のある肌や、人形のように華奢な腕も魅力的だった。我慢の成果もあり、会話を重ねるうちに咲希の表情はだんだんと和らいできた。

そんな折、咲希は友人達に自分の地元の話をしていた。咲希は十年前まで、今とは違う土地に住んでいたそうだった。海に面した田舎町だったそうだ。晃は、とっさに「俺も、子どもの頃、そこに住んでいたんだ」と嘘をついた。なんでそんな嘘をついたのか分からない。たぶん、咲希がこちらに気を許すきっかけになればと思ったんだろうけど、深く考えてしゃべった嘘というより、気がつけば口から飛び出していたという方が正しかった。しかし、その何となくついた嘘は、咲希の表情を和らげるのに、大きな効果を発揮した。咲希は地元が同じ人と知り合えて嬉しいと言って、晃に初めて微笑みかけた。そして、家族で出かけた海の思い出を晃に語り、懐かしいとしきりに言った。懐かしいね、俺もよく家族で行ったよ、と話を合わせてやると、咲希の表情は見る見る間に緩んでいった。晃を昔から知る友人達は、晃の嘘に気がついて、なぜそんな嘘をつくのか尋ねたいような顔をしていたが、晃がにらみつけると何も言わないまま目を逸らした。嘘がバレる恐れがなくなって、晃はペラペラと架空の思い出話をした。話をでっち上げるのは簡単だった。海の見える田舎町なんて、どこも似たりよったりだ。海が綺麗だっただの、のどかでいい町だっただの、人が優しかっただの、適当な話をしてみると、咲希は目を細めて喜んだ。

そうやって会話するうちに、こんなことを咲希から聞き出すことができた。咲希の父親は、十年前、田舎町に住んでいた頃に失踪したそうだった。父親について話をする咲希は、なんとも寂しそうだった。そんな身の上話を聞いていると、咲希がいつもまとっている寂しさの理由が分かったような気がした。咲希の部屋には、たくさんのキャンバスが置かれていた。そこには咲希の絵が描かれていた。父親の後ろ姿を描いたという絵も、いくつかあった。その背景は、昔住んでいた田舎町や海だった。咲希は、友人達と話をしている時も、時々絵の中の父親を見つめていた。部屋に持ち込んだ缶チューハイを飲みながら陽気に話をする友人のそばで、咲希の絵を見つめる視線の寂しそうなことに驚いた。咲希の部屋は、美術室みたいなにおいがしていて、そこに集まる友人達のにぎやかな声も、友人達が口にしている酒やタバコのにおいも、少しも似合わなかった。やはり、咲希は、この集まりの中で異質なのだと晃には思われた。

晃は、そんな咲希を見ていると、時々心の中に不思議な景色が広がるのを感じた。晃は海にいる。咲希の部屋にあった絵の中の海だ。海は暗い色をして波立っている。空は曇天だ。浜辺に人は一人もいない。寂しい景色だった。晃は海から目が離せなかった。その寂しい景色が、なぜか自分によく似ているように思われたからだ。晃はそんな景色を見つめていると、知りたくない自分の内側を見せつけられているような気がしてイライラとした。これ以上海を見ていたくない。そう思うのに、目が離せなかった。しばらくそうやってじっと見つめていると、晃はふと頬に何かを感じた。手で触れてみると、涙だった。晃は泣いていた。なんだ、これは、と思うと同時に、口が勝手に「寂しい」とつぶやいていた。寂しい、寂しい。晃はそう言って泣いていた。

どうして、こんなイメージが心の中に広がるんだ？　晃は考えてみたが、理由がさっぱり分からなかった。それで、やっぱり晃は、ただただイライラとしてしまうのだった。

晃は、ある日、咲希にこんな話をした。

「今でも付き合いのある地元の友達が、俺にはたくさんいる。だから、咲希の父親を探すのに、役立つ情報を持っているヤツもいるかもしれない」

それはまったくの嘘だった。晃は物事を深く考えるのが苦手で衝動的に行動することが多かったが、ねらった女を物にするためには、頭をフル回転させて巧みな嘘を紡ぎ出すのだった。

咲希の父親は昔脳卒中を起こしていて、左半身に軽い麻痺があるそうだった。日常生活は自立しているそうだが、杖なしでは歩行も不安定だ。そんな体では、家を一人で飛び出して、誰にも頼らずに暮らしていけるわけがない。生活するには金がいる。だけど、そんな体ではバイトだってすぐに見つからない。晃は、今も父親がどこかで生きているなら、父親の生活を助けてくれた人がいるはずだと思った。その人は誰か？　家を飛び出して早々に、生活の面倒をみてくれるほどの親しい人間ができたとは考えにくいので、前から面識があった人ではないだろうか。父親は知人を――それも家族には面識のない人を――頼っていったんではないだろうか。俺の地元の友人から情報を集めれば、父親が頼っていった人物を探せるかもしれない。晃がそう話すと咲希はあっさり携帯の番号やメールアドレスを教えてくれた。しめたと晃は思った。これで、友人達は抜きで、咲希と個別で連絡がとれるようになった。

晃は、それから時々咲希に連絡を入れた。

「街にいるんだ。今一緒にいるのが同じ地元のヤツで、咲希の父親のことを知ってるかもしれないらしい。今から来れないか？」

何度かそんなふうに咲希を誘いだそうとしたこともあった。もちろん、「同じ地元のヤツ」なんて存在してなかった。咲希が待ち合わせ場所にやってきたら、「急に用事ができて帰ってしまった」などと適当な嘘をつくつもりだった。それから、「せっかく街に来たのだから」と言って食事に誘おうと思っていた。咲希には彼氏がいるらしいし、なかなか「うん」と言わないかもしれない。

だけど、押しに弱そうだから、強引に誘ってこっちのペースにもっていけばなんとかなるんじゃないだろうかと、晃は思っていた。しかし、タイミングが悪いことに、誘いの電話をかけるたびに、咲希はバイトの予定が入っていた。

「また、連絡する」

残念に思いながら、晃はそう言った。すると、晃の話を信じきっている咲希は、本当はバイトどころではないような口調で、

「ぜひ、また連絡してください。お父さんの情報なら、どんな情報でもいいから知りたいです」

と言った。

咲希を騙《だま》すことは、ものすごく簡単なことだった。咲希は基本的に人を疑わない。自分自身に対してはとても否定的でネガティブなくせに、他人にはどこか幻想を抱いているようなところがあった。人はみんな善の心を持ち合わせていて、しかも自分よりいくらか優れているのだと思い込んでいた。

「また、すぐに連絡するよ」

晃はそう言いながら、あまりに純粋に自分を信頼してくる咲希を騙そうとしていることに少し気が引けているのを自覚して、後味の悪い思いで電話を切った。今まで誰かに嘘をついても、こんな気持ちを感じたことがなかった。この頃時々、自分が今までの自分とは違って感じる。そうさせているのは、どうやら咲希であるようだった。晃はそれがどうしても納得できなかった。晃は人を自分の思い通りにしたい時、怒ったり、暴力をふるったりしてきた。人をコントロールするには、恐怖で人をねじふせる必要があるからだ。しかし、咲希にはそんなことは何一つしていない。ただ、

晃を信じているだけだ。それなのに晃は咲希に変えられようとしている。そんなバカな話、あるだろうか。

晃は、日を追うごとに咲希のことを考える時間が増えていった。晃は今、近所のパチンコ屋で騒音とタバコのにおいに囲まれてパチンコ台の前に座りながら、イライラと貧乏ゆすりをしていた。咲希のことを考えると、わけもわからないイライラがムラムラと込み上げてくる。他の女には、こんなふうに感じたことがなかった。どうして咲希にはこんなふうに感じるのだろう。

パチンコ台は金を吸い取っていくばかりで、今日は少しも当たらない。晃は、舌打ちをすると、タバコをくわえて立ち上がった。やめた、やめた。面白くない。

パチンコ屋の外に出て、空を見上げた。太陽がギラギラと照っている。今は八月だ。真夏の清々しいほどの真っ青な空は、酒とタバコと、不健康で怠惰な生活が好きな晃には、かえって毒のように感じられた。

まぶしそうに目を細めながら、タバコの煙を吐き出していると、ポケットにつっこんでいた携帯に誰かから電話がかかってきた。着信音のなる携帯をポケットから取り出して、電話をかけてきた相手を確認すると母親からだった。

なんの用だよ、くそババア。こっちはアンタと話なんかしたくないんだよ。

晃はそう思って、電話に出ずに着信が切れるまでやり過ごした。晃は高校を出ると、就職もしないまま、親の仕送りを当てにして一人暮らしを始めた。本当の自活した生活ではなかったが、大嫌いな親から物理的に離れられて、晃はせいせいしていた。しかし、そう思う一方で、晃は時々自分の本心をどこかに置き去りにしているような気がしていた。着信音の途切れた携帯を、再びポケットに突っ込もうとした時も、晃はふとそんなふうに感じた。それから、晃は、胸の中に寒々しい景色が広がるのを感じた。曇天の下の灰色の海だ。心の中に、咲希の描いた海が見える。咲希の海は、晃に何かを気付かせようとしていた。

晃は、激しいいら立ちを感じた。咲希はどうしてこうも自分の心を侵食してくるのだろう。苦しい。自分が自分じゃないみたいだ。どうしていいのか分からない。

晃は、このままではいけないと思った。咲希にこんなふうに振り回されてたまるものか。俺が咲希を振り回すのだ。俺が咲希に苦しめられるのではない。俺が咲希を苦しめるのだ。勝手に人の心に入り込もうとしてくる咲希を許しはしない。俺をまっすぐに信じる純粋さを仇《かたき》にして返して、愚かだと笑ってやる。その無垢《むく》な顔を、涙でぐしゃぐしゃにしてやろうじゃないか。

晃は愚かな男だった。せっかく心につかみかけた何かをタバコと一緒に放り捨てると、靴の裏でぐしゃぐしゃと踏みつぶした。

# 八、喪失

八月五日、その日は本当なら咲希が友人達とライブに行くはずの日だった。その日、圭太と咲希は海に出かけた。咲希が海の絵を描きたいと言っていたので、「それなら海を見に行こう」と圭太が言ってくれたのだった。

その日は、朝から灰色の雲が空にたちこめていた。灰色の空の下の海はどこかうら寂しい。天気予報では、昼から晴れると言っていたが、一向に空はどんよりしたままで、海水浴に来ている客の姿もパラパラとしか見えなかった。かき氷の絵がついた、のぼり旗が揺れる海の家も閑散《かんさん》としていて、店主のおじさんが店の前のベンチで退屈そうにタバコをふかしていた。

咲希と圭太は、波打ち際を歩いていた。

今日は風が強い。咲希はスカートが風にひるがえるのを手で押さえながら、時々手に持っていたカメラで海の景色を写真に撮っていた。

「圭太くん」

咲希は海にカメラのファインダーを向けながら、隣に立つ彼に話しかけた。なに？　と、圭太が聞き返してくる。

「今日、圭太くんはどこか行きたいところはなかったの？」

圭太は二人で出かける時、いつも咲希の行きたい場所ばかり聞いてくる。自分の行きたいところやしたいことは、咲希が聞いても言ってくれない。

「一緒に出かけられるなら、どこだって楽しいよ」

圭太は咲希がカメラ越しに眺めている景色を見つめながら言った。

いつだってこの答えが返ってくる。咲希は、カメラから目を離して、そう心の中でつぶやいた。しかも、彼の言葉には少しも偽善が感じられない。実にサラリと、嘘のない優しい口調で言ってのけるので、咲希はそれを聞くたびに苦しくなってしまう。神様か仏様とでも付き合っているようだ。彼がもう少し人間らしかったら良かったのに。強欲だったり、嘘つきだったり、小心者だったり、もっと小さな人間だったら良かったのに。そうでないと、隣にいる自分の小ささに耐えられなくなる。

圭太は、そんな咲希の心の内に気が付かないまま、寄せたり引いたりする波を眺めてこんなことを言った。

「昔、まだ付き合い始める前にも、こうやって波打ち際を二人で歩いたことがあったね」

咲希は、覚えているわと言ってうなずいた。あの日、咲希が彼の服の裾をつかむと、彼は咲希に振り返って、咲希の手を握ってくれた。それから、二人は手を繋いで歩いたのだった。

咲希は、あの時のように圭太と手を繋いでみた。そして言った。

「これからも、ずっと一緒に過ごしていけるかな」

その言葉は、独り言みたいにポツリとつぶやかれた。まるで、広い海に落ちた小さな雫《しずく》のようだった。

その時、咲希の視線の先で、海面に小さな波紋ができるのが見えた。一つ波紋ができると、後から後からポツ、ポツと、無数に小さな輪が海の上に描かれ始めた。

「雨」

と、咲希が空を見上げて言った。見上げた咲希の顔や、着ているノースリーブのシャツを、雨粒が濡らしていく。

「どこか屋根のあるところに行こう」

と、圭太が言った。

咲希は、そうね、と答えたが、すぐにはその場から動かずに、空に向けた顔に雨を受けていた。そして、目をつぶって、

「気持ちいい」

とつぶやいた。夏の暑さに熱された体を、雨粒と雨の音が冷やしていく。

「風邪をひいちゃうよ」

と、圭太が心配そうに言った。

咲希は、圭太に手を引かれ、波打ち際を後にした。海の家で雨宿りをしようと、彼は歩きながら言った。

咲希は、圭太に手を引かれて歩きながら、時々海を振り返った。水平線の先が雨で灰色に煙って見える。咲希はそこを遠い目をして見つめながら、

「昔、家族でよく海に来たの」

と言った。

「父も、まだ家にいた頃のことよ」

圭太は、そう、と相槌をうった。

「じゃあ、たくさん海には思い出があるね」

咲希はうなずいた。

「母は、海の遠いところを見つめて、こんなことを言ってたわ。この景色が、これからの未来みたいって」

未来、と圭太がつぶやいた。

「その時、海はどんなだった？」

と、圭太は聞いた。

「青くて、広々としてた。空は今日みたいに曇っていなくて、晴れ渡ってた。だから、海も澄んだ色をしていて、果てしなく続いていくみたいに見えたわ」

圭太は咲希に優しく微笑んだ。

「俺も咲希の未来は、そんな海のようだと信じてるよ」

まただ、と咲希は思う。どうして、そんな言葉を空々しくない声で言ってしまえるのだろう。今日何度目だろう。ただの言葉に、咲希は一々打ちのめされる。

「私は圭太君みたいに、見たこともないものを信じることはできないわ」

咲希は半歩先を歩く圭太に言った。すると、圭太は咲希に振り返り、

「信じることを、怖がらないで」

と言ったのだった。咲希はそんな圭太に目を見張った。圭太の姿に、父が重なって見えたからだ。まるで、父の幻に出会ったようだった。

その瞬間、咲希は、心が自分の内側から離れて、時間も場所も飛び越え、十年前の景色の中にポーンと放り込まれたような感覚がした。咲希は見た。昔暮らしていた海の近くの家の中の景色を。

父や祖父が一緒によく晩酌をしていた畳敷きの居間や、その部屋の畳の隅の方が色褪せてささくれている様子、壁に近所の新聞屋さんでもらったカレンダーがかかっていたこと、ふすまには咲希が指で空けてしまった穴があったこと。すべて、生々しく目の前に見えた。

幼い咲希が、その部屋の中で、畳の上にゴロンと寝転がっている。畳の上に投げ出された手はクレヨンで汚れていた。先程まで落書き帳に絵を描いていたのだ。寝転がる咲希のそばにクレヨンが散らばり、開きっぱなしの落書き帳が放り出されている。落書き帳には、太いクレヨンの線で稚拙《ちせつ》な絵が描かれていた。描かれているのは、家の中にいる咲希と母と祖母の姿だったが、おかしなことに、その全てが灰色で描かれていた。そして、絵の中の咲希は泣いていた。父が家に帰ってこなくなって、泣いていた。畳の上に転がる咲希も、今にも泣きだしそうな顔をしていた。

そんな景色が、唐突に咲希の頭に浮かんで消えた。そして、ゆっくりと意識が灰色の海に戻ってきた。灰色の海は絵と同じ色をしていた。咲希は目の前の景色を見つめながら、自分の身の内にごうごうと隙間風が吹くのを感じた。咲希は、父の不在を今更のように、強く感じた。十年かけて少しずつ薄れさせてきたはずの恋しさが、父の幻に会ったことで蘇ってしまったようだった。

灰色の海に背を向け肩を震わせると、圭太が驚いて咲希の肩に背後から手をかけた。圭太に咲希は言った。

「ここに居たくない。ここは寂しいわ」

＊＊＊

「ごめんね、わがままを言って」

咲希は白いテーブルを挟んで向かいに座る圭太に言った。

「いいよ。海の近くに遊園地があるって知ってたから、もともと時間があれば遊園地にも寄ってみたいと思ってたんだ」

二人が会話をしていると、ウェイターが水の入ったグラスを二つ、テーブルに置きにやってきた。二人は遊園地内のレストランにいた。圭太はウェイターに二人分の食事を注文した。咲希は、レストランの壁にかかった時計を眺めた。時刻はちょうど昼食時になっていた。

「食べ終わった頃に、都合よく雨が上がらないかな」

圭太はそう言って、レストランの窓の外を眺めた。雨は小ぶりになってきていて、レストランの中まで雨音は聞こえてこなかった。ただ、窓の外に見える池を眺めると、雨が作り出す波紋が絶え間なく見えていた。池は人工的に作られたものだった。池の上を、飛沫をあげてスワンボートが行き来しているのが見える。雨の日のスワンボートは何となくわびしいと圭太は思った。池の向こうには、カラフルに塗装された観覧車が回っているのが見えていた。ジェットコースターがあるのも見えるが、雨のせいか動いてはいなかった。

「今日はお客さんが少ないのね」

咲希は、閑散としているレストラン内や、窓の外を眺めた。

「静かだから、目を閉じたら二人きりみたい」

咲希は目を閉じて、雨の気配を感じ取ってみた。静かな雨がレストランの建物を、しとしとと取り囲んでいる。咲希と圭太の間にある空気は、取り囲んだ雨のせいで外に逃げられず、時間が経つほど濃密になっていく。圭太と二人で、この場所に、二人の空気や時間ごと閉じ込められているみたいに感じた。

「雨が止んだら、何に乗りたい？」

と圭太が尋ねた。空いているから乗り放題だね、と楽しげに言う。

咲希は窓の外をじっと見た。その目に、おかしげな建物が映った。池の向こうにサーカス小屋のような赤と白のストライプ柄のテントのようなものが見えている。形こそテントみたいだが、実際はテントの形をした鉄骨の建物のようだ。壁の一部が崩落して、中の骨組みが突き出している。

「あれは何かしら」

咲希は崩れかけたサーカス小屋を指さして言った。圭太は入園時にもらった遊園地のパンフレットを開いて、咲希の指さす建物を探した。そして、不思議そうな顔をして言った。

「のっていないね。たぶん、今は使われていないアトラクションなんじゃないかな」

咲希もパンフレットをのぞきこんで、そうかもしれないわね、と言った。

その時、ウェイターが食事を運んできて、テーブルの上に並べ始めた。圭太が、おいしそうだね、と言うと咲希も微笑んだ。食事を始めた二人は、それっきりサーカス小屋のことなんて忘れてしまっていた。

＊＊＊

今日は仕事が休みで時間が沢山あるというのに、家事にもまるきり精が出ない。ここ数カ月、ボーッとすることが増えたように思う。心にいつも同じことが浮かび、グルグルと回るのを眺めて、いつの間にか時間が過ぎてしまう。仕事中は忙しいおかげで気が紛れるのでそんなことも少ないが、家にいるとダメだ。恭子は、膝の上に広げた畳み掛けのタオルの上に手を置いて、ぼんやりと窓の外を眺めた。

咲希は出かけていた。今日は何時に帰ってくるのだろう。朝出かけるのを見かけた時に尋ねてみようと思ったが、言葉が出てこなかった。最近、話しかけても無視されることが時々ある。無視されるのが怖くて、つい無言で見送ってしまった。子どもはいつか反抗期を迎えるものだと分かっていたけど、迎えてみると思った以上に悩ましいものだった。

食堂のテーブルの上にはラップをかけた二人分の昼ごはんが置いてあるけれど、時計を眺めるともう一時半を回っていた。恭子はため息をついて料理をすべて三角コーナーに捨ててしまう。咲希の分も、自分の分もすべて。恭子は最近食欲がない。子どもが食べてくれないと、料理をすることも、食べることも、こんなに億劫《おっくう》だとは知らなかった。

皿を洗い終わるとぼんやりとテレビを見て過ごした。内容はちっとも頭に入ってこない。居間のテーブルの上にある小さな鏡に映る自分の顔を眺めた。いつの間にか随分と老けたものだと思う。夫がいなくなってから、もう十年経つ。その間、このアパートで苦労をねぎらい合う相手もなく、ただただ子どものために身をすり減らして働き続けてきた。「今日は大変だったね」「お互いお疲れ様」と言い合う相手がいれば、どれほど良かっただろう。苦労しかない日々も、老いることも、誰かと一緒だったらこれほどつらくて寂しくはなかったと思う。そして、今、そんな思いをして育ててきた一人娘は、自分に近寄りもしなくなった。自分には、一体何が残されているのだろう。

恭子はため息をつくと、ただにぎやかなだけで意味として頭に入ってこないテレビを消した。

億劫だけど、そろそろスーパーに買い物に出かけなくてはならない。サラダ油が残り少ない。そうそう、卵とトイレットペーパーも買わなくちゃ。そんなふうに自分に言い聞かせて立ち上がろうとしていた時、唐突に固定電話が鳴り、恭子はビクリとした。

「恭子さん？　携帯に何度もかけたのよ。ちっとも出ないんだもの……」

電話に出ると、トメの声が聞こえてきた。

「私、見ちゃったのよ！」

恭子はさほど興味のない様子で、何をですか、と聞き返した。そうしながら、固定電話の置かれた棚の上にある、メモ用紙やペン、クリップや画鋲の入った透明のケースなどの、雑多な物たちを意味もなく眺めた。

「今日ね、私、あなたの家の近くにバスで来てるのよ。定期検診の日だから」

トメは高血圧があり、住んでいる田舎ではなく、この街の病院に定期受診している。トメは田舎の病院より、街中の病院の方が優れていると思いこんでいる。

「それでね、あの病院は咲希ちゃんの小学校に近いから、受診の後、懐かしくなって小学校の近くまで散歩したの」

そうなんですか、と恭子は、メモ用紙にペンでグルグルと丸を書きながら相槌をうった。トメからこんなふうに電話が入るのはよくあることだった。隣の家の夫婦がこんなことでケンカしたとか、なくなったと思ったペンが洗濯機の中から出てきた――そして洗濯した服はインクのシミだらけだった――とか、そんなたわいもない話を重大ニュースのように電話で報告してくるのだ。きっと、私と同じだ。歳をとると、みんな寂しいのだ。思えばトメも、夫を亡くしてからずっと独りぼっちなのだ。

「あなた、話ちゃんと聞いてる？」

適当に相槌をうっていたら、トメにそう問われた。ええと、何の話をしていただろう。確か、校門のそばに挙動不審な人がいたとか、そんな話をしていた。

「聞いてますよ。様子が変わった人がいたんでしょう？」

「そうよ。その人ね、校門のそばを行ったり来たりしてたわ。何をしてるんだろうと思って、私は遠くからじっと見てたの。怖いから、あんまり近くには近寄らなかったわ。目が悪いし遠くから眺めるもんだから、はっきりと顔が見えなかったんだけど、そうやって見つめてると、どうにもこの人の背格好や雰囲気は見覚えがあるわって思い始めたの」

誰だと思う？　とトメはさも重大なことを発表しようとしているかのような声を出した。恭子は、さあ、と首を傾げた。

「あ・の・人よ」

と、トメが言った。恭子は、なぜかザワリと鳥肌がたった。

「分かるでしょ？　あ・の・人よ。あなたの夫！　私の息子よ！　十年ぶりに姿を見たけれど、間違いないわ」

恭子は、電話をもつ手が震えていた。自分が激しく動揺しているのを感じた。

「話しかけてみたんですか？」

震える声で恭子が尋ねた。

「いいえ、あの人、私が近づいていったら、走って逃げていっちゃったの」

「なら、お義母さんの思い込みですよ。はっきり顔を見たわけじゃないんでしょう?」

そう言う恭子の声は裏返っていた。

「思い込みなんかじゃないわ。母親をなめないでちょうだい。いくら長い間会っていなかったからと言って、我が子を見間違えるもんですか」

恭子はぐっと言葉に詰まった。

「どうやって咲希ちゃんの通っていた小学校を突き止めたのかは分からないし、何をしに行っていたのかも知らないけれど、もしあの人があなたたちの元を訪ねてきたら、追い返さないでちょうだいね。それから、すぐに教えてちょうだいね。お願いよ」

トメはそう言って電話を切った。恭子は通話の切れた受話器を握りしめたまま、しばらく立ち尽くしていた。

＊＊＊

電話の後、再び洗濯物を膝の上に置いて、畳みかけたままでぼんやりとしている恭子の頭の中には、先程のトメとのやり取りがグルグルと回り続けていた。

あの人が、私達を探しているかもしれない。

恭子には、喜ぶべきなのか、今更どの面下げてと怒るべきなのか分からなかった。失踪してすぐはもちろん帰ってきてくれることを願っていた。女手一つで家庭を守り、咲希を育てていくのはつらくもあった。しかし、今となっては、そのつらさも夫の不在も寂しさも、生活の中に当たり前のものとして定着してしまった。今更、夫婦揃ったごく普通の生活に戻るということは、恭子にとっては不自然なことに思われた。あの人が帰ってくるかもしれないと知って、そんなふうに感じてしまう自分に、恭子は愕然《がくぜん》とした。それに、トメの話はどこまで真に受けていいのやら分からなかった。校門のそばに立っていた人があの人に似ているように見えたのは、そう思いたいトメの希望が見せた幻だったのかもしれない。このはっきりと分からない状況が、恭子の胸を余計にざわつかせた。

恭子はのろのろと洗濯物を片付けると、時計を眺めた。これで、時計を見るのは何度目だろう。スーパーに行かないといけないと、さっきから何度も考えながら、体は少しも言うことを聞いてくれない。ただただ、時計の針が時を刻んで行くのを、恭子は眺めていた。

＊＊＊

「あの、ごめんなさい……」

咲希は、突然、背後から声をかけられた。振り返るとそこには見覚えのある顔があった。

「茉莉さん」

と咲希が言った。咲希がそう呼んだ女性は、澤田先生の妹だった。

「良かった、咲希ちゃんだわ。人違いだったらどうしようかと思ったの」

茉莉は、そう言いながらなぜだかソワソワと落ち着かない様子をしていた。表情は、今頭上に見えている空のように曇っていた。先程、雨が上がったばかりの空には、まだ灰色の雲が沢山でていた。

咲希はその時、赤い頰をして、少し高揚したような表情をしていた。今しがた圭太とジェットコースターに乗ってきたばかりで、その揺れや興奮の余韻がまだ残っていたのだ。そのせいか、まだ乗り物の上にいるような気分で、頭は少しぼうっとしていた。それでも、茉莉の暗い表情には気がついた。

「どうかしたんですか?」

咲希はそう言って、茉莉の顔をのぞきこんだ。

その時、圭太がジュースの入った紙コップを二つ持って、咲希のそばに帰ってきた。すぐそばにある売店で買ってきてくれたのだった。

「知り合い?」

圭太の問いに咲希はうなずいた。

「澤田先生の妹の茉莉さん」

初めましてと圭太は挨拶したが、茉莉は心ここに在らずという様子だった。辺りをキョロキョロ見回し、何かをずっと気にしている。

「何かあったんですか?」

咲希が尋ねると、茉莉は深刻そうな顔をしてうなずいた。

「二人にお願いがあるのよ。一緒に楓花を探してくれないかしら? いなくなっちゃったのよ!」

そう言った彼女は今にも泣きだしそうだった。圭太と咲希は顔を見合わせた。

＊＊＊

楓花が姿を消したのは、今から一時間くらい前のことだったと言う。

その時、茉莉は夫の直人や四人の子ども達——長女で十四歳の皐月、長男で十歳の樹、次男で九歳の柊斗、次女で七歳の楓花——と土産物屋にいた。雨がなかなか上がりそうで上がらないので、そこで時間をつぶしていたのだ。

その時、そこはそんなに混んでいなかったと茉莉は言う。もともと雨のせいで、遊園地内はガラガラだった。普段は遊園地みたいな人の多い場所を歩く時には、気をつけていないと、子ども達のうちの誰かがすぐに迷子になってしまう。しかし、客入りがほとんどない土産物屋の店内では、見渡せばすぐに子ども達の姿を見つけることが出来たので、今日は茉莉も直人も少し油断していた。子ども達が店内を走ったり商品をベタベタ触ろうとしたりしていないかだけ注意しながら、茉莉は今日来られなかった姉と母に何を買って帰ろうか考えていた。姉と母は二人揃って夏風邪をひいていた。そうでなかったら、二人とも一緒に来る予定だったのだ。何せ、今日は楓花の誕生日なのだから。楓花をかわいがっている二人は何日も前から今日ここで楓花の誕生日を祝うことを楽しみにしていたのだ。風邪をひいたと茉莉に電話で報告してきた時には、本当に残念がっていた。

土産物を物色する茉莉のそばには、皐月がいて、良さそうな土産を見つけては、「お母さん、これは？」と茉莉に見せてくれた。その頃、樹と柊斗は店の入り口辺りに居て、当たると笛のような音がなる、遊園地の土産物屋によくありそうな剣を見つけて、ふざけて振り回していた。茉莉は二人を離れたところから叱りながら、同時に店内を見回して楓花がどこにいるのか確認をしていた。

楓花は夫と店の奥にいた。二人で向かい合って何かしゃべっている。夫は大きなぬいぐるみを持って、楓花に見せている様子だった。誕生日プレゼントに買うつもりなのだろうか。頭の片隅でそう考えたりしていた。

「これ、どうかな?」

そんな茉莉に、皐月が何か持って見せに来た。母や姉が好みそうな焼き菓子だった。箱に遊園地のキャラクターの絵がついていた。

「美味しそう。いいんじゃない。でも荷物になるから、後で買おうか」

茉莉は皐月に言った。

「うん、そうだね」

と皐月は言った。

「ねえ、お母さん、雨も上がったみたいだし、そろそろ外に遊びに行こうよ」

皐月にそう言われて、茉莉は店の外に目をやった。確かに、外は明るくなっていた。

「そうしよっか。じゃあ、みんなに声かけてきて」

皐月は素直に「はーい」と返事をして、他の家族達のところへ歩き出した。

その時だった。店内に、けたたましい笑い声をたてて、ワイワイとしゃべりながら入ってきた客が数人いた。茉莉がそちらを見ると、高校生くらいの歳の、ギャルっぽいメイクとファッションをした女の子達四人と、二十代前半くらいの目立つ髪色をしてピアスをいくつもつけた男性が二人いた。男性の一人は首から腕にかけて刺青も入れていて、明らかに昼間から酔っ払った顔をしていた。

彼らは店内にいた数人の客達が振り返るのも気にせず、大声で騒いでいた。

茉莉の近くにいた店員が、いかにも迷惑そうな顔をして彼らをチラチラと見ていた。茉莉も、不快な表情で彼らを見つめていた。少しの間、茉莉の注意は彼らに引き付けられていた。その直後だった。皐月が真っ青な顔をして茉莉のそばに飛んできて、大きな声でこう言った。

「お母さん、楓花が消えちゃった！」

皐月のその一言に、店内にバラバラにいた家族みなが皐月に振り返った。その中に楓花の顔はなかった。先程まで楓花と一緒にいたはずの夫が、慌てた顔をしている。どうやら、夫も目を離していたらしい。茉莉は青ざめた顔で店内を見回した。夫も、子ども達も、楓花の名を呼びながら、店内をくまなく探し回った。しかし、楓花は見つからなかった。家族はついに土産物屋の外に出て、手分けして楓花を探し始めた。迷子センターにも行って、迷子のアナウンスもしてもらった。しかし、一向に見つからないまま、およそ一時間が経過しようとしていた。

＊＊＊

「三手に別れよう」

茉莉から話を聞いた圭太は、そう提案した。いなくなってから時間が経てば経つほど、事態は悪くなるだろう。咲希と茉莉の二人と別れると、圭太は楓花を探して遊園地内を歩き始めた。

三十分ほど歩くと、午前中の雨が嘘だったみたいに日が照り始めた。圭太は足を緩めると、額の汗を拭った。辺りを見回すと、観覧車やジェットコースターなどのアトラクションが立ち並んでいた。ゴーッと唸《うな》りながら走るジェットコースターの音や、それに乗る客の歓声、スピーカーから流れる楽しげな音楽が聞こえていた。売店から、甘ったるいキャラメルポップコーンの匂いがする。空には、誰かが手を離してしまった風船が一個、飛んでいくのが見えた。

圭太がぐるりと視線を一周させた。その時、アトラクションが立ち並ぶエリアの一角に、立ち入り禁止と書いた看板が立てられた場所があるのが見えた。その周囲にだけ人気がなく、どことなく陰気な空気がその辺りにだけわだかまっているみたいに見えた。看板の向こうには、黄色と黒のゼブラ柄のテープで封鎖された建物が一つ立っている。陰気な空気の中に立つその建物は、影そのものが形を持って、地面にぬうっと立っているみたいに見えた。

圭太はその建物に近づいてみた。すると、それは、レストランから咲希が指さしていた、サーカス小屋のような建物だった。近くで眺めてみると、それはどうやら取り壊す途中のアトラクションだと分かった。正面から見て建物の左側に重機が見えている。なぜ作業途中で放置されているのか分からないが、左側の壁から崩し始めて半分くらい崩した所で作業を中断していた。崩された壁の内側に、レールが見える。この建物は、室内型のジェットコースターだったようだ。

圭太は、もしや、この中に楓花が迷い込んではいやしないかと考えた。楓花は確か七歳だった。そのくらいの子どもなら、興味本位で危険な場所に入り込んでしまっていてもおかしくない。

圭太は辺りを見回すと、人の目がないのを確認してから、立ち入り禁止のテープをくぐり抜けて、壁の崩れた左側から建物の中に入った。

急に圭太の目の前は薄暗くなった。まだ崩されていない壁が太陽の光を遮っている。地面に目をやると、瓦礫《がれき》が山となって積み上がっていて、足の踏み場もなかった。圭太は用心して、瓦礫の上を歩いた。踏むたびにガラガラと瓦礫の山の一部が崩れた。そのたびに、もうもうとほこりが舞う。圭太が頭上を見ると、屋根に穴が空いたところから差し込んだ光が、舞い上がっていくほこりをキラキラと光らせて見えていた。

圭太は建物の右奥へと進んでいく。そこはまだ、ほとんど壁が崩されていない。歩いていくと、残された建物の奥に、ジェットコースターの座席や、レールの一部、ピエロの人形などの廃品が放置されているのが見えた。人形は建物の外壁と同じような赤と白のストライプの派手な衣装を着ていて、白塗りの顔の目のあたりに、黒いインクで星やハートの模様を描いていた。そして、照明のない暗い廃屋の隅で、真っ赤に紅をさした口角を、ニッとあげていた。笑った顔をしているのに、その顔は暗闇の中で見つめるには、ゾッとするほど不気味だった。

「楓花ちゃん」

と、圭太は建物の奥に向かって呼んでみた。奥に向かうにつれ、暗闇が濃くなっていく。圭太は吸い込まれそうな暗闇の奥に目を凝らした。

すると、奥で何かが動くのが見えた。闇の中に、黒い塊が蠢《うごめ》いている。塊は一つではなかった。二つある。圭太が足を止めて耳を澄ませてみれば、人の息遣いも聞こえてきた。運動した後のような荒い呼吸をしている。

「警備員が来たの?」

と、闇の中から女性の声がした。

「違うだろう。声がまだ若い。高校生くらいだ」

と、今度は男性の声が聞こえた。それから、闇の中に、すっくと一つの人影が立ち上がり、圭太の方に近寄ってきた。圭太は、こんな場所で誰が何をしているのだろうと怪しみながら、近寄ってくる影にこう聞いた。

「小さな女の子を探しているんです。この奥に女の子が迷い込んでいるのを見ませんでしたか？」

　その時、闇からヌッと手が飛び出してきた。不意をつかれた圭太は、その手に乱暴に胸ぐらをつかまれた。

「何だてめぇ！　子どもなんて、知らねぇよ！　ここから出てけ！」

　つかみかかってきた男は、上半身裸だった。近くで見ると、首から腕にかけてタトゥーを入れていて、髪は金髪にしているのが分かった。昼間から酒を飲んでいたのか、酒臭い息をしていた。力加減なしに圭太の襟元を両手でつかんで締め付けてくる。圭太は、苦しげに顔をゆがめた。

　男性の後ろから、今度は女性も近づいてきた。女性は乱れた髪や衣服を手で整えながら、二人の様子をのぞきこんできた。

「晃、追い払うだけでいいじゃない。乱暴しないでよ」

「うるせえな、おまえは下がってろよ」

　背後の女性に気を取られ力が緩んだ男の手を、圭太は瞬時に振り払った。男は、カッとなり、

「てめぇ！」

　と言いながら、再び圭太につかみかかろうとした。圭太は、今度はその手を簡単にかわすと、手首をつかんで捻《ひね》りあげた。歳は圭太より男の方が上に見えたが、痩せて不健康な男より、身長が高く引き締まった体つきをした圭太の方が体格的に勝っていた。男が、ギャッと悲鳴をあげた。

　圭太が手を離すと、男はそそくさとその場から逃げて行った。女が脱ぎ捨てられていた男の服を

拾ってから、

「待ってよ！」

と言って追いかけて行った。

再び、暗闇の中は静かになった。

圭太はその後、携帯のライトで辺りを照らしながら、建物の一番奥まで楓花を探しに行ったが、そこには誰もいなかった。外に出ようと元きた通路をたどっていた時、先程男女が居た辺りの場所に携帯電話が落ちているのを見つけた。拾って画面を開いてみると、制服を着た女子高生数人が学校の教室でポーズをとって写っている画像が現れた。その制服は、よく見覚えがあった。咲希が通う高校のものだったからだ。圭太は、そこに写っている女子高生達にも見覚えがある気がして、ジッとその画像を見つめた。そして、気がついた。彼女達は、咲希の友人だった。咲希の家に遊びに行った時に、圭太は彼女達を見かけていた。そう言えば、今しがた逃げて行った女性の声にも、聞き覚えがあるような気がしてきた。さっきの女性は、咲希の友人だったに違いない。

圭太は、その携帯をどうしようか迷ったが、遊園地のスタッフに落し物として届けることにして、その携帯を持ったまま元来た方に向かった。だんだんと辺りが明るくなり、崩れた屋根の向こうに明るい空がのぞき始める。瓦礫の山を踏んでガラガラ音をたてながら圭太は歩いた。もう少しで崩れた壁から外に出られる。そう思っていた時、建物の外から突然大きな声がした。

「そこは立ち入り禁止だよ！」

圭太はギョッとして、声がした方を見た。立ち入り禁止の看板の向こうから崩れた壁の内側をのぞき込んで圭太をにらんでいるのは、シワシワの顔をした小柄な老婆だった。真夏だというのに、黒いローブですっぽりと身を包んでいる。そのくせ、汗ひとつかいておらず、どこか常人離れした雰囲気をかもし出していた。

「分かってます。今、ここを出ます」

そう言った圭太に、老婆は突然こんなことを言い出した。

「あんた、良くない顔をしてるね」

圭太は意味が飲み込めなくて、怪訝《けげん》な顔をして立ち止まった。

「今日、あんたは不運の星の下にあるよ。どれ、私があんたを助けてあげよう」

「助ける？」

圭太は聞き返した。

「ここから出てすぐの場所に私の占い小屋がある。そこで占ってあげよう。一回千円だよ」

圭太は、心の中で「何だ」とつぶやいてため息をついた。ただの占い小屋の客引きか。

「残念ですけど、俺、占いとか信じないんです」

圭太はきっぱりとそう言うと、老婆の脇をすり抜けて外に出た。途端に夏の日差しに包まれた。まぶしくて、圭太は額に手をかざした。肌がジリジリと焼かれて暑い。

その場を立ち去ろうとした圭太の背中に、老婆は言った。

「後悔するよ」

圭太は、振り返らなかった。老婆を残して、崩れたサーカス小屋の前から離れていく圭太に、老婆はなおも大声で言った。

「あんたは、今日、大事なものを失うよ。目の前の出来事に惑《まど》わされちゃいけない」

追いかけてくるその声を聞きながら、圭太は足早に立ち去った。その時は、印象に残った老婆の言葉だったが、楓花を探して遊園地を歩き回るうちに、圭太は老婆の言葉を忘れていた。

＊＊＊

遊園地は不思議な森みたい、と楓花は思う。そばにはメリーゴーランドが一つ、ジェットコースターが一つある。このジェットコースターは子ども用で、急降下したり一回転したりはしない。座席も可愛いてんとう虫の形をしている。ジリリリリと発車のベルが鳴り、切り株の形をした乗り場から、子ども二人を乗せたてんとう虫——黄色い羽に、赤い点々が付いている——が一匹、走り出して行くのが見えた。レールの周りには、作り物の草や花や森の動物達が飾られていたが、どれも実物より随分大きく、ジェットコースターに乗る子ども達が小人のように見えた。楓花はそれらを眺めながらジェットコースターのそばを通り抜けた。

それから、近くにあったベンチに腰かけた。ぐったりと背もたれにもたれ、歩きつかれた足を、宙にぶらぶらさせてみる。家族と離れてどのくらい歩いただろう。ママ達、今頃心配しているかな。そんなふうに考えていると、タイミングを合わせたように、遊園地のそこかしこに設置されているスピーカーから、迷子のお知らせが聞こえてきた。楓花に、遊園地の入り口辺りにある迷子センターへ来るように繰り返し呼びかけている。

帰ろうかな、ママ達のところへ。

楓花はため息をついてうつむくと、自分の小さな頼りない足と、地面にポツリと落ちる影が見えた。

「ママ、パパ、今度はあれに乗ろうよ」

近くで知らない女の子の声がして、親子三人連れが楓花のそばを横切っていった。どうしてママ達のそばを飛び出して来ちゃったんだろう。楓花は今更のように後悔し始めていた。

どこか遠くに一人で行ってみたい。土産物屋で家族みんなが騒がしい客に気を取られた時、今しかないと思って店をそっと出た。あの時、あんなに強く冒険心を感じてしまったのは何でだったのだろう。楓花は自分の影から目を上げると、手をつないだ親子三人の後ろ姿を眺めた。親子はまぶしい日の光に包まれている。女の子はミントグリーンのワンピースを着ていて、さわやかな夏風に裾をひらひらと揺らしていた。楓花はその光景をじっと見つめてから目を閉じた。すると、まぶたの裏にいつかの思い出がよみがえってくるのを感じた。

ゆらゆらとカーテンが揺れている。カーテンは白いレースのものと、ミントグリーンのものと、二枚が重ねられていた。窓の外は昼間で、カーテンが揺れるたびに目をつむってしまうほどのまぶしい光が射しこんでいた。部屋の中は電気が消されていて、外から帰ってきたばかりの楓花には、部屋の中は真っ暗に見えた。それから、窓辺に一つ、椅子が置かれていた。椅子には女の人が座っていた。顔は逆光で見えないけれど、楓花にはそれが誰なのか分かった。楓花がその人の足元に座ると、その人は背中から日差しを浴びて後光が差しているみたいに見えた。それは、とても静かで優しい光景だった。楓花には、逆光の中でも、その人が静かに微笑んでいるのが感じられた。楓花はその人の膝に頭を乗せて、そっと目を閉じた。そして、ママ、とその人の名を心の中でつぶやいた。その時、柔らかな手の感触を後頭部に感じた。ママの手だ、と楓花はとても安らかな気持ちで思った。ママに触れているところから、安心感が全身に広がっていく。

楓花は、ママが大好きだった。ママとケンカもするし、怒った時のママは鬼ババアのように怖いけれど、それでもママは大好きだった。学校に行く前、ママが笑顔で見送ってくれると、なんとなく元気が出た。家に帰ってきて、おかえりって言われると、ほっとした。学校は楽しいし、家にいるより友達と遊んでいる方が面白いけれど、それでもママの「おかえり」は好きだった。帰って来たなって思う。家にじゃなくて、ママのそばに。自分の場所に。

だけど、だからこそ、たまには自分の場所じゃないところに行きたくなるのだった。ママのそばを離れて、どこか遠くへ。そう考えるのは、とてもドキドキワクワクすることだった。

冒険に行こう。たった一人で。そう考えて、土産物屋を飛び出した時には、ちっとも不安じゃなかった。どんどんと遠くに行ける気がしてとても楽しかった。だから、ママ達に心配をかけていることをすっかり忘れてしまっていた。歩き疲れるまで歩いてから、ようやく思い出したのだ。

ママ達に心配をかけたいわけじゃなかった。迷子センターに行こう。確か、遊園地の入り口の近くにあると、さっきのアナウンスで言っていた。

楓花はベンチからピョンと降りると歩き始めた。赤や青のてんとう虫が行ったり来たりするジェットコースターのそばを離れ、ミントグリーンのワンピースの女の子が白馬に乗って手を振っているメリーゴーランドのそばを通り過ぎた。女の子に手を振り返すパパやママがいるパラソル付きのテーブル――テーブルは白くて、三人分の紙コップ入りジュースが置かれていた――のそばを通り過ぎ、観覧車やコーヒーカップの間を抜けて行く。やがて、たくさんの乗り物があるエリアと、土産物屋が集まっているエリアの間をつなぐ遊歩道に出た。そこには人気があまりなく、スピーカーから流れる明るい音楽が、かえって物寂しさを強調していた。ほんの少し心細さを感じながら楓花が遊歩道を歩き始めた時、二十メートルくらい前方に見覚えのある後ろ姿を見つけた。楓花は、あ、と声を出して立ち止まる。

あれは咲希ちゃんだ。

咲希はキョロキョロしながら歩いている。まるで誰かを探しているみたいだ。咲希ちゃんも迷子なのかな。楓花は咲希を追いかけて話しかけようとした。しかし、その時、咲希と楓花の間を歩いていた男の人――それは土産物屋で騒いでいた金髪の男の人だった――が、小走りで咲希に接近していった。そして、咲希に背後から呼び掛けた。咲希は男の人に振り返ると、最初、ちょっと驚いた顔をしてから親しげに会話し始めた。楓花は立ち止まって二人が会話しているのを眺めていた。やがて咲希は、男の人と連れだってどこかへ歩いて行ってしまった。楓花は二人の後ろ姿が小さくなっていくのを、ただじっと見ていた。

行っちゃった。あの人、咲希ちゃんの友達だったのかな。でも、ちょっと怖い感じの人だったな。そんなふうに思っていた時、楓花は背後から、こう呼びかけられた。

「楓花ちゃん？」

声がした方を振り返ると、高校生くらいの男の人が立っていた。えーと、確か知っている人だ。咲希ちゃんととっても仲よしの、圭太くんとかいう名前の人だ。瑞希おばちゃんの家に咲希ちゃんと二人で訪ねてきたことがあった。

「良かった、探してたんだ。ママは今、あっちで楓花ちゃんを探しているよ」

そう言って乗り物エリアを指さした。

「一緒に行こう」

圭太が温和な笑顔を見せて手を差し出した。楓花はその手を握って、来た道を引き返し始めた。前方で、レールの上をてんとう虫が走っているのが小さく見える。ゆっくりと回っている観覧車や、メリーゴーランドの動きに合わせてのどかに流れる音楽が、歩くごとに近づいてくる。楓花は圭太に手を引かれながら、咲希と男の人が歩き去っていった方に振り返った。しかし、そこにはもう二人の姿はなく、明るい音楽が寂しげに聞こえているだけだった。

＊＊＊

「見つけてくれてありがとうございました」

茉莉と直人は楓花を挟んで立ち、深々と頭を下げた。皐月や樹、柊斗は、少し離れたところから、やり取りをじっと見ていた。

「楓花が自分でいなくなっていたなんて……。大騒ぎしてすいませんでした。咲希ちゃんにも謝りたいんですけど、咲希ちゃんは今どこに?」

茉莉がそう尋ねると、圭太は困ったような顔をした。

「それが……、楓花ちゃんが見つかったから知らせようと思って何度か電話したんですが、繋がらないんです」

「そうだったの?　どうしたのかしら……」

茉莉が心配そうな顔をした。

「大丈夫です。きっとすぐにかけ直してきますよ」

圭太はそう言って、茉莉達と別れた。圭太が見えなくなるまで、楓花はバイバーイと言って手を振っていた。

腕時計の針は二時半を指していた。咲希と別れてから一時間以上経つ。圭太は時計をちらちら気にしながら、遊園地を歩き回っていた。咲希はきっと、楓花を探すのに一生懸命で、電話に気がついていないのだろう。そのうち、連絡があるはずだ。そう思っていた圭太だったが、いつまで経っても咲希から連絡はないままだった。園内を何周歩いても、咲希の姿は影も形も見えない。ただ時間だけが刻々と過ぎていく。太陽は段々と西の空へ傾いていき、雲がオレンジ色に染まり始めた。

こんなに見つからないなんて、おかしい。

空を見上げた圭太の眉間のあたりが、焦りでピリついている。その時、夕空に向かって伸びる鉄柱の上――スピーカーが取り付けられている――から、閉園のアナウンスが流れ始めた。

圭太は携帯電話をズボンのポケットから取り出すと、咲希の家の固定電話にかけた。咲希の身に何かがあったに違いない。恭子に知らせなければ。

電話に出た恭子は、

「行方不明？　何をおかしなことを言ってるの？」

と戸惑った声を出した。

「ずっと、連絡が取れないですって？　ちょっと待ってちょうだい。咲希なら、一時間以上前に帰ってきてますけど……」

「え？　それ、本当ですか？」

今度は圭太が驚く番だった。そんなこと、あるはずがない。咲希が、圭太をおいて一人で帰ってしまうなんて今まで一度もなかった。それに、そんなことをするような人でもなかった。

「咲希と話がしたいんですが……」

圭太がそう言うと、恭子は受話器をキャビネットの上に置いた。圭太の耳に、ゴトリ、という音が聞こえ、続いて、廊下を歩く恭子の足音が聞こえた。恭子は、咲希の部屋の前まで歩くと、ドアをノックして、咲希、咲希、と呼びかけた。返事はなかった。ドアの向こうは、しんと静まりかえっている。

「ごめんなさい。あの子、帰ってきてからちょっと様子がおかしくて……」

「おかしいって、どんな様子なんですか？」

「帰ってくるなり、自分の部屋に閉じこもっちゃって……。それに……」

「それに？」

「いえ、なんでもないわ。とにかく、今は話ができないみたい。ごめんなさいね」

恭子はそう言って電話を切った。圭太は、通話の途切れた携帯電話を握りしめたまま、しばらく呆然としていた。頭の上で、夕焼けに染まった雲と、蛍の光の音楽がゆっくりと流れていく。無人の観覧車が回るのを見るともなしに見ながら、ぼんやりとしていると、

「君、もう帰らないとダメだよ」

と、遊園地のスタッフの制服を着たおじさんに声をかけられた。

仕方なくのろのろと圭太が歩き始めると、手に握りしめたままになっていた携帯電話がピリリリと鳴った。電話がかかってきたようだ。圭太がそれを眺めると、画面に咲希の名前が表示されてい

た。圭太は慌てるあまり携帯電話を落っことしそうになりながら電話に出た。

「もしもし、咲希？　心配してたんだ。どうして連絡もしないまま、先に帰ったりしたんだよ」

電話の向こうで、咲希は消え入りそうな声を出した。

「ごめんなさい……」

「謝らなくていいよ。それより、事情を教えてほしいんだ」

圭太がそう言うと、咲希は黙り込んでしまった。携帯電話を握りしめたまま、圭太は咲希の言葉をしばらくまっていたが、咲希は何もしゃべらない。

「言えないような何かがあったの？」

圭太はザワザワと嫌な胸騒ぎを覚えた。

「心配ばっかりかけてごめんなさい。私、今まで、迷惑かけてばっかりだった……」

圭太は、咲希の言葉に違和感を覚えた。「迷惑かけてばかりだった」なんて、どうして過去形で話をするんだ。圭太の中で嫌な予感が大きく膨らんでいく。

その時、咲希が、

「あのね、圭太くん……」

と、話題を変えようとするみたいに急に明るい声を出した。

「一つだけ、なんでもないような話をしていい？」

「……一体なんの話？」

「圭太くんはね、背中の、右側の肩甲骨の下に、一つ小さなほくろがあるの。知ってた？」

圭太は、咲希がなぜ急にそんな話をするのか分からず、戸惑いながらもこう答えた。

「……知らなかったよ」

「やっぱり」

と、咲希は嬉しそうな声を出した。

「自分の背中なんて、あんまり見ないもの。やっぱり知らなかったんだわ」

そう言って突然クスクス笑った。圭太は戸惑うばかりだった。

「私は知ってたの。圭太くん自身が知らなくても」

そう言った咲希の口調は明るかったのに、声はやっぱり震えていた。微笑みながら泣いているんじゃないかと圭太には思えた。

「私、圭太くんのことをたくさん知っているわ。圭太くんはうなじがとってもいい匂いがするの。耳の後ろも。夏草みたいな香りなの。それから、シャツを脱ぐときの仕草がとっても男らしいわ。脱いだシャツもね、やっぱり夏草みたいな匂いがするの」

そこまで話すと、咲希は突然嗚咽をもらした。

「これからも、そんなふうにたくさん圭太くんのことを知っていきたかった……」

圭太は心臓が押しつぶされそうに感じた。

「やめてくれよ、なんでそんな話をしているのか分からないよ。まるで……」

心臓の音がうるさい。その先の言葉を言ってはいけないと、警告しているみたいだった。だけど、一度話し出そうとした言葉は、圭太の中に留まっていてはくれなかった。

「まるで……もう会えなくなるみたいな言い方じゃないか」

咲希は、一瞬言葉につまってから、

「……ごめんなさい」

と言った。

「理由は何も言えないの。ただ、別れてほしいの」

圭太は心臓が凍りついたように感じた。

「訳がわからないよ。どうしてそんな話になるんだ。あまりにも突然すぎるよ」

圭太がそう言うと、咲希は黙り込んでしまった。

「理由も教えてくれないつもりなのか?」

咲希は、

「お願いだから、何も聞かないで……」

と、つらそうな声で言った。

「……ずっと一緒にいようって言ったじゃないか」

圭太はそうつぶやいた。夏祭りの日、来年も、再来年も、ずっと一緒に祭りに行こうと話したことを圭太は思い返していた。

咲希はもう一度、

「……ごめんなさい」

と言った。

「今まで、ありがとう」

消え入りそうな声が電話の向こうで聞こえた。圭太は、これ以上、何も言うことができなかった。

暗闇に突然放り込まれたみたいに、周りの景色が目に入らなくなり、携帯電話を握りしめたまま立ち尽くす。やがて、プツリと通話の切れる音がした。一番大切に思っている人を、失った瞬間の音だった。圭太は、プー、プーという音を聞きながら、たくさんの咲希との思い出やこれからの二人の未来が、自分から切り離され、形を失っていくのを感じていた。

空がゆっくりと暮れていく。もう、客達はみんな遊園地の外に出てしまって、辺りに人の気配はない。空っぽになった遊園地に立って、無人の乗り物を眺めていると、遊園地が丸ごと幻のように思えてきた。カラフルな塗装の施された乗り物も、夢の国からやってきたような二本足で立つ動物たちの人形も、赤い空の下で一人きりで眺めると不気味だった。

遊園地の真ん中にある池の向こうからは、工事現場で聞くような音が聞こえていた。音がする方を見ると、あのサーカス小屋の解体工事が再開したようで、重機が建物の外壁を崩しながら動いているのが見えた。圭太はふと、あのそばで、占い師の老婆に言われた言葉を思い出した。

「あんた、今日、大事なものを失うよ」

あの魔女のような老婆の、シワシワの声、妙に迫力のあった鋭い眼……。圭太は思い出しながら、嫌な夢でも見ているみたいな気分になった。今日の出来事は丸ごと悪夢だったんじゃないだろうか。そうであってくれたらよいのに――。圭太はそんなふうに思いながら、幻のような遊園地を見渡していた。

——数分前、自宅である古いアパートの、蛍光灯の切れかけた薄暗い廊下に恭子は立っていた。恭子は、圭太と話を終えたところだった。受話器を置くと、恭子はしばらく置かれた受話器の上に手を乗せたまま、その手元を見つめてじっとしていた。その顔は、うつむいた加減のせいで影になっている。恭子の顔を今誰かがのぞきこんでいたら、彼女の目にその影と同じ暗さがあることに気がついただろう。

今日、咲希は帰ってきた時に様子がおかしかった。服はあちこち破れ、ホコリだらけだし、服の袖や裾からのぞく手足にはあちこちアザがあった。驚いた恭子は、何があったのかと咲希を問い詰めた。咲希は「放っておいて」と言うばかりで、何も答えようとしなかった。それでもしつこく詰め寄ったのがいけなかったのか、咲希は母親から逃げるように自室に飛び込むと、鍵をかけて閉じこもってしまった。

咲希に何があったのだろう。おそらく私は今、自分が思う以上に狼狽《うろた》えている。恭子は、そんなことを考えながら、受話器をじっと見つめて、しばらくそこで立ち尽くしていた。

最近恭子は何をするにも気持ちが前になかなか進まなくて、どうしようか迷う間に時間だけが過ぎてしまう。木偶の坊のように壁際に突っ立った恭子のそばで、壁にかかった時計だけがカチカチと動き続けていた。

＊＊＊

翌日、圭太は迷いながらも咲希の家を訪ねた。「別れてほしい」とはっきり言われたのに、未練がましいかもしれないが、せめて理由くらい聞かせて欲しかった。あまりにも唐突過ぎて、その言葉は圭太の中で処理できないまま頭の中をグルグルまわっていた。昨日一晩考えてみたけれど、咲希に対して冷たい態度をとっただとか、不誠実なことをしただとか、原因になるようなことは一切思い当たらず、未だに彼女の言葉が信じられなかった。

家の呼び鈴を押すと、咲希の母親がドアを開けた。母親は、

「咲希は、昨日からずっと部屋に閉じこもったままで……」

と、暗い声で言った。母親は、夜よく眠れなかったのか、疲労が顔に滲《にじ》んでいた。

何とか会わせてもらいたい、と圭太は言ったが、母親は、今は刺激しないでほしいと言った。

「それより、あなたに伝えたいことが……」

母親はそう言いかけたが、言葉は途中で切れた。

「いえ、やっぱり何でもないの……」

圭太は、何の話かと問いかけたが、「忘れてちょうだい」と母親は言った。

「とにかく今は会わせられないから、また出直して」

母親はもうそれ以上圭太と話をする気はないようで、そう言って圭太を追い返した。

圭太は、その後も数日置きに咲希のアパートを訪ねてみた。しかし、訪ねるたびに母親が言うには、咲希はずっと部屋に閉じこもったままだった。食事はというと、母親が三食作って部屋の前に置いておくのだが、咲希はほとんど手をつけていないそうだ。ほとんど食事もせず、母親や祖母とも顔を合わせず、ずっと一人で部屋にこもったまま、暦は九月に突入した。咲希は新学期が始まる

と、しばらく学校にだけは出かけていったそうだが、それも半月ほどで止まり、以前と同じ様に一日中部屋の中で過ごすようになった。そんな様子を母親から聞くにつれ、圭太はふられたことより咲希の状態の方が心配になってきた。

時々、圭太はアパートの前で澤田先生にばったりと会った。澤田先生は恭子から連絡を受けて咲希の様子がおかしいことを知っていたので、心配して時々咲希の様子を見にきていた。母親は、澤田先生なら部屋の前まで通すそうだったが、澤田先生がドア越しに咲希に呼びかけてみても、咲希は一切返事をしないそうだった。

「困ったものね」

澤田先生はため息をついた。

アパートに訪ねていったものの、今日も結局咲希に会えなかった澤田先生と圭太は、アパートの近くの喫茶店で落胆した顔を突合せて座っていた。テーブルの上には、コーヒーが二つ置かれていたが、二つとも全く量が減らないまま冷めていた。澤田先生はテーブルに肘をつき、窓の外をぼんやり眺めながら、片手に持ったスプーンでグルグルとコーヒーをかき回していた。それは全く意味を持たない行動なのだろう。澤田先生の心はここになく、咲希に向けられていた。圭太も、同じことだった。

「咲希ちゃん、一体どうしちゃったのかしら……」

と澤田先生は溜息まじりに言った。

「恭子さんには、私から、思春期の子どもの不登校だとか引きこもりを取り扱っている心療内科を紹介してみたの。本人が行かなくても、まず恭子さんだけで相談に行ってみたらどうかって」

「それで、どうなったんですか?」

「受診する気はないって。『咲希は病気じゃない。それに、母親の自分が何とかしなきゃ』って」

「そうですか……」

「学校の先生にも、あまり頼りたくないから相談していないみたい」

「どうしてなんでしょう?」

「恭子さん、ずっと一人で咲希ちゃんを育ててきたでしょう? 何でも一人で背負い込む癖がついちゃったんだと思うわ。『母子家庭だから普通の家庭より子どもに十分に関われていない』って他人に思われるのが、すごく嫌みたい……」

圭太は、澤田先生の話を聞きながら咲希の母親の顔を思い出していた。これまで五年間、咲希に会いに訪ねていくたびに、彼女は疲れた顔をしていた。いつも、重たい何かを背負っているみたいにつらそうに立っていたが、きっと彼女の背中には大きな責任がのしかかっていたのだ。そして、それを一緒に支えようと差し出してくれる周囲の手を、彼女は払い除け続けてきた。そう言えば、圭太は咲希と五年も付き合っていたが、母親のことをよく知らなかった。アパートで何度も顔を合わせたが、母親は圭太に一向に心を許さず、あいさつ程度以上の会話をしようとしなかった。咲希の母は、きっと、圭太にだけでなく、誰に対してもそうやって距離を置く質《たち》なのだろう。圭太には、咲希だけでなく、恭子もまた孤独な小部屋に閉じこもっているように思えた。彼女達がそこから出られる日は来るのだろうか。

部屋中の白い紙を探し出し、それを目の前に置いて、心の動くままに絵を描けば、部屋の中には失われた夏の記憶が蘇ってきた。それを部屋の壁に貼れば、灯篭流しの灯篭が川面の上に灯りを揺らめかせるように、ぼおっと壁一面に夏の幻を浮かび上がらせた。

初夏の鮮やかな緑色の山、田んぼの緑と畦道、稲穂をなでながらサーッと吹き渡って行く風、田んぼの上を舞うトンボ。壁に貼られた沢山の絵には、そんな夏の田舎の景色が描かれていた。咲希がその前に立ってそれをじっと見つめていると、絵には描かれていない、爽やかな薫風まで感じる気がした。

その景色はいつか咲希が圭太と見た景色だ。圭太は夏らしいこざっぱりしたTシャツを着て、咲希を後ろに乗せて自転車をこいでいた。その時の、彼の背中の香りを覚えている。もたれかかる咲希を受け止めてくれる、男の子らしいしっかりした背中は、初夏の風に似たにおいがした。

会いたい、と咲希は思った。自分から別れを告げたその人に、咲希は会いたくてたまらなかった。別れてから、咲希はより一層彼を愛していた。

* * *

あの初夏の日、咲希と圭太は川に泳ぎに行こうとしていた。太陽はカンカンに照っていて、あまりに暑くて道中にあった駄菓子屋でラムネを二つ、スイカの形をしたアイスを一つ買った。駄菓子屋の軒下におかれたベンチでラムネを飲んだ。傾けた瓶の中で、炭酸の泡がシュワシュワと音をたてながら動いていく。それを圭太が喉仏を上下させながら飲んでいた。服の袖からのぞく腕は筋張っていて、運動部でもないのに、ちゃんとつくべき所に筋肉がほどよくついた彼の体の形に、咲希は見とれてしまう。

アイスは暑さであっという間に柔らかくなってしまった。圭太がかじっていると、彼の指に溶けたアイスが垂れた。二人で分け合うつもりで買ったので、彼は咲希の方にアイスを差し出してくれる。咲希がアイスをかじると、咲希の顔も、持っている圭太の手も溶けたアイスでベタベタになった。二人は笑いながらそれを食べた。相変わらず太陽はカンカン照りでクラクラと目眩《めまい》がしそうだった。でも、少しも不快ではなかった。むしろ、何もかもが甘く幸福だった。その時の、二人の満ち足りた笑い声を咲希は覚えている。スイカの優しい甘いにおいも、道の向こうに見える色鮮やかな緑の山も、初夏の田舎ののどかさも。その後、川で水着姿になって、アイスや汗でベタついたお互いの体に冷たい水をかけあったことや、はしゃぎ過ぎて遅くなった帰りの途中、田舎の暗い道に自転車を止めて、体を寄せあって星を見上げたことも、その後背の高い彼の肩につかまって、背伸びをしてキスをしたことも。

この部屋には、沢山の夏の思い出が閉じ込められている。そのせいか、咲希は今もずっと季節は夏であるような気がしている。しかし、現実には咲希が八月にこの部屋に閉じこもってから随分長い時間が流れていた。今はもう十一月。アパートの裏にある銀杏は黄色く色づき、秋風が吹くたびにハラハラと葉を落として地面の上に黄色い絨毯《じゅうたん》を作っていた。

母は閉じこもってから毎日ドアの向こうにやってきて、咲希に話しかけてくれた。食事も、咲希が食べても食べなくても、必ず毎食分作ってドア前に置いてくれた。母は夜、時々泣いていた。咲希が母の呼びかけに返事もせず、一向に部屋から出てこないのをつらく思って泣いているのだろう。咲希は母のむせび泣く声がドアの向こうから聞こえてくるたび、咲希は悲しみで胸が張り裂けそうになった。母に何度「ごめんなさい」と思ったことか分からない。心配ばかりかけてごめんなさい。それから、ちゃんと話を聞かなくてごめんなさい。

今年の四月になったばかりの頃、母が咲希の友人を見て、「大丈夫な人たちなの？」と心配していたことを思い出す。咲希はそんな母をうっとうしく思っていたが、母の言葉をきちんと聞いておけばよかった。友人の一人の心の中に、まさか、あんなひどいことをする人間がいたなんて……。

咲希は、自分の腹部に触れた。それはわずかに膨らみを帯びていた。咲希は絶望的な気持ちで、自分の身に起こった悲惨な出来事を思い返していた。それは圭太と遊園地に行った日に起こった出来事だった。その日、咲希はある人物と遭遇した。それが全ての悪夢の始まりだった。

＊＊＊

咲希の友人の一人に晃という名の人物がいた。名字はなんというのか分からない。友人達からはいつも下の名で呼ばれていた。高校を出てから一人暮らしをしていたが、金は親の仕送りに頼って無職のままで過ごしていた。昼間は大抵寝ており、夜は大抵居酒屋にいた。自炊はほとんどしたことがなく、口にするものは酒とタバコと居酒屋のつまみだけという日々を送っていた。アルコール中毒になりかけているのか、吐息はいつも酒臭く、白目は黄色く濁っていた。体は痩せていかにも不健康そうだった。髪は金色で、首から腕にかけてタトゥーを入れていた。

晃は咲希と地元が同じだと言っていた。咲希は同じ地元の人と違う土地で知り合えたのが嬉しくて、自分の住んでいた場所や、家族のこと、父が失踪し今は母子家庭であることなどをペラペラと話してしまった。彼は咲希の面白くもないそんな話に耳を傾けてくれた。いつもイライラと貧乏ゆすりをしていて怖そうな人だったが、本当は優しい人なのだと咲希は思った。咲希は彼に、父親に会いたいと本音を漏らした。すると彼は、協力するよと言った。

「俺、地元で顔が広いんだ。人探しなら、情報が多い方がいい」

そんな彼に咲希はある日偶然ばったり出くわしたことがあった。八月のあの日、遊園地でのことだった。楓花を探して歩いていた時、晃が背後から、

「よう、咲希じゃんか」

と声をかけてきた。そして、こう言ったのだった。

「咲希の親父さんについて分かったことがあるから、これから話がしたいんだけど」

咲希はその言葉をすぐに信じた。

「本当？　何が分かったの？　……でも、すぐに聞きたいんだけど、今迷子の子を探している途中なの」

咲希がそう言うと、晃は、

「迷子？　そういや、さっきも迷子の女の子を探してるって奴にあったな」

と言った。

「女の人？」

「いや、高校生か大学生くらいの男だった」

「それ、圭太くんだわ。私の彼氏よ。一緒に探してるの」

晃は急に白けたような顔をして、へえ、と言った。

「あいつ、咲希の彼氏だったのか」

咲希は、晃の表情を見て、

「圭太くんと何かあったの？」

と心配そうに聞いた。

「いや、なんでもないよ。それよりさ、さっき一人で遊園地をうろついてる子を見かけたんだ。もしかしたら、探してる子なんじゃないの」

それは真っ赤な嘘だった。晃はそんな子どもなど見かけていない。しかし咲希は、その言葉を頭から信じて飛びついた。

「どこ⁉　どこで見かけたの？」

すると、彼はニヤリと笑って、

「ついておいで」

と言った。

案内する彼について行くと、咲希が圭太とレストランの中から見たサーカス小屋のような建物の前にたどり着いた。近くで見ると、取り壊しの途中のアトラクションであることが分かった。

彼は、

「その子はこの中に入っていったよ」

と言った。

咲希は、建物の外で耳をすました。

「何の物音も聞こえないわ。人が中にいそうに思えない」

「この建物は室内型のジェットコースターだったんだ。防音壁が使われてる。奥はまだ壁が壊されてないから、奥までいけば物音が外には漏れないよ」

晃はそう言うと、立ち入り禁止の看板やロープを避けて、中に入っていった。咲希は、慌てて後を追った。

瓦礫の山を踏んでいく彼は、

「そういやさ」

と咲希に振り向きながら言った。

「俺、ちょっと前まで咲希の学校の子らと一緒に遊んでたんだ。今日はこの近くでやる野外ライブにあいつらと行くつもりだったけど、急に雨が降ってきてさ。あいつら、濡れたくないって文句言い出して……。俺がせっかくチケットとってやったのに。あいつら、頭は良くないクセに思うようにならないから嫌なんだよ。……ともかく、それで帰るって言い出したからさ、とりあえずなだめて近くにあった遊園地に連れてきたわけ」

咲希は、サッと青ざめた。その顔を見て、晃は再びニヤリとする。

「お前さ、本当は今日あいつらに一緒に来るように誘われてたんだろ？ それをドタキャンして、バイトだなんて嘘ついてた。あいつら、お前を遊園地内のどっかで見かけたらしくて、それを俺に話しながらめちゃくちゃ怒ってたぜ」

慌てて鞄から携帯を取り出した咲希に、晃は、

「下手に謝ったり言い訳したりしない方がいい。火に油を注ぐだけだ」

と言った。

「そんな……じゃあ、どうしたらいいの？」

「しばらくは距離を置くしかないだろう。でも、学校じゃ会わない訳にいかないから、二学期からの学校生活が楽しみだな」

晃は意地悪く笑った。咲希は、絶望の縁に立たされたような顔をした。彼女達はひどく怒ったことだろう。自分が悪いのだから仕方がないけれど、もし二学期が始まってからも彼女達の怒りが持続していたなら、彼女達の咲希への態度は手のひらを返したように冷たくなるだろう。彼女達のクラスメイトへの影響力は大きい。彼女達から冷たくされるようになれば、クラスの中からも弾き飛ばされるようになる。小学生の頃と同じ孤独な咲希に逆戻りだ。下手をすると、もっとひどい目にあうかもしれない。

真っ青な顔をした咲希を見て、晃は満足気に笑うと、

「まあ、そんなに気に病むな。俺がうまく取り成してやるよ」

と言った。

「本当⁉」

咲希は暗い谷底からわずかに頭上に見える光を見上げるような目をして、晃を見た。晃はますます満足そうに笑うと、

「ああ、だから俺の言うことをちゃんと信用するんだな」

と言って、咲希の手を引き、建物の奥へと入り込んで行った。建物は、奥に行くほど暗さを増していく。遊園地のスピーカーから流れるにぎやかな音楽や客達の楽しげな声は、もうとっくに聞こえなくなっていた。

「楓花ちゃん、もしここにいるなら、さぞ心細いでしょうね」

咲希は言った。ここなら、どんなに叫んでも外には気がついてもらえそうになかったから。そして、その予想が正しかったことを、咲希は後で知った。晃は咲希を建物の奥まで連れこむと、おぞましいような行為に及んだ。咲希は助けを求めて大声で泣き叫んだ。しかし、どんなに咲希が叫んでも誰の助けもやって来なかったのだった。

＊＊＊

咲希は、晃が憎かった。人をこんなに憎いと思ったことは初めてのことだった。

彼が咲希にしたことは、何度でも咲希を傷つけた。誰にも声が届かない暗闇の中で、咲希が声を枯らして叫び、「もう、お願いだからやめてください」と懇願したくもない相手に懇願していた時、彼は嘲笑《あざわら》うような声で笑っていた。彼は咲希を殴りつけ、手足を押さえつけては、咲希が嫌がることばかり、執拗《しつよう》に執拗に繰り返した。彼の呼気は酒臭く、彼の熱い体温や汗をかいた肌の感触は気持ちが悪かった。彼の肌が咲希の肌に触れ、彼の体重が咲希にのしかかる。そのすべてを咲希の肌は、今も鮮明に覚えていた。こういう記憶は肌に刻まれるのだと咲希は知った。部屋に閉じこもり、何も考えないようにしていようとしていても、意思とは裏腹に肌に何度も何度も彼の体の感触が蘇った。咲希はいっそ肌をすべて削ぎ落としたいとさえ思った。肌が記憶してしまったそのおぞましい行為の後、破れた衣服をまとい、痣だらけの体でよろめきながら遊園地を出て、タクシーをひろって家まで帰ったが、遊園地の客や運転手にジロジロと不躾な視線を投げかけられ、そのことも咲希を随分辱《はずかし》めた。その視線すら、肌は覚えていた。

母にも、圭太にも、澤田先生にも、誰にも起こったことを言えなかった。咲希は、彼を憎みながらも、どこかで自分もいけなかったのではないかと思っていた。簡単に彼を信頼した自分が浅はかだった。母が「あまり付き合うな」と止めてくれていた人達のことを、咲希は警戒する必要がないと思っていた。母のことを頭が固くて世間知らずだと思っていたが、世間知らずは自分の方だった。今でも「悪」だけで構成されている人間はいないと思っているけれど、心の中にある「悪」を平気で他人に実行する人はいるようだと分かった。ただ、咲希はそれを知るのが少し遅かった。あの背筋がゾッとするような記憶が肌に蘇るたび、咲希は自分の記憶に犯されているように感じた。そしてそのたびに自分を嘲笑う声が聞こえるような気がした。笑っているのは、心の中のもう一人の自分だ。もう一人の自分が部屋の天井辺りから見下ろして、「愚かだね、そうやって辱められているのがお似合いだよ」とケラケラ笑っている。咲希は、自分という者の尊厳が木っ端微塵に砕かれ、地の底に落ちていくような感覚を覚えた。もう、あれが起こる前の自分はどこにもいなかった。今、部屋の中にいるのは、同じ姿形をしただけの汚らしい生き物だと思えた。こんな自分に成り果ててしまっては、とてもじゃないけれど圭太には会えなかった。澤田先生にも会いたくなかった。大切に思う人達だからこそ、こんなふうになる前の、綺麗だった咲希だけを知っていて欲しかった。

二学期に入ると、咲希は学校には出かけるようになった。それすらしなかったら、自分にはもう未来がないような気がしたからだ。学校も卒業せず、ただ部屋に閉じこもっていれば、その先には無のような時間がずっと続いていく気がした。しかし、学校に通えたのはほんの半月程度だった。案の定、約束をすっぽかされた友達は咲希にまだ怒っていて、咲希を徹底的に無視し始めた。彼女達のそんな態度に気が付き、クラスメイト達も同じように咲希を空気として扱うようになった。さらに悪いことに、咲希は授業中にもあの出来事の記憶に苦しめられていた。あの恐ろしい記憶は、ふいに何の脈絡もない場面で肌に突然蘇ってきた。そうすると、咲希は授業中だろうが関係なく、叫び出したい衝動に駆られた。本当に叫びだすことはしなかったが、そんなことが重なると教室にいるのがつらくなり、登校しても教室ですごせず保健室にいることが増えてきた。クラスメイトも、元友人達も、そんな咲希のことを冷ややかに見ていた。学校には誰も咲希を助けてくれる人はいなかった。苦しい時の孤独は、咲希に絶望を与えた。そのうち、咲希は登校して下駄箱で上履きに履き替えるだけで涙があふれるようになった。それは、自分の意思とは無関係にあふれてきて、止まらなかった。たまに授業を受けてみようとしても、開いた教科書の文字が何一つ頭に入らなくなった。文字は目には映るのに、意味をもった言葉として一つも心に入って来ないのだ。ハッとして教室の景色を見回すと、周囲のすべてが珍妙なものに思えてきた。同じ服を着た、似たような姿形をしたもの達が、同じような感覚で並んだ机の前に座って、みんな揃《そろ》って前を向いている。前を向くそれらは、肌色の皮をかぶったがらんどうの張子のように思われた。ごく普通の授業風景がそんなふうに奇妙にゆがんで見えた時、「とうとう、自分はおかしくなってしまったみたいだ」と咲希は思った。このまま、ここに通い続けていたら、自分は壊れてしまう。

学校に通わなくなった咲希は、昼夜関係なく部屋の中で寝たり起きたり無気力に過ごすようになった。時々することと言えば、絵を描くことだけだった。咲希はよく同じ夢を見た。それは自分が大人になった夢だった。大人になった咲希は、コンビニでバイトをしていた。時々、コンビニの従業員達と居酒屋に飲みに行くことがあった。咲希は記憶をなくすほど酒を飲み、気がつくと一緒に飲んでいた従業員の男の人とホテルにいるということがよくあった。そのせいで、女性従業員からは、いつも白い目で見られていた。「誰とでも寝る女だ」と陰口をたたく人もいた。咲希はそれに気が付いていた。でも複数の男性と関係をもつことを止めなかった。それは陰口を言われて平気だったからじゃない。心を言葉で殺されているような感覚がするくらい傷ついていた。だけど、咲希はそんなふうに自分を傷つけずにはいられなかった。いろんな男性と体を重ねながら、汚い自分の姿を想像して、どこかホッとしていた。晃に汚されたことをあんなにおぞましく思っていたのに、どういうわけか咲希はあの記憶から逃げるより、あの地獄を繰り返すことを望んでいた。男に汚らしく扱われるたびに、あの夏の悲しみがよみがえる。悲しみはひたひたと咲希の心を満たす。そして悲しみは少しずつ咲希の心を壊していく。壊れていけ、と咲希は心の中でつぶやく。こんな汚くて無価値な自分なんて、どんどんと壊れていけばいい。行為の後、咲希はまた大量の酒を飲む。立ち上がれないぐらい酔っ払い、朦朧《もうろう》とする意識の中で束の間の安堵を得る。この瞬間だけが、咲希が悲しみから解放される瞬間だった。

夢の中で咲希は思う。きっと自分にとって、自分をおとしめることは贖罪《しょくざい》に似た行為なのだと。咲希は、男に汚されてからというもの、罪を背負って生きているような感覚を持っていた。酒を飲んで酩酊《めいてい》し、意識を失うように眠りにつく、その束の間のまどろみの中でだけ、咲希はその罪の意識から解放された。咲希は、その一瞬のために生きていると言っても良かった。ベッドに横たわりながら、咲希は体の中の血液がすべて酒に変わったような感覚を憶える。眠りにつきながら、咲希は、もう明日目覚められなくてもかまわないと思うのだった。

そんな夢だった。夢はあまりにリアルで、目が覚めた後、恐ろしく感じた。あれが本当の未来の自分の姿ではないかと思われた。怖くて怖くて、咲希はその恐怖から逃れたくて何か明るい絵を描こうとした。だけど、そういう時に描ける絵は、大抵心を反映したかのような暗いものばかりだった。咲希は、そのうちに、「それ」の絵を描くことに成功した。小学五年生の時に澤田先生に描いてみるように言われてから、何度も描こうと試み、一度も描くことに成功しなかった「それ」の絵をついに描けたのだった。

それは紙一面を黒く塗りつぶした真ん中に赤い太陽を描いた絵だった。よく見てみれば、背景の黒はいろんな色を重ねて作り出している色だと分かる。その色をじっと見つめれば、そこには咲希の悲しみや不安や恐怖や孤独や、さまざまな色の感情が見えてくるだろう。そして、その真ん中に浮かぶ太陽は、真っ赤に燃えていた。それは西日だった。今から地平線の向こうへ落ちていく太陽だった。死んでいく太陽だった。それは、咲希が六歳の時からずっと恐れていた「死」の象徴であり、「終わり」の象徴だった。

咲希は、「それ」の絵が描けた時、どうして「それ」が自分に憑りつくようになったのか理解した。咲希は両手の親指と人差し指で四角い形を作ると、壁に向けた。その四角い枠の中に、六歳の時に描いた灰色の絵があるのを想像した。父が居なくなった後の家の、寒々しい灰色の風景が描かれたあの絵だ。咲希は、壁の前に立って、実際にはそこにない灰色の絵をじっと見つめた。見つめていると、ポツリと冷たい水滴が頬を濡らすのを感じた。ポツリ、ポツリと水の音が聞こえる。咲希が頭上に目を向けると、顔にたくさんの水滴が降ってきた。目の先にあるはずの天井は消えていて、そこには雨雲が見えた。ザーッという音が聞こえ、咲希の肩や髪や体を雨が一斉に濡らし始める。ザプン、ザプンと背後では波の音が聞こえる。咲希は振り返った。潮の香りが混じる風に髪が揺れた。髪をおさえながら見つめた先には、雨に煙る灰色の海があった。

波打ち際には、誰かが立っていた。こちらには背を向けている。その後ろ姿には懐かしさを感じた。その広々とした背中に、何度も負われたことを覚えている。触れなくても、その感触をありありと思い出せる。そこにもたれると、大樹のようにどっしりとしていて、何もかもから守ってくれそうな安心感をいつも覚えた。雨の日でも、陽だまりにいるように心穏やかだった。

咲希はその背中に向かって駆け寄った。駆け寄りながら、自分の体がどんどんと縮んでいくのを感じた。咲希はいつの間にか六歳の頃の姿に戻り、幼い声で叫んでいた。

「お父さん！」

しかし、父は咲希に振り返らなかった。ずっと灰色の海を見つめて、後頭部ばかりを咲希に向けている。

咲希は父のそばにたどり着いた。父の斜め後ろに立つと、だらりと体の両脇に垂れ下がっている父の手をつかもうと、小さな手を差し出した。

しかし、手を握るのが急に怖くなった咲希は、慌てて手を引っ込めた。もし、咲希がその手をつかんで引っ張り、こちらを振り向かせた時、父の表情が咲希の望んでいるものでなければどうしよう。もし、見慣れた優しい笑顔ではなくて、寒々とした空っぽの家の中のような、誰一人いない雨の海のような、冷ややかな顔をしていたら。

父の背後で立ち尽くしている咲希の体を雨が打つ。風もビュービューと音をたてて吹き付け、荒れて灰色に泡立つ海は、波飛沫を時々父や咲希の体に散らしてきた。一際強い風が吹き、二人のそばで大波が砕けて大量の波飛沫が散った時、咲希は不思議な感覚を胸の中に覚えた。自分の胸が肋骨だけを残してスカスカになり、そこをビュービューと塩辛い風が吹き抜けていったみたいに感じたのだ。

虚《むな》しいと咲希は父の背中につぶやいた。

咲希は、父が失踪してからこれまで、ずっと無力感を感じていた。父を失うことは心がえぐられたように痛くてつらくて寂しくて、でも父を取り戻すために咲希にできることは何にもなかった。咲希は、どんなにつらくてもどうにもできないことがこの世にはあるんだと感じた。そして、そのことは咲希に大きな不安を与えた。死や、未来や、ものごとの終わり、他者の咲希への感情――、咲希には予測不可能なもの、避けられないもの、どうしようもできないものが人生にはたくさんある。咲希はそれらを異常なほどに恐怖するようになった。そして、その気持ちこそ、咲希に憑りついたものの正体だった。

咲希は潮の香りが混じる雨に打たれながら、目を閉じて涙を流した。胸がすうすうとして、耐えられなかったから。

気がつくと、咲希は自分の部屋の中に戻って壁の前に立っていた。雨に打たれていたはずの体も、どこも濡れていなかった。

咲希は、壁に顔を向けたまま、自分の背後に「それ」が影のように張り付いているのを感じた。「それ」は肥え太った巨体を部屋の中で窮屈そうに丸めて、満足そうに咲希を眺めていた。

咲希は、クルリと後ろを振り返った。初めて正面から、「それ」を真っすぐに見据えたのだった。

「あなたが、私にあんな幻を見せたのね」

と咲希は言った。

「私を苦しめて満足？」

そう尋ねると、「それ」はゼリーのようにぶよぶよと揺れながらニヤリと笑った。

「お前は無力だ」

と「それ」は言った。

「父から見捨てられ、友人も恋人も失った。大切なものはみんなおまえから離れていく。ものごとにはすべて終わりがある。おまえには何もできない」

そう言う「それ」に咲希は、違うと言い返したかった。しかし、その言葉は咲希の中から出てきてくれなかった。

咲希は、目の前の「それ」を見つめた。「それ」は長年咲希とともに生きてきた。鏡の中のもう一人の自分のように、常に隣に寄り添っていた。いつしか、「それ」は咲希自身と切り分けることができないものになっていた。

それなのに、咲希はずっと「それ」だけを切り取って絵にしようとしていた。だから、ずっと描けなかったのだ。「それ」を咲希と区別せず、混沌とした自分の内側のすべてを絵にぶつけた時、初めて「それ」は本当の姿を見せてくれた。出来たその絵は、小学五年生の時に描いた夕日の絵とよく似ていた。なんてことはない。何も考えず、自分の内側を素直にありのままに描けていた子どもの時の絵が、一番答えに近かったのだ。

「これから、お前はどうするつもりだ」

と、「それ」は咲希に尋ねてくる。「それ」の視線は咲希の腹部を見下ろしている。「それ」はいつも、咲希の一番痛いところをつくのが上手だ。咲希が、考えること、向き合うことから逃げようとしていることを、わざわざ思い出させてくる。

咲希は自分を犯したあの男が憎かった。けれど、自分のお腹に宿った命は憎むことが出来なかった。その小さな命は、何も知らずにこの世に生まれ、ただ懸命に生きてきた。七月半ばに最終月経があったので、今は十六週目ぐらいだろうか。あと一カ月ほど経ったら胎動も感じられるようになるかもしれない。何も知らないまま、そうやって一生懸命に生きている小さな我が子を、咲希は憐《あわ》れに思った。

きっと、お腹の中でこの子はもう人の形をしているのだろう。もし、中絶するならば、人の形をした我が子を殺すということになる。その時、この子は苦しむだろうか。痛い思いをするのだろうか。怖いと感じるだろうか。最後の最後まで、生きたい、と願いながら死んでいくのだろうか。

咲希は、中学生の頃、保健の授業で中絶について習ったことがある。その授業では、ある動画を見せられた。その動画は、中絶というものが実際にどのようなものなのか、超音波画像診断装置という機械を使って、お腹の中の様子を映しながら中絶手術を行ったものだった。それまで、咲希は中絶と言うと、まだ人の形にもなっていない命の芽のようなものをお腹の中から取り出すようなイメージを持っていた。しかし、その動画の中には、もうすでに赤ちゃんらしい体つきをした小さな命が、手足を丸めて何も知らないまま安らかに羊水の中に浮かんでいるのが見えていた。胎児は指を口元に持っていって咥《くわ》えていた。赤ん坊らしい、可愛らしい仕草をしていたのだ。それだけでも、咲希は十分にショックだった。後は、まともに見ることが出来なかった。多くの生徒が顔をゆがめ、真っすぐに動画に目を向けることが出来なくて顔を背けがちにしていた。手術の器具が子宮の中に入ってくると、胎児は逃げるように体を懸命に動かしていた。その様子を見た生徒達はみなショックを隠すことが出来ず、中には泣き出す生徒もいた。しかし、その先には、もっと残酷なことが起こった。胎児は綺麗な人の形のままで死ぬことすら出来なかったのだ。胎児は体を分断され子宮の中からかき出された。

その動画のことを思い出すと、咲希は涙が溢《あふ》れた。膨らんだお腹に手を当てると、まだ胎動は感じないけれど、その中にいる我が子を感じるような気がした。そうやってお腹をかばうように両手で包みながら、咲希は泣いた。生きたい、とお腹の中から聞こえてくる気がした。

## 十、別れのクリスマス

また月日は流れ、季節は冬になった。

十二月二十四日、誰もずっと中をのぞくことが出来なかった咲希の部屋を、一目覗こうと試みた人物がいた。それは母親でも圭太でも澤田先生でもなかった。

その日、咲希が住むアパートの近くの商店街は、店々の軒下も看板も、色とりどりのイルミネーションに飾られ、店のガラス窓の内側にはクリスマスツリーをのぞかせていた。空から降る雪が街を冷やす程、街の明かりは温かそうに見える。街を歩く人は、温かそうな明かりを目にうつすと、イルミネーションに負けない輝きを瞳に灯した。明かりの温かさは、これから帰っていく家の温かな温度や、湯気のたつ温かな食事、そこにいてくれる人を思い出させた。冬の街は、体は冷やすが、心を温める。そして、その時感じる温もりは、幸福を感じさせてくれる。

そんな街の中を、サンタクロースのコスチュームを着て歩く男がいた。それは、商店街の店の客寄せでも、ピザ屋の配達員でも、ティッシュ配りのバイトでもなかった。その男は、ヒゲ剃りが面倒臭くなって蓄えに蓄えた自前のヒゲを、たっぷりと口周りに垂らし、サンタだと言うにはあか染みて油臭い髪を帽子に隠していた。さらに、背中にはプレゼントの袋ではなく長いロープの束。そんな怪しい男は、この街にただ一人、佐々木しかいない。佐々木は怪しい出で立ちで、一心にある場所を目指して歩いていた。商店街を行く人は、佐々木の放つ異様なオーラに、一様に怯《おび》えた顔をして道を譲った。佐々木が進めば、人混みの中にも一本の道が出来た。それはさながら、海を割って歩くモーゼのようだった。

どうして佐々木は、いつもに増して怪しい姿をしているのか。それにはこんなわけがあった。

佐々木は八月に咲希と友人関係を絶ったものの、この四カ月の間に、咲希にもう一度会いたい気持ちがむくむくと膨らんでいた。しかし、自分から友人でいられないと言い出した手前、佐々木の方からは会いに行きにくかった。そこで、どうしたらよいか、澤田先生に電話で相談することにした。

澤田先生に電話をしたのは今日のことだった。すると、先生は驚くようなことを話してくれた。なんと、咲希は八月から、自室に閉じこもってしまっているそうだった。

「佐々木くんだけじゃなく、私も圭太くんも咲希ちゃんに会いたいと思っているし、心配だってしているわ。だけど姿すら見せてくれないのよ」

咲希に何があったのだろう。澤田先生の口ぶりからすると咲希に会うことは難しそうだったが、佐々木はどうしても咲希の様子を知りたくなった。部屋に閉じこもっていて話ができないなら、せめて窓の外から様子をのぞくだけでも良かった。でも、どうやって？　佐々木のような男が、よそのアパートの窓をのぞこうとうろついていたら、すぐに警察を呼ばれるだろう。そこで思いついたのが、サンタのコスチュームだった。木を隠すなら森の中、人を隠すなら人の中というではないか。なら、クリスマスにサンタのコスチュームを着ていれば、それはきっとクリスマスの街の景色に紛れて目立たなくなるはずだ。いや、本当にそうか？　ええい、この際間違っているとか、いないとかはどうでもいいのだ。とにかく、何かしないではいられない。思い立ったが吉日。実行あるのみだ。

サンタの格好をした佐々木は、赤い帽子に雪を乗せながら、商店街を抜け、住宅街に入り、咲希の家を目指して真っすぐに歩いた。怪しいサンタがズンズンと住宅街を突き進んでいくのを、近隣住民が何事かと振り返って見つめた。佐々木は、策が一つも功を奏していないことに気づかぬまま、雪降る街を歩き続けた。目的地は、すぐそこまで近づいていた。

＊＊＊

佐々木が残していった足跡に、新しい雪がハラハラと落ちる。その頃、恭子はアパートの居間で、一人ポツンと座って夕方のニュース番組を見ていた。開けっ放しにしてある襖の向こうに、食堂が見えている。そこのテーブルの上には、手付かずの夕食とケーキを乗せるための白い大きな皿が乗っていた。冷蔵庫の中には、イチゴやサンタの形の砂糖菓子を乗せたケーキが、箱に入ったまま、まだ来ない出番を寂しげに待っていた。炬燵《こたつ》に入っていた恭子は、居間の壁にかかった時計を見上げると、炬燵の上のリモコンを取ってテレビを消し、のそのそと座布団の上に寝っ転がって炬燵布団を肩まで被った。横たわったまま、恭子は眠るわけでも、何かするわけでもなく、ジッとしていた。そのまま、しばらく時間が過ぎた。居間は静かだった。

恭子は座布団や畳の柄を意味もなく見つめた。そうやって時間をやり過ごした。寂しいと、思わないようにしようと恭子は思っていた。今日のような特別な日くらい、何か奇跡が起こって咲希が部屋から出てきてくれないものかと、ほのかに願っていたが、やっぱり奇跡などあるはずないのだ。テレビをつけても、街に出ても、見る人見る人浮かれ気分なので、ついついそんな気分が伝染ってしまった。周りがにぎやかな分、今日はいっそう孤独が身に染みる。炬燵は温かいが、心の芯が凍ったみたいで、冬がこたえる。咲希も、部屋の中で、一人で震えていやしないだろうかと恭子は心配に思った。

心があまりに冷たくて、恭子は温まろうとヤカンで湯を沸かした。お茶をいれ、湯気のたつそれをゆっくりと飲むと、体の内側に温かな液体が流れ込むのを感じた。恭子は、ほうっとため息をつく。やっと人心地がついた。咲希にも温かなものを飲ませてあげたい。あの子は、私が眠ったり仕事に行っている間に冷蔵庫の中のものを食べたり、お風呂に入ったりしている形跡はあるから、それなりに生活をしているようだけど、今年の冬に入ってから温かなものを口にしただろうか。

静かな食堂の中で、恭子は耳を澄ませた。廊下の向こうの部屋の中の、咲希の気配を感じ取ろうとしていた。

＊＊＊

咲希は窓から、夕方の庭を見ていた。秋の頃、黄色く色づいていた庭の銀杏は、今ではすっかり葉を落とし、裸の枝に白銀の雪を乗せていた。咲希は、窓の外にいつの間にか冬が訪れているのを感じていた。この部屋の中は時が止まったようなのに、窓の外ではきちんと季節が巡っていく。自分だけ、時間に置いていかれているようだと咲希は思った。

そんな時、ふと、窓の外に咲希は光るものを見つけた。光るものは、小さな羽虫のようにふわふわと宙を舞い遊びながら、ほのかな光を放っている。

冬なのに、蛍？

咲希はそんなふうに思った。同時に、なぜか懐かしいような気持ちがしていた。その小さな光るものを、どこかで見たことがある気がした。

咲希はもっとそれをよく見ようと窓を開けた。身を切るような冷たい風が部屋に流れこんでくる。窓を開いたのは、どれくらいぶりだろう。部屋の中にうっ滞していた空気——今の咲希自身のように暗くよどんだもの——が、外へ流れ出て、新鮮な空気が部屋の中に取り込まれる。咲希はその時、部屋の箪笥《たんす》の上に置かれた時計の音を聞いた。カチコチと針が進む。部屋の中の時間が、外と同じように動きだした気がした。

咲希は窓の外へ、手を伸ばした。光は、咲希に愛着を示すように、咲希の手のそばをクルクルと舞った。そして、それからスーッと空に上り始めた。しばらく上ると、光はピタリと動きを止めた。また少し上ると、また止まった。その動きは、咲希から離れることを惜しんでいるみたいに見えた。咲希は窓から身を乗り出して、その光を見つめていた。そうしていると、頬やまつ毛の上に雪がハラハラと落ちてきた。咲希の上に降る雪は、咲希の体温ですぐに溶けて儚く消えた。

光は咲希との別れを惜しみながらもだんだんと遠ざかり、雪雲に覆われた空に吸い込まれるようにして消えた。咲希はなぜか悲しくて、悲しくて、窓を閉めることさえ忘れて北風の吹き込む窓辺で、床に顔を伏せて泣いた。

そこで、咲希はふと目を覚ました。

目を覚ましてからすぐには、今まで見ていたものが夢だったとは気が付けなくて、しばらくベッドの上でボーッと室内を見渡していた。その時、咲希は急に体に異変を感じた。腹部が痛い。それも、今までの人生で経験したことのあるどんな痛みとも、比較にならないほどの激しい痛みだ。ただ事ではないと咲希は思った。本能的に、咲希はお腹に手を当てた。そこにいる小さな命の危機を感じたからだ。

何が起こっているの？

咲希は、痛みにも勝る不安と恐怖を感じた。今はまだ陣痛が起こるような時期ではない。一度も産院に通っていないので確かなことは分からないが、最終月経が七月の半ばだったので、妊娠五、六カ月目ぐらいのはずだ。なのに、どうしてこんなにお腹が痛むの？　咲希は悪い予感を感じて胸まで痛くなるのを感じた。

病院に行かなければ、救急車を呼ばなければ……。身動きすらままならないほどの腹痛を抱えながら、咲希はようようベッドから降りると、這《は》うようにしてドアに向かった。ドアノブに手を伸ばし、震える手で鍵を開けた。そして咲希は、力を振り絞るようしてドアに向かって声をあげた。

「助けて！　お願い、誰か来て！」

長い間、誰とも会話せずに閉じこもっていたため、咲希の声はかすれていた。心もとないような声だった。

しかし、その声をちゃんと聞き取って駆けつけてくる足音があった。ドアノブがガチャリと音をたてる。そして、うっすらドアが開かれた。

咲希は床の上にうずくまって顔だけをあげた。ドアの隙間の向こうに、廊下が見えていた。そして、そこには母がいた。咲希は、数カ月ぶりにこの部屋と、外界が繋がったような気がした。トイレや風呂場に行くために、日に何度かはドアを開けることがあるのだから、そう感じるのはおかしいのだけど、でもそんなふうに思えたのだった。

「咲希！」

壁ごしにではなく真近で母の声を聞くのは久しぶりのことだった。咲希の様子を見て、何かが起こっていることに気がついた母は、驚きで引きつった顔をしていた。ドアのすぐ近くに咲希がうずくまっているので、少し開いたドアの隙間に無理やり体を押し込んで部屋に入ってくると、咲希に覆い被さるように抱きついた。

「咲希、咲希……、一体どうしちゃったの⁉」

「お母さん……」

救急車を呼んで、と咲希が言おうとした時、母がこう言った。

「どうしてこんなに出血してるの？」

咲希はそう言われて、ハッと背後を振り返った。痛みのせいで気が動転していて気づかなかったが、咲希の這《は》ってきた跡をたどるように血が落ちている。

「助けて……」

咲希が青ざめた顔でつぶやいた。

「え？」

母が咲希の顔をのぞきこみ聞き返す。咲希は、そんな母の腕につかみかかってこう言った。

「お願い、助けて！　赤ちゃんが死んじゃう！」

母の目が、驚きに大きく見開かれた。

「赤ちゃんですって？　あなた、妊娠していたの⁉」

恭子は、見る見るうちに血の気を失っていく。倒れてしまいそうなほどショックを感じながらも、泣き出した咲希を必死で腕に抱きしめていた。

アパートの壁は薄い。壁の向こうから、隣の住人がつけているテレビの音が漏れ聞こえていた。どうやら、クリスマスソングが流れているようだ。蒼白の顔をした母と泣きじゃくる咲希の耳には、その明るい音色がとても空々しく聞こえていた。窓の外には雪が降り続けていた。

＊＊＊

同じ頃、佐々木は咲希のアパートの前を行ったり来たりとうろついていた。咲希の部屋が二階の奥——外階段を上がって、共用廊下を一番奥まで歩いたところ——にあるのは、咲希から話に聞いていた。しかし、アパートの塀の外からでは、その部屋の窓の中の様子までうかがい知ることはできない。さて、どうやって咲希に近づこうか。佐々木は考え込んでいた。外階段を屋上まで上がり、そこからロープを垂らす。そして、それにつかまって窓の外にぶら下がり、

「やあ、こんばんは。サンタだよ」

と、声をかけてみる？　……どう考えても怪しいか。普通に街を歩いているだけでも職務質問されるくらいだ。これ以上、怪しさを上乗せしてどうするんだ。

そんなふうに思案していた時、遠くから雪風に乗ってピーポーピーポーと救急車のサイレンが近づいてきた。それを聞きつけ、近隣の人々が玄関のドアや窓のカーテンを開けて、どうしたことかとのぞいている。

救急車はやがて佐々木の目の前を通り、咲希のアパートの庭へ入っていった。救急車のドアが開

くと、救急隊員が担架を持ってアパートの外階段を上がっていった。しばらくして、担架に誰かを乗せ、救急隊員が戻ってきた。救急隊員が緊迫した表情なのが遠くからでも見てとれた。ピリピリとした顔にも、急いでいる足運びにも、患者の容態の悪さがうかがえた。すると、救急隊員の後を追って、階段を駆け下りてきた人がいた。上着の袖に片方の腕を通し、もう片方はまだ通せていないまま、外に飛び出してきたようで、つんのめりそうになりながら大慌てで担架を追ってくる。

佐々木はその人に見覚えがあった。確か、この人には会ったことがあるはずだ。ええと……、それは……。記憶をさぐる佐々木は、それが誰だか思い出し、あ、と声をあげそうになった。その人は、真島恭子――。咲希の母親だ！

「咲希！　咲希！」

担架の上をのぞきこんで恭子は必死でそう呼びかけていた。佐々木はそれを聞いて動転した。佐々木がいる場所からは、救急隊員の体に隠れて患者の顔を見ることはできなかったが、あれは咲希だったのか？

恭子は、救急隊員の腕にかきつくと、

「お願いします！　咲希を助けてください！」

と叫んだ。

「お母さん、落ち着いてください」

救急隊員がそう言うと、恭子は、

「落ち着いてられるもんですか！」

と泣き顔で言った。

「あの子、ずっと何カ月も部屋に閉じこもってたんです！　だから、私、何にも知らなかったんです！　まさか、まさか、咲希が妊娠してたなんて……！」

佐々木は、その言葉に愕然とした。何だって！　妊娠？　一体どういうことなんだ？

佐々木はいても立ってもいられず、恭子のそばに駆け寄ろうとした。何としても、事情を恭子から聞きたかった。

しかし、佐々木が恭子のそばに駆け寄るよりも先に、恭子は救急隊員と共に救急車に乗り込んでしまった。救急車はサイレンを鳴らして発進すると、アパートの庭を出て、どこかの病院を目指して走り去って行く。佐々木は、待ってくれ、と大声をあげて追いかけたが、あっという間に救急車は遥か遠くに離れていった。

佐々木は路地で立ち止まり、肩で息をしながら、湧き上がる不安をどうしようもできないでいた。

「咲希ちゃんが妊娠……？　そんな馬鹿な……」

救急搬送されたのは、母体か胎児に何かが起こったからだろうか。もしかしたら、引きこもっていたのも、妊娠と関係があるのだろうか。相手は、圭太くん以外には、考えられない。咲希ちゃんが、彼氏以外と体の関係をもつはずがない。佐々木はそうやって考えていて、ハッとした。咲希ちゃんは、圭太くんの子どもを妊娠したことに気がつき、それを圭太くんに伝える勇気がもてないでいたのではないか。でも、おろすこともできなかった。だから、引きこもっていたのではないだろうか。

「こうしてはいられない」

佐々木は、独り言をつぶやくと、再び駆け出した。

「圭太くんに、本当のことを知らせに行かなくちゃ」

　佐々木は、そう決心を固め、雪の降る住宅街をサンタ姿のままで走っていった。圭太の住む家を知らない佐々木だったが、咲希と圭太は同じ小学校区に住んでいた。それに、咲希から圭太の家の周りの景色を何度か聞いたことがある。それを手がかりに必死で探し回れば、きっと見つかると信じ、佐々木はがむしゃらに足を動かし続けたのだった。

＊＊＊

　救急車で病院へ搬送された咲希は、常位胎盤早期剥離と診断された。何らかの原因で胎盤が剥がれ、出血や激しい腹痛が起こる病気だ。出血が止まらず、母子ともに危険な状態であり、緊急帝王切開が行われることになった。

　その頃、佐々木は、咲希のアパートの前で見たことを圭太に報せようと住宅街をさまよっていた。しかし、彼は何かしようとすると必ず裏目に出るという宿命にあるようだ。住宅街をうろつく佐々木の様子を不審に思った住民が警察に通報し、警察に事情を聞かれることとなった。込み入った事情をうまく説明できず、しどろもどろになった佐々木を、警察はどうも怪しいと感じて署に引っ張っていくことにした。彼の小汚くてうさんくさい外観が怪しさを倍増させていたことは言うまでもない。

　それから、二十五日に日付が変わった頃、咲希の手術は終わった。手術室から出てきたのは、咲希一人だった。赤ん坊の姿はそこにはなかった。

麻酔が切れて咲希が目を覚ますと、医師が病状説明を行った。恭子から連絡を受けて病院にかけつけていたトメも、その説明を咲希や恭子と一緒に聞いた。

それから、看護師達が咲希をストレッチャーに乗せて、産婦人科病棟の個室にガラガラと運んだ。

咲希は、固いストレッチャーから柔らかなベッドに移され、そこに体を沈めた途端、急に疲れを感じた。

看護師達が病室から出て行くと、咲希は疲労した顔で、ベッド脇にいる恭子とトメに、

「ごめんね」

と言った。

「妊娠してたこと、ずっと隠しててごめんね。二人が悲しむと思って言えなかったの」

恭子はそれを聞いて、手に握りしめていたハンカチで目元を拭った。すでに何度も泣いた後だったのか、恭子の目は腫れぼったくなっていた。トメは我慢できなくなったのか、口を開くと、

「言いにくかっただろうね」

と悲しんでいるのか、怒っているのか分からないような声で言った。

「でも、もっと早く言ってくれたら、力になってあげられたのに……。一人で抱える必要なんてなかったのよ。彼氏は、知っていたの？　あなたが妊娠したことを……」

咲希は、違うの、と二人に言った。

「相手は圭太くんじゃないわ。私、強姦されたの……」

それだけ打ち明けると、咲希はずっと喉元につかえていた塊を吐き出したような気持ちがした。

「どういうこと⁉　誰にそんなことをされたの？」

強姦という言葉が聞こえるや否や恭子は顔色を変え、ベッド柵にかきついた。衝撃を隠しきれない様子で、柵をつかんだ手や開いた唇がぶるぶると震えていた。

「それは……」

咲希はきちんと説明しないといけないと思った。説明を聞いた後もつらいだろうが、中途半端なままでは、二人はもっとつらくて不安だろう。そう思ったけれど、今の咲希に八月のあの日の出来事を詳しく語って聞かせられる気力は残っていなかった。何とか言葉を絞り出そうとしているうちに、疲労のせいか、麻酔の効果が残っているのか、強い眠気を感じ始めた。咲希の瞼《まぶた》が閉じ始め、落ちるように眠りの中へと誘われていく。その傍らで、恭子とトメは地獄に突き落とされたような顔をして、言葉を失っていた。

それから、数時間、咲希は眠っていた。

窓にかかったカーテンの隙間から、朝日が病室にさし始めた頃、咲希は薄らと目を覚ました。最初に意識したのは、部屋の隅の薄暗い所に置かれた椅子に腰掛けて、むせび泣いている恭子とトメの姿だった。それから、咲希は体を起こそうとして、腹部がひきつれたように痛むのを感じた。咲希は顔をしかめてベッドに横たわりながら、そうだ、お腹を切ったのだった、と思い出していた。寝そべったまま、咲希は自分の腹部に病衣の上から触れた。昨日まで、そこにあった膨らみを手に感じられなかった。咲希の赤ん坊は助からなかった。帝王切開でお腹から取り出された時、すでに赤ん坊の心臓は止まっていた。そのことを思い出していた時、どこか別の部屋で泣いている、赤ん坊の声が聞こえてきた。医師から自分の赤ん坊が助からなかったと聞いた時には、唐突過ぎて何も感じられなかったがこの時になって初めて喪失感を感じた。それから、涙が溢《あふ》れてきた。後から、

後から、涙が頬をつたって、髪や枕まで濡らした。

咲希が目を覚ましたのに気がついて、恭子は泣きながら、

「ごめんね」

と言った。

「何も気がついてあげられなくて、ごめんね……」

恭子はハンカチに顔を押し付け、

「相手の男を、殺してやりたい」

と言って、いっそう泣いた。気丈なトメも、目を腫らしていた。

咲希は、そんな二人を見ているのをつらく思った。自分のせいで、母親や祖母が傷ついている。そんなの、見たくなかった。

それに、強姦されたと打ち明けた時は一時的に喉のつかえが取れたようなすっきりとした心地を感じた咲希だったが、今は何とも気持ちの悪い後味を感じていた。男に犯されましたと告白することは、自分をもう一度侮辱するのと同じだった。しかも、告白したのは身内だ。身内の前で侮辱されたような気分だった。

咲希は、現実から逃げ出したくて、カーテンを開けてほしいと言った。恭子は大泣きしていてそれどころではなかったが、トメはのそのそと立ち上がると、カーテンを開いてくれた。

咲希は、窓の向こう側を見つめた。ここは何階なのだろう。窓の外には、空と周囲の建物の頭しか見えない。咲希は空を見つめた。昨日は一日雪が降り続いていたけれど、今日はうってかわって晴れている。咲希は、心の中で、綺麗、とつぶやいた。そのつぶやきは、抑揚もなく乾いた響きを

もっていた。咲希の心は、ここ数カ月の間に一生分ぐらいの悲しみを味わった。もう涙も出しつくしてしまってカラカラだ。涙だけでなく、心だってそうだ。干上がって、ひび割れていた。

心が乾いてしまった咲希は、ただただ疲れを感じていた。そして、頭の中で取り留めもなく、今まで生きてきた十六年の人生のさまざまな断片を思い出していた。そして、思った。どうして、今までがんばってきたのだろう、と。六歳の時から今までの十年間、いつも不安や恐怖や孤独感や焦燥に憑りつかれ、いつも苦しかった。学校に行ったり、当たり前の生活をしたり、そういう普通のことすら、体中のエネルギーをかき集めないと行えなかった。それでも、日々必死に戦ってきた。ちゃんと生きて未来を目指さないといけないと思っていた。未来から逃げ出してはいけない。ずっとそう思ってきたのだ。でも、どうしてだろう。どうしてそう信じていたのだろう。

咲希は、澄んだ冬晴れの空を見つめた。鳥が一羽飛んでいく。空気は冷たそうだけど、でも、澄んだ空を飛んでいくのは気持ち良さそうだった。咲希は、お腹に手を当てた。昨日までここにいたあの子も、今は空にいるのだろうか。そう思うと、何だか、置いてけぼりをくらったような気持ちがした。もしくは、自分があの子をひとりぼっちにさせてしまったようにも思えた。

あの子は、生まれてから一度も声を聞かせてくれたことはなかった。医師があの手この手を尽くして蘇生させようとしてくれたそうだが、小さなあの子の心臓は止まったままだった。咲希は、麻酔が切れてから、初めてあの子の遺体を見たけれど、あの子はとても小さかった。血が通っていないから、肌は赤ちゃんらしい桜色をしておらず、黒に近い紫色をしていた。咲希は言葉が出てこなかった。

そんなことを思い出していた時、ふと、咲希は、私は何のために今までつらい思いをしながらも生きてきたのだろう、と思った。こんな結末を迎えるために生きてきたのだろうか。こんなことのために、歯を食いしばってきたのだろうか。

それなら、と咲希は心の中でつぶやいた。

それなら、もうがんばるのをやめたっていいじゃないか。

咲希は、窓の外の澄んだ空を、吸い寄せられるみたいに見つめていた。自分の体という枠から解き放たれ、あそこに飛んでいけたなら、どんなに気持ちがいいだろう。そう思った時、窓の外から、死が手招きしているのを咲希は感じた。

＊＊＊

その日の昼頃、恭子やトメは食事をしたり入院に必要な物をかまえたりするために、一度家に帰った。二人が帰った後、看護師が食事を部屋に運んできた。看護師はオーバーテーブルに食事を乗せながら、「医師の許可がでるまではベッドの上で安静にしているように」と咲希に言った。

それから、看護師は、「何か用事があったらナースコールをしてくださいね」と念を押して部屋から出て行った。咲希はナースカートがガラガラと音をたてて廊下の向こうに遠ざかっていくのを確認してから、ゆっくりと体を起こした。ベッドから降りようとしたけれど、点滴が邪魔だったので、咲希はそれを引き抜いた。鮮やかな色をした生温かい血が滴った。ベッドも床も血で汚れた。けれど咲希はかまうものかと思った。立ち上がろうとしたけれど、体は思った以上にふらついて言うことをきかなかった。這《は》うようにして、窓際まで行くと、咲希は窓を開けようとした。しかし、窓はほんの少ししか開かず、いくら華奢な咲希でもその隙間を抜けることは出来なさそうだった。

咲希は、ふらつく体で必死に立つと、腹部の痛みに堪《た》えながら壁伝いに歩き始めた。絶望の奥から湧いてくるような、真っ黒いエネルギーが咲希を後押しした。履物が見当たらなかったので、咲希はペタペタと裸足で歩いた。足の裏に触れる床は冷たかった。病室から出て、廊下を進む。途中で、どこかの病室から、また赤ん坊の声が聞こえた。それに応えて赤ん坊をあやす母親の声もしていた。食事時だからか、他の患者の姿は廊下になかった。誰にも見咎《みとが》められずに咲希は廊下の奥まで歩き、そこに階段を見つけた。咲希は階段の先を見上げた。この先に、きっと屋上がある。咲希は、手すりにつかまると、一歩、また一歩と、階段を上っていった。一歩上るたびに、咲希は「ごめんね」とあの子につぶやいた。あの子を死なせてしまった罪を少しずつ償《つぐな》うような気持ちで、咲希は一歩ずつ進んだ。涙がまた目からこぼれ始めたが、咲希はもう寂しくは感じていなかった。死に向かうたびに、あの子に近づいていくように思えた。屋上にたどり着いて、手を伸ばせば、あの子にもう一度触れられる気がしていた。少しばかり、後ろ髪を引かれたのは、ちらりと頭の隅に、恭子とトメの顔が浮かんだからだった。悲しませてばかりでごめんなさい、と咲希は二人に思った。それから、圭太のことを思い出した。八月のあの日以前の出来事が、何十年も何百年も昔のことみたいに感じられた。夏祭りの日に二人で約束したようにずっと一緒にいたかった。たった一つの出来事で、何もかもが狂ってしまった。

もう時間は巻戻らない。後戻りはできないんだ。

そう思うと、咲希はまた一歩階段を上った。

＊＊＊

今日は午後から、アトリエさわだのクリスマス会が開かれる。圭太は、澤田先生から準備の手伝いを依頼されて、午前中からアトリエさわだに来ていた。

「悪いわね、クリスマスに働いてもらって」

圭太が教室の入り口にクリスマスリース——緑のユーカリの葉に、赤いリボンとリンゴ、茶色のまつぼっくりを飾った素朴で可愛いらしいものだ。なんとなく、絵本の挿絵の森を思い出す。リスやウサギが住んでいるような森だ——を取り付けていると、澤田先生が近づいてきてそう言った。

「いいえ、家でぼんやりしているよりずっと良かったです」

それは本心からの言葉だった。圭太は、澤田先生に感謝していた。今日自分を手伝いに駆り出してくれたのは澤田先生の優しさなのだ。こうやって忙しく動いていれば、未だに引きずっている失恋の痛みを忘れることができる。

クリスマス会の準備には、他にも五、六人の生徒が来ていた。圭太は他の生徒らと一緒に、二メートルぐらい高さがありそうな大きなクリスマスツリーを倉庫から出して教室に運び込み、たくさんの飾りをツリーに飾った。優しい目をしたサンタクロースの人形や、金色の星、赤いリボンのかかったプレゼントの箱、靴下、綿の雪、色とりどりに光る電飾。圭太達がせっせと飾り付けをしている間、教室の隅に置かれたオーディオからは、楽しげな音色のクリスマスソングが流れていた。

ツリーを飾り終えると、教室の壁に生徒の絵を飾った。それから、壁に沿って長机を設置し、その上にテーブルクロスをかけて、サンドイッチやフライドチキン、サラダやフライドポテト、ピザやお寿司やペットボトルの飲み物を並べた。教室の真ん中のスペースには何も置かない。今日の会は、立食パーティーと生徒の作品展を合わせたような形にする予定だった。食べ物の皿のそばに紙皿と紙コップを置くと、クリスマス会の準備は整った。

その時、オーディオからはジングルベルが流れていた。ジングルベルといい、長机にかけられた赤と緑のタータンチェックのテーブルクロスといい、クリスマスは否応なしに人々をはしゃがせようとする。今の圭太には、その雰囲気が重苦しく感じられた。

「ありがとう。後は開場時間を待つだけだから、休んでて」

澤田先生にそう言われ、生徒達は教室の床に座り込んで談笑し始めた。圭太はそのそばにぼんやりと立って、壁に飾られたたくさんの絵を何気なく眺めていた。その中には、咲希の絵はなかった。八月以降アトリエさわだに通っていないのだから、それは当然だ。しかし、圭太にはそれが寂しく思われた。咲希の存在が失われ、それでも何事もなかったかのようにこの場所はあって、時間が流れている。それがとても寂しかった。

生活においてもそうだ。咲希と別れてから、圭太の生活の中から咲希だけが切り取られていた。それ以外のことは何も変わらなかった。勉強も順調だった。高一の二学期末の懇談会では、担任教師から「このままの成績なら、志望している大学に受かるだろう」と言われた。でも、だから何なのだろう、と圭太は思ってしまう。志望校といっても、圭太が選んだ学校ではない。親が選んだ学校だ。受かったところで、これといった感慨もない。だけど、親が決めた大学以外に行きたい学校がある訳でも、したいことがある訳でもなかった。だから、事務作業でもするかのように、淡々と決められた道を歩いているだけだった。

思えば、自分で何か目標を見出したことは今まで一度もなかった。いつだって、周りの期待に応えようと努めてきただけだった。圭太は自分を亡霊のように感じる。友人の前には、友人が求める圭太がいる。家族の前には、家族が求める圭太がいる。しかし、本当の圭太はどこにも存在していない。

だけど、その中のどれか一つの圭太を、本当の圭太だと思い込むことはできた。圭太は咲希と付き合っていた頃、咲希のそばにいる自分が本当の自分なんだと考えていた。咲希は秋の蝶のように儚げで、三日月のようにひっそりとして心細そうだった。咲希はいつでも不安定で、誰かが支えてやる必要があった。そんな咲希を支えることで、圭太は自分の存在意義を感じていた。俺はずっと咲希の弱さに甘えてきたんだな。圭太は、教室にたたずみながら、ぼんやりとそう思った。

今、咲希に会って、こんな自分の弱さを打ち明けてみたらどんなふうに言うだろう、と圭太は考えた。咲希のことだから、圭太を否定するような言葉は投げかけないだろう。咲希は優しい人だった。他人には優しくて肯定的で、自分のことになるとネガティブで、不器用な人だった。悲しげに笑うと、雨の日の海に似ていた。

最後に、海で会った咲希を圭太は思い出した。どこか寂しげな笑顔、雨に煙る海を見つめる瞳、二人を包む雨と海のにおい。圭太はあの日に帰りたかった。もう一度、咲希の隣に立って、同じ景色を眺めたかった。

ぼんやりとそんなことを考えていた圭太の耳に、
「後十分で開場だね」
という声が聞こえた。

圭太が教室の壁にかかった時計に目をやる。時計の針は、十一時五十分を指していた。教室の外に、ガヤガヤと来客の声がし始めた。

と、その時だった。圭太の目に何か光る物が映った。クリスマスツリーの電飾ではない。それは、ふわふわと教室の中を飛び回っていた。

蛍？

圭太は、それまでの物思いから覚め、その不思議なものを目で追った。それは光りながら舞い飛ぶ様が蛍によく似ていたけれど、でも今は冬だった。そして、ここは街中の雑居ビルの中だ。蛍のはずがない。では、一体なんだろう。

それは蛍のように光を点滅させるのではなく、一定のリズムで光を大小させていた。まるで拍動する心臓のようだった。それを見つめていた時、圭太は急に懐かしいような気持ちを感じた。前にも、これと同じものを見たことがある。それも一度だけじゃない。二度、三度と見ている。いつ見たのだったろう。一度目は……、そうだ、小学五年生の時、夢の中で見たのだった。

そう気がついた時、圭太は急に目の前の景色が揺れだしたのを感じた。まるで、水面に石が投げ込まれ、波紋が立つ様を見つめているみたいに、景色がゆらゆらと波立っている。驚いていた圭太の目に次に映ったのは、アトリエさわだの教室の景色ではなかった。

彼はどこかの建物の屋上にいた。屋上と階下をつなぐ階段の入り口には重たそうな鉄の扉が閉まっていた。扉の脇には時計がかかっていて、十二時三十分を指していた。圭太は肌を刺すような冷たい外気を感じた。見上げると、頭上にある空は澄んだ小川のように透き通った色をしていた。

狐につままれたような気持ちで、そこに立ち尽くしたまま呆然としていると、階段と屋上をつなぐドアが開いて、誰かが出てきた。

それは咲希だった。夏よりも、随分痩せた咲希が、腕から血を滴らせ、よろめきながらこちらへ歩いて来る。足は裸足だった。着ている服は、病院に入院している患者さんがよく着ているような、浴衣を着ていた。

圭太は状況がよく飲み込めないまま、咲希に駆け寄り、声をかけた。しかし、咲希は圭太がまるで見えず、声も聞こえないような様子でそばを通り過ぎていく。

やがて、咲希は屋上の端にたどり着くと、フェンスに手をかけた。そして、ぶるぶると震える手でフェンスをよじ登り始めた。思うように体に力が入らないのか、それとも恐怖に震えているのか分からないが、咲希は手こずりながらも時間をかけて登っていく。

その時には、それまでの事情を知らない圭太にも、これから咲希が何をしようとしているのか察しがついていた。圭太は必死に彼女の体にかきついて止めようとした。しかし、ここでまたしても信じられないことが起こった。圭太は少しも咲希に触れることが出来なかったのだ。圭太が彼女に触れようと手を伸ばしても、まるで空をつかむみたいに自分の手が彼女の体を突き抜けてしまった。彼女は幻なのだろうか。いや、それとも自分が幻なのだろうか。震えながらフェンスに足をかけている咲希は、圭太なんてまるでここにいないみたいに、少しも振り返ろうとしなかった。

咲希は、とうとうフェンスのてっぺんに登りつめた。そして、身をひるがえしてフェンスの向こう側に降りた。わずかな足場に立って、咲希は下を見下ろした。風が吹いてきて、浴衣の裾が揺れた。

圭太にとっては、気が狂いそうな数秒間だった。ずっと頭の中で、嘘だ、嘘だ、嘘だ、嘘だ、と繰り返す自分の声が聞こえていた。咲希が、今、自分の目の前でこの世界から消えようとしている。あと数センチ足を前に出せば、後は、あっという間だろう。それを、ただ自分は見つめている。圭太は、胃がそっくり返って嘔吐しそうになった。

屋上の下を見つめていた咲希は、ふと、空を見上げた。咲希の視線の先に太陽があった。風に揺れる彼女の髪は、太陽の光を透かして金色に輝いているように圭太には見えた。空は澄み渡り、美しかった。咲希がいて、この世界がある。目の前の景色のすべてが、圭太にはかけがえのないものに思えた。それは、目に焼き付いて離れなくなるほど、美しかった。しかし、それは今にも失われようとしていた。

空を見つめていた咲希は、そっと目を閉じた。そして、フェンスをつかんでいた咲希の手が、すっと離れた。

圭太は、フェンスにかきつき、叫び声をあげた。自身の叫び声で、喉が焼けてしまいそうに感じた。それでも、なお、叫んだ。

その時だった。自分の背後から、

「ダメだ！　死ぬな！」

と大声で呼びながら走ってきた何者かがいた。その人は圭太の体が煙か何かであるかのようにすり抜けて、フェンスに飛びついた。フェンスに足をかけて、その上に身を乗り出すと、ゆっくりと前に傾いていこうとしていた咲希の方に手を伸ばした。圭太はその人物の姿を見て驚いた。それは、自分と瓜二つだったからだ。

「圭太くん！」

咲希は身をよじって、もう一人の圭太にそう叫んだ。そうしながらも、咲希の体は地面に吸い寄せられるみたいに傾いていく。咲希の裸足の足の裏が宙に浮いた。

「咲希‼」

二人の圭太が同時に叫ぶ声が屋上に響いていた。

＊＊＊

「圭太くん！　大丈夫⁉」

圭太は自分を呼ぶ澤田先生の声で、ハッと我に返った。気がつくと圭太は、アトリエさわだの教室の中にいた。教室の壁を見ると、時計はまだ十一時五十三分を指していた。

「どうしたの？　立ったまま気を失ってるみたいに、ボーッとしてたのよ」

澤田先生が心配そうに圭太の顔をのぞきこんだ。

「さっき見えたものは、一体……」

圭太は、自分の手をじっと見つめた。そこには、さっきまで握っていたフェンスの感触がまだ残っていた。

「顔が真っ青よ」

圭太は、額を手で拭った。冬だというのに大粒の汗が吹き出していた。

澤田先生は、椅子を運んできて圭太を座らせると、

「飲み物を取ってくるわ。何か飲めば、きっと少し落ち着くわ」

と言った。

圭太は、長机に置かれたペットボトルからジュースを紙コップについでいる澤田先生の後ろ姿を見ながら、心臓の辺りを押さえた。こっちの景色が現実だろうか。さっき見たものがあまりに鮮明で、それすら分からなくなるぐらいだった。心臓がずっと早鐘をうっている。

呆然とする圭太の視線の端で、教室のドアが開いて、誰かが教室に駆け込んできた。圭太は、それをぼんやりと眺めていた。

＊＊＊

澤田先生が圭太のためにジュースを紙コップに注いでいた時、勢いよく開いた教室のドアの向こうから、なんとサンタクロースが飛び込んできた。今日のクリスマス会の余興で、誰かにサンタクロースの変装をしてもらうように頼んだんだっけ。澤田先生は、一瞬そんなふうに考えたが、いや、そんなことをした覚えがないとすぐに考え直した。それに、そのサンタクロースは、何だか薄汚れていた。顔もヒゲもあか染みていたし、赤い衣装を着た肩はフケだらけだった。

「先生！」

汚れたヒゲの下で澤田先生を呼ぶ声がした。その声を聞いて、澤田先生はようやくそのヒゲモジャの男が誰だか気がついた。それは、佐々木だった。彼は、昨日不審者扱いされて警察に連行され、その後数時間警察署で取り調べを受けていた。見た目がうさん臭いと、夜に住宅街をうろつくだけでこうもひどい扱いを受けるものらしい。

「佐々木くんじゃない！　あんまりにもヒゲとあかに覆われてるから、誰だか分からなかったわ」

澤田先生はサラリとひどいことを言ったが、佐々木は気にしていない様子だった。彼には、今、そんなことに取り合っている暇はなかったのだ。

「急ぎで教えてほしいことがあるんです！」

勢い込んでしゃべる佐々木に、澤田先生は肩をつかまれた。近づいてくると、佐々木はなんだか酸っぱいような匂いがしていた。佐々木は一晩警察署にとめおかれていたので、風呂に入っていない上に、今朝がた疑いが晴れて帰してもらえてからというもの、また圭太を探してあちこち走り回り、サンタの衣装の下は汗だくになっていた。

「圭太くんに急ぎで伝えたいことがあるんです！　彼の連絡先、知りませんか？」

慌てた佐々木が口からつばを飛ばしながらそうしゃべる。

「ちょ、ちょっと落ち着いてよ！　圭太くんならそこにいるじゃない！」

そう言って、教室の隅で椅子に腰かけている圭太を指さした。佐々木はそちらに顔を向けると、安堵のあまり床にヘナヘナと座り込んだ。

「良かった……、見つけられて……」

圭太はまだ血色の悪い顔をしながら、佐々木に問いかけた。

「一体どうしたって言うんですか？」

佐々木は、大変なんだ、と顔をゆがめてうなるように言うと、両手をにぎりしめ、すっくと立ち上がってこう言った。

「今すぐ、咲希ちゃんのそばに行ってやってほしい。咲希ちゃんは病院にいる。咲希ちゃんには、今、君が必要なはずなんだ」

その言葉を聞いて、圭太の全身にザワリと鳥肌がたった。

「病院？　咲希は今、病院にいるんですか？」

佐々木はうなずいた。圭太は、しばらくの間黙り込んで、さっき見たものを思い出していた。幻の中で、咲希は入院患者のような服装をしていた。それを思い出すと、ザワザワと胸騒ぎがした。

「どこの病院なんですか？」

圭太がそう尋ねると、

「知らないんだ。圭太くんか澤田先生なら、咲希ちゃんのお母さんと連絡がとれるだろうから、お母さんから聞いてほしい」

と言った。それを聞いていた澤田先生は、服のポケットから慌てた様子で携帯電話を取り出すと恭子に電話をかけ始めた。恭子はなかなか出なかった。眉間のあたりに緊迫した表情を見せる澤田先生は、落ち着かなそうに体を小刻みに揺らしながら電話の音に耳を澄ませていた。ようやく恭子が電話に出ると、

「ああ良かった。恭子さん、教えてほしいことがあるの……」

と言って、ポケットからペンと小型の手帳を取り出した。澤田先生は、恭子から病院名と住所を聞いてメモを取った。咲希の容態について問うと、恭子は急に言葉をつまらせて泣き出してしまった。

「分かったわ。今、説明しなくてもかまわないわ。私も用事が済んだら、病院にかけつけるから」

澤田先生はそう言って電話を切った。

「どうして、病院なんかに……」

つぶやく圭太に、澤田先生は言った。

「そんなこと考えるのは後よ」

そして、手帳のページを一枚破ると、

「早く行ってあげて」

と言って渡した。不安と混乱の中にいるような顔をしていた圭太は、それを受け取るとにわかにはっきりとした顔つきに戻った。それからクルリと二人に背を向け、ダッと駆け出したのだった。教室のドアに手をかけると、スパンと勢いよくドアを開け放った。教室の外で開場の時間を待っていた客達が驚いた顔をして圭太を見ていたが、圭太はおかまいなしに客達の間をかきわけて前方へと進んでいく。客達はざわめきながら圭太に道を開けた。

圭太の姿が人ごみの向こうに消えると、入れ違いに客達が、

「もう中に入っていいのかしら」

とつぶやきながら、開け放たれた扉から教室に入ってきた。途端に教室の中に人があふれかえった。澤田先生と佐々木は教室の隅に追いやられる。準備の手伝いに来ていた生徒達のうちの誰かがオーディオの音量を上げたらしく、騒がしい客達の声に負けじと、ジングルベルの歌がにぎやかな音量で流れていた。さっそく絵を見ながら立食を楽しみ始めた客達が、フライドチキンやポテトを頬ばっている。客達が教室に運んできた外気のにおいと、脂っこいフライドチキンのにおいが混ざり合って教室に広がっていく。教室は混沌としていた。澤田先生はその中に立って、さっきからずっと顔に不安と緊張が張り付いたままでいるのを感じていた。

＊
＊
＊

　圭太は昨日の雪が残る街の中を、ひたすら走った。街の景色が冷たく凍りついて見える。アトリエさわだにコートもマフラーも置いたまま飛び出してきてしまった彼は、肌を刺すような寒さを感じながら、それでも引き返すことなく走っていた。

　走る圭太の前に、信号待ちをして立ち止まっている親子がいた。子どもは小学生くらいに見えた。もうどこの学校も冬休みに入っているのだろう。街には先程からチラホラ子どもの姿が見えていた。信号待ちをしていた子どもは、どこでもらったのか赤い風船を一つ、手に持っていた。雪に白く染まった街の中で、その風船の赤い色は鮮やかに見えた。風が吹くたびに、赤い風船はゆらゆらと親子の頭の上で揺れていた。

　圭太が、親子のそばを通り過ぎようとした時、何の拍子か子どもの手が風船の紐から離れた。あ、と子どもが声をあげる。

　圭太は、とっさに取ってあげようと手を伸ばした。しかし、手は届かなかった。圭太は飛んでいく風船を見あげた。背の高いビルが取り囲む間を風船が上っていく。その光景を見ていると、ふと圭太は自分が谷間にいるように感じた。谷間から見上げるビルのてっぺんの先には、ぽっかりと空が見えていた。

　その時、圭太は、ビルの谷間に小さな光が一つ舞うのを見た。光は、風船とじゃれ合うみたいに、風船の周りを二周ほど舞ってから、ゆっくりと下降して圭太のそばへやってきた。それは、先程アトリエさわだの中で見た、あの拍動する光と同じものに見えた。光は、ドクンドクンと縮んだり膨《ふく》らんだりを繰り返しながら、圭太の胸の前までスーッと降りてきた。圭太は気が急いているのに、なぜかその光に強烈にひきつけられた。不思議なその光に圭太がそうっと両手を近づける。すると、その光はピタリと動きを止めて、圭太の両手に包み込まれるのを待っているみたいにじっとしていた。圭太は、両手を蕾《つぼみ》のような形にして、その光を包みこんだ。

と、思ったその時、圭太は自分の体が逆に大きな何かに包み込まれたのを感じた。まるで鯨《くじら》にバクリと一呑みにされたような、そんな感覚だった。目の前にあった街の景色は隠され、見えるのは真っ暗闇だけになった。しかも、暗闇の中にはひたひたと水が満たされているのだ。圭太の全身は、気が付けば、水の中に浸されていた。

一体何が起こったのか。ここは何なのか。圭太は泳ぎながら辺りの様子を手探りで探った。水の周りには圭太を取り囲むように壁があった。その壁はとても柔らかくて温かい。そして、袋のような形をしていた。本当に鯨の胃の中にでもいるみたいだった。圭太は、空気のある場所を探したが、圭太を包む壁の中は水がいっぱいに満たされていて、ほんの数センチでさえ隙間がなかった。これでは、こんなわけの分からない場所で、咲希を救う前に窒息してしまう。そんなわけにはいかないと、圭太は両手両足を使って、壁を中から押したりたたいたりしていたが、そうしているうちにおかしなことに気がついた。水に全身を包まれてから、どれくらい経っただろう。少なくとも、一分やそこらではない。でも、少しも息が苦しくないのだった。

ここは一体何なのだろう。

圭太は、暗闇と水に包まれながら、考えていた。水は温かくて、心地のいい温度だった。とろとろと眠りを誘うような、そんな温度だ。全く知らない場所なのに、どこか懐かしいような気持ちがした。ここにいると、不思議なことに気持ちが安らぐのだ。

圭太は、やがて気がついた。自分の内側に、自分のではない、誰かの感情が流れ込んでくるように感じる。波のように、川の流れのように、どこからともなく、それは圭太の内側に流れ込んでくる。その感情はとても温かかった。愛している、愛している、と伝えてくるようだった。

気が付かないうちに圭太は泣いていた。涙が、圭太を包む水に溶けていく。その時、圭太は水の中にさっき街で見た光が浮かんでいるのを見た。いつの間にそばに現れたのか、その光は圭太の正面にいて、ブルブルと震えながら身悶えしていた。その様が、目も口もないけれど、なんとも悲しげに身をよじりながら泣いているように見えた。

「どうして泣くの?」

と、圭太が問うと、光はテレパシーのように声を発さずに気持ちを伝えてきた。

(僕はずっとこの場所にいたんだ。だけど、体が死んでしまって、心だけになってしまった。もう、ここから離れないといけない。だから、泣いているんだよ)

その時、また誰かが、愛している、愛している、と伝えてきた。それは、光にも同時に伝わっているようで、伝わるたびに光は身を震わせた。そして、光も、

(愛している、愛してるいる)

と言って、泣いた。

そんな光景を呆然と見ていると、突然真後ろから眩しい光がさしてくるのを感じた。圭太が目を細めながら後ろに振り返ると、そこには突然なだらかな丘が現れていた。丘の向こうに、太陽が見

える。空は真っ赤に染まっていて、カラスが鳴きながら丘の向こうの空に飛んでいく。どうやら、夕方の景色のようだ。

圭太は辺りを見回した。丘の反対には、海があった。星が瞬く東の空の下で、ザプンザプンと波が揺れ、砂浜を濡らしている。砂浜はどこまでも続いていくように、南北に広がっていた。この海は見覚えがある。そうだ、澤田先生の家のそばにある海だ。反対にあった丘の上には、澤田先生の家が見えるはずだ。そう思って振り返ると、やはりそこには見覚えのある家がポツンと立っていた。

水に包まれていたはずの圭太の体や衣服は乾いていた。ザプン、ザプンと、波が音をたてて圭太の足を濡らしてくる。それと同時に、海の向こうから、夜の気配がやってくるように感じた。寒さはあまり感じなかった。山の方から風が時折吹き下ろされてくる。そのたびに、ほんのり花の香りがした。桜のような甘い香りだった。波打ち際にしゃがむと、浜に打ち寄せた波にひとひらの桜の花びらが浮かんでいるのが見えた。圭太は、それを指の先でつまみ上げた。

手の平に桜の花びらを乗せて見つめていた時、唐突に、子どもの泣き声が聞こえた。ハッと気がつくと、圭太は街の景色の中に戻っていた。手の平の中の花びらは消えていた。そして、すぐそばであの風船を放してしまった子どもが泣いていて、母親が子どもを懸命になだめていた。親子が待っていた横断歩道の信号は青に変わっていて、他の通行人達がちらちらと親子を見ながら、横断歩道を渡っていく。ざわざわとした街のざわめき、車のエンジン音、現実の音が圭太の周りを取り囲む。圭太が頭上に目をやると、ビルの谷間を赤い風船が舞い上がっていくのが見えていた。

しばらく、まだ幻を見ているような気がして、圭太は放心していた。理解が全く追いつかない。呆然と立ち止まっていると、冷たい風が吹いてきて、圭太はブルリと身震いした。

いけない。こんな所で、体が冷えるほど立ち止まっている場合ではないのだ。

圭太はそう思うと、再び病院を目指して走り出したのだった。

＊＊＊

圭太が病院の正面玄関前についた時、今日たびたび姿を現しているあの光が、再び姿を見せた。光は、玄関の手前でふわふわと浮かんでいたが、圭太が光を見つけると、病院の壁に沿って真っすぐに上昇していった。そして、病院の屋上のフェンスの向こうに消えてしまった。

圭太は再び、幻の中で屋上から飛び降りようとしていた咲希の姿を思い出して、身震いを一つした。それから、玄関に飛び込んだ。玄関を入ってすぐの場所に、広いホールがあり、そこは診察や会計の順番を待つたくさんの患者さんであふれていた。ホールの壁には時計がはめ込まれていて、十二時三十分を指していた。ホールの奥に目をやると、そこにはエレベーターがあった。圭太は走っていって、ボタンを押したが、それはなかなか一階に降りてこない。じれた圭太は、エレベーターの脇にあった階段を走って上り始めた。早く、早く、と気が急いた。息が上がり、足も心臓もちぎれそうになったが、足を緩めることなく駆け上がっていった。

圭太が階段から屋上に続くドアを開くと、視線の先に咲希の姿が見えた。彼女は幻と同じように、病衣を着て裸足だった。腕からは血が滴り落ちている。咲希はすでにフェンスの向こう側に立っていて、その顔は空を見上げていた。彼女の向こうには太陽があり、風に揺れる髪が太陽の光に金色に染まって見えた。さっき屋上に上がっていった小さな光が、彼女の髪にまとわりつくようにふわふわと周りを飛んでいた。

圭太は走って咲希に駆け寄った。その時、咲希がフェンスから手を離した。咲希の体がゆっくりと前に傾いていく。

「ダメだ！　死ぬな！」

圭太は、大声で叫んだ。そして、フェンスに足をかけて、その上に身を乗り出すと、咲希に向かって手を伸ばした。

間に合わない。

傾いていく咲希の体の向こうに、地面が見えた。それはとても遠い。地上にいる人も車もとても小さく見えた。この高さから落ちたら、ひとたまりもないだろう。圭太の脳裏に、最悪の場合の光景がよぎる。フェンスの向こうから吹き上げてくる風を体に感じながら、圭太は掌や足の裏に、冷や汗が吹き出るのを感じていた。

あと数センチ、あと数センチ手を伸ばすことができたら……。フェンスの向こうに自身も落ちそうなほど身を乗り出しながら、圭太は目一杯手を伸ばした。

「圭太くん！」

振り返って、そう言った彼女の体は、無情にも地面に吸い寄せられていく。圭太は、血管がちぎれそうなほどの大声で、咲希、と叫んだ。

＊＊＊

その数分前、十二時二十五分頃――。

咲希は、よろめきながら時間をかけて階段を上り詰めると、その先に、屋上へ出られる扉を見つけた。扉に手をかけてみると、それは重たかった。力を入れて押すと、軋《きし》むような音をたてながらゆっくりと開いた。

だんだんと、向こう側の景色が見えてくる。扉を開きながら、咲希は目に飛び込んできたものに息をのんだ。暗い建物の中にいた咲希に、まず見えたものは空に輝く太陽だった。

咲希は扉を開き切る。そこには、地上の景色――ビルばかりが林立したゴミゴミとした様子――ではなく、ぽっかりと開けた景色があった。見渡す限りの空が見える。体を三百六十度回転させても、遮るものは何もない。屋上から見る空はやけに巨大に見えた。太陽も、ここから眺めていると、やけにギラギラとしていて圧倒的な存在感を感じられた。眺めていると、どんどんと膨らんでいくようにさえ感じた。

咲希は、自分が砂漠に立っているような想像をした。それは、おかしなことである。今は、冬で、屋上には雪が残っていた。周囲の建物を見れば、それらの屋上にも、雪が残っているのが見える。熱く、乾いた砂漠の景色とは似ても似つかない。しかし、咲希には、赤茶けた砂の山が、波打つようにうねりながら、どこまでも広がっていく広大な景色が、目の前に見えるように感じた。辺りにあるはずの建物達が見るみる間に何千年も時を経たかのように風化し、風に吹かれて砂のように跡形もなく崩れ去っていく。そこには、誰の姿もない。そんな荒廃した景色の中で、咲希はぽつんと一人きりで立ち、額に手をかざして太陽を見上げている。太陽は、地上にあるすべてのものを焼き尽くしそうなほどに熱い。咲希の体まで、瞬く間に干上がって、脳も内蔵も焼き尽くされ、骨だけになりそうだ。太陽が、世界を食い尽くしていくように咲希は感じた。あれは、小学五年生の時に咲希が描いた太陽だ。終わりの象徴として描かれた、あの太陽だ。

そう思った時、咲希は気がついた。

自分が今見つめているのは、目の前に本当にある太陽ではない。自分は、今、絶望を見つめているのだ。どこまでも広がる、砂ばかりの虚無の空間は、自分の目の前にあるものではなく、自分の内側に広がる世界なのだ、と。

そうか、そうだったのか。自分は、そんなにも、もう生きていくことを諦めてしまったのかと、咲希は思った。死にたい、と思うことは、自分が生きていた世界が壊れていくように感じるのと、よく似ているようだった。

咲希は、倒れ込んでしまいそうな体を引きずってフェンスに近づくと、それを乗り越えようとした。体に力が入らず、なかなかうまくいかなかったけれど、時間をかけてやり遂げた。

咲希は、フェンスの向こう側に立ち、空を見上げた。そこには、これから別れる世界が、広々と見えていた。その時に見えたのは、先程見た荒廃とした景色ではなく、美しい冬晴れの空と、雪で冷えた街に暖かな日差しを降らせる優しい太陽、よく知る、思い出の詰まった街の景色だった。すべてが美しかった。街に降り注ぐ太陽の光は、男に汚され、今から死に向かおうとする咲希の体さえ、白く清らかに照らしてくれていた。咲希は、込み上げてきた涙が零《こぼ》れてしまう前に、そっと目をつぶった。

フェンスから、手を離すと、空を飛んでいるような不思議な感覚を感じた。ゆっくりと足が離れていく。いつも地にくっついていた足がそこから離れていこうとしている。自分の体が風に包まれていくのを感じた。ああ、これで、本当に終わりなのだ、と咲希は思った。

その時だった。

「ダメだ！　死ぬな！」

誰かが、大声でそう呼んだ。

咲希が宙で身をよじって後ろを振り返った。そして咲希は驚いた。圭太が、フェンスによじ登って、自分の方に手を伸ばしていたのだ。圭太は真冬だというのに額から汗を滴らせ、自分もフェンスの向こうに落っこちてしまいそうなほどに身を乗り出して、目一杯手を伸ばしていた。それを見た時、ほんの僅《わず》かに、咲希の中に残っていたある気持ちが、むくりと起き上がった。

生きたい、と咲希は思った。まだまだ、この世界にいたい。咲希は、圭太に手を伸ばした。

しかし、二人の手は数センチの差で届かない。咲希は、自分の足が完全に建物から離れたのを感じた。生きてきて初めて、自分の身体が何にも触れず、宙に浮かんだのを感じた。裸足の足の裏に風がふく。後は、羽をもがれた鳥のように、落ちていくだけだった。

圭太が、喉が潰れそうな声で叫ぶのを聞いた。見開かれた二つの目が、自分を見つめていた。その顔が、スローモーションを見ているようにゆっくりと遠ざかっていく。

咲希がもう一度死を覚悟したその時、風に揺れる自分の髪のすぐそばで、何かが光っているのを見た。それが何なのか、疑問に思う間もなかった。光るそれは、スーッと空に向かって上昇すると、咲希は見えない糸に引っ張りあげられるみたいに体がグイッと浮かび上がるのを感じた。重力が急に逆さまになり、内蔵が体の中でひっくり返ったような感覚を覚えた。そんな不思議な感覚の中、咲希は、聞いたことのない声を聞いた。とても幼い声だった。耳に届くというより、頭の中に直接響いてくるような感覚がした。

その直後、結び合うはずがなかった咲希と圭太の手が、しっかりと結び合わされた。起こった奇跡に目を丸くしていた圭太だったが、驚いている場合ではないとすぐに気がついて、咲希を渾身の力で引っ張り上げた。咲希の体は、釣り上げられた魚のようにグンッと宙を舞い、圭太と一緒に屋上の上に倒れ込んだ。

圭太は、その後、しばらく屋上に仰向けにひっくり返ってあえぐような呼吸をしていた。咲希は、そのそばに同じように寝そべって、目を丸く見開いて空を見つめていた。空には、高みへ昇っていく小さな光が見えていた。光は、昇っていくごとにさらに小さくなり、やがて見えなくなった。

しばらくして、圭太はゴロリと体を横に向けると、咲希を抱きしめて泣いた。咲希の体がちゃんとあることを確かめるみたいに、咲希の頭や、腕や、背中や、いろんな場所に触れながら泣いた。咲希も、彼の体にしがみついて、しばらく泣いた。咲希は、自分が失われずに、まだここにいることが嬉しかった。どうして圭太がここにいるのか分からないけれど、彼に再び触れられていることが嬉しかった。生きているのだと、感じた。

二人がそうして抱き合っていた時、屋上と階段の間の扉が開いて、看護師数人がどやどやと屋上にあふれ出てきた。咲希が飛び降りようとするのを、見舞い客の一人が病院の駐車場から見かけ、病院スタッフに報せたのだった。再会を喜ぶ間もなく、咲希は看護師達に抱えられて病棟へ連れ戻されることになった。屋上の上は、数人がかりで咲希を抱え上げようとする看護師や、白衣のポケットからPHSを取り出してどこかに連絡を入れている看護師の緊迫した声が飛び交っていた。

圭太はそんな声の後ろで、呆然と立っていた。

スタッフに抱えられて連れられていく咲希は、階段に通じる扉の向こうに姿を消してしまう前に、

「圭太くん！」

と大きな声で呼びかけた。看護師達が、どうしたことかと立ち止まる。自分を抱える看護師達の隙間から圭太を見つめる咲希は、こんなことを言った。

「私、さっき、小さな子どもの声を聞いたの」

圭太は、首を傾げた。

「声？」

咲希はうなずく。

「きっとあの子の声だわ」

そう言って、咲希は手術跡の残る腹部に病衣の上から手をやった。

「あの子、私をママって呼んでくれたの。『ママ、生きて』って、そう言ってくれたわ」

咲希がそう言った時、病院のどこかの階の窓から、「きよしこの夜」を合唱する子ども達の声が聞こえてきた。小児科病棟で、クリスマス会をしているのだろうか。

咲希は、その歌声を聞き、それから空を見上げると、祈るように両手を組んで一粒の涙を目から零《こぼ》した。圭太も、咲希が見つめる空を見上げた。その空はクリスマスの日にふさわしく、清らかに澄み渡っていて、太陽の光は天使の羽のようにキラキラと輝いていた。もし、今日のような日に亡くなる命があったなら、それはみんな天使になって空にかえっていくのだろう。そう思わせてくれるような、美しい空だった。

＊　＊　＊

病棟に連れ戻された後、咲希はすぐに面会謝絶となった。

「どうして、咲希が屋上から飛び降りようとしたのか、話が聞きたいんだ」

と主太は主治医に話したが、逆に主治医から、

「君は、どうして飛び降りようとする所に居合わせたんだ？」

と聞かれた。

「君は何か事情を知っているんじゃないのか」

と問われ、

「何も知らない」

と言うと、

「じゃあどうしてあんなタイミングであそこに居たのか」

と、また同じ質問が返ってくる。堂々巡りだ。

「嫌な予感がしたんです……」

不可思議な光や幻のことは主治医に話せなかった。信じてもらえると思えなかったからだ。

「それで、屋上に上がったら、咲希が飛び降りようとしていて……」

「それで、君が助けたそうだね。駐車場からその様子を見ていた人がいたよ。患者の命を救ってくれて、礼を言わなければならない。ただね、今日はどうしたって君を患者に会わすことはできない。患者に刺激を与えるといけないからね」

「それじゃ、せめて、咲希がなんでここに入院しているのか教えてください」

「それも無理だよ。個人情報だからね」

圭太はエレベーターホールで苦々しい顔をしてエレベーターが来るのを待っていた。圭太の背後では、看護師達がやけに慌ただしそうに廊下を行き来していた。エレベーターのそばにある休憩スペースでは、病衣を着た患者さんらしい婦人が二人、そんな看護師達を横目に見ながら声をひそめて話をしていた。

「さっき屋上であった自殺騒ぎ、ここの病棟の患者さんらしいわよ」

「その人、精神科病棟に移されるみたいね。何でもその病棟は出入り口に鍵がかかっているそうよ」

エレベーターが到着しドアが開く。圭太はひどい疲労感を感じながらエレベーターに乗り込んだ。一階に下り、ホールを通過して正面玄関から外に出る。それから、とぼとぼと街を歩いていると、どこに目をやっても赤と緑のクリスマスカラーが目についた。あちらこちらの店からは、シャンシャンと軽快な鈴の音が鳴り響き、楽しげな音楽が聞こえてくる。そんなクリスマスに浮かれる街の中を歩いていると、「何がそんなに楽しいんだ、こっちは大変な思いをしてきたというのに」と手前勝手な怒りを感じた。それから、自分自身にも怒りを覚えた。どうして自分はすごすごと病院から出てきてしまったのだろう。スタッフに何と言われようと、咲希に会っておけば良かった。

圭太は、いら立つ気分を紛らわそうと、路上に停められていた自転車を蹴っ飛ばした。慣れないことはするもんじゃない。蹴っ飛ばした自転車は、そばに並んでいた数台の自転車も巻き込んで、ドミノのように倒れてしまった。圭太は、ため息をついて、倒れた自転車を起こしにかかった。その時、倒れた中の一台の自転車に、鍵がかかっていないことに気がついた。

魔が差すというのは、こういうことだろう。圭太は、深く考えもせずそれにまたがると、街中を走り出した。なぜ、自分がそんなことをしたのか、うまく説明ができない。今まで、自転車泥棒なんてやったこともなかった。ただ、後々思い返せば、ペダルをグンッと踏むたびに、街の景色が風と共に背後へスーッと流れていき、むしゃくしゃしていた胸の中に、心地よい風が吹き抜けるような爽快感を感じていた。圭太がそんなふうに、正しくない行いでいら立ちを紛らわしたのは、後にも先にもこの時だけだった。

圭太は、自転車をこぎ続けた。自分がどこを目指しているのか、最初は判然としなかったが、気がつけば、足は海を目指していた。幻にでてきた、澤田先生の家の近くの海だ。

圭太は、自転車をこぎながら、西日が傾いていく丘や、藍色の空の下の海を思い出していた。圭太は、その幻の中で、波打ち際にしゃがみ込むと、ひとひらの桜の花びらをつまみ上げた。

あれは、白昼夢だったのだろうか。それとも何かの暗示だろうか。何にせよ、見た景色はあまりに鮮明で、内容はとても長かった。あれには、まだ続きがあるのだ。花びらを拾いあげた後、現実の景色――道路にいて、そばで風船をなくした子どもが泣いている――に戻ってくるまでに、長い長い幻を見ていた。

圭太が、西日の沈んでいく丘を見ると、緑の葉を茂らせた木々の中に、薄桃色の桜の花を咲かせた木がいくつか立っているのが見えた。圭太が立ち上がると、風が圭太の指先の花びらをさらっていった。山から吹き下ろされる風には、桜の香りが混じっていた。

「圭太くん」

背後から誰かの声が聞こえた。春のような柔らかな声だった。ちゃぷちゃぷと波打ち際を歩いて、後ろから近づいてくる。すぐ背後まで近づいてきたその人は、朝の光に花がほころぶような柔らかな甘い香りをまとっていた。

振り返ると、そこには咲希がいた。しかし、それは圭太の知る十六歳の咲希ではなかった。もっと成熟した大人の姿をした咲希だった。彼女は、布に包まれた何かを腕の中に抱いていた。

「あれを見て」

と、彼女は西の空を指さして言った。

圭太がその指の先を見つめると、そこには沈んでいく太陽があった。赤々と燃えるそれは、圭太の見つめる前で、見るみる間に丘の向こうへ隠れていく。まるで、録画した映像を早回しで見ているみたいだった。空はあっという間に夜になり、星が空いっぱいに瞬き始めた。驚いている圭太の背後で、今度は、東の空が白々と明るくなり始めた。圭太が海に振り返ると、水平線の向こうから、今生まれてきたような太陽が顔を現し始めた。

「あなたは、昔、私が『金魚が死ぬのが怖い』って言った時に金魚を川に逃がしてくれたわ。川ではたくさんの魚が死んだりまた生まれたりを繰り返している。命は、そうやって巡っているのね。ほら、昨日死んだ太陽も、今日また新しく生まれてきた」

そんなふうに言う咲希は、朝日に半身を照らされながら、朝の海辺で長い髪を風に揺らしていた。まるで、誕生したばかりのヴィーナスのようだった。

その時、彼女の腕の中で、赤ん坊の泣く声がした。圭太が彼女の腕の中をのぞくと、そこにはおくるみに包まれた赤ん坊がいた。咲希は、穏やかな顔で優しく赤ん坊を揺らす。そうしていると赤ん坊は泣き止んで、うとうととまどろみ始めた。

圭太は、自分の口が勝手に動いてそんなふうに咲希に尋ねるのを聞いた。

「体調はどう？」

「とてもいいわ。この子、昨日の夜もよく眠ってくれたの。眠る前にたくさんお乳を飲んだから、お腹が張っていたみたい。だから、私もよく休めたわ」

咲希はそう言って微笑んだ。それから、

「これからはこの海を、三人で眺めることになるのね」

と、しみじみとした様子で言った。

いつの間にか、太陽は空高く上り、海辺は昼間の明るさに包まれていた。

遠くから、おーい、という声が聞こえる。波打ち際から離れた場所で、咲希の母や、澤田先生、圭太の父母が手を振っている。みんな少し歳をとって見えたが、元気そうだった。そして彼らは、圭太が初めてこの海に来た時と同じように、浜辺でバーベキューをしていた。肉が焼けたらしく、串にさした肉を頰張っている高校生くらいの子どもがいる。よく見れば、それは大きくなった楓花だった。楓花のそばには茉莉と直人の姿もあった。

咲希は、彼らを見つめ、クスリと笑いながらこう言った。

「澤田先生、バーベキューをしながら飲むビールが大好きなのに、今日はお酒を飲めないわね」

どうして、と圭太が聞き返すと、

「妊娠したのよ」

と言った。

丘の上から海辺へ続く小道を、見知らぬ一人の男性が歩いて下りてきた。その人は、バーベキューをしている彼らに笑いかけながら、近づいていく。そして、澤田先生の隣に親しげに立った。

「先生、幸せそう」

と咲希は言った。

「先生、昔から母親になるのが夢だったんですって。でも、不妊症だったの。前の旦那さんとはそれが原因で別れたの。それから、やっと今の人に巡り合って、不妊治療の末、ようやく夢が叶ったの」

太陽の日差しと同じく、暖かくておだやかな景色が海辺には広がっていた。

咲希は、そんな明るい景色の中で、

「ねえ、覚えてる?」

と、聞いてきた。

「初めてここを一緒に歩いた時、夢の話をしたわね」

圭太は、またしても、自分の口が勝手にしゃべるのを聞いた。

「覚えてるよ。咲希の夢も、先生と同じだったね。でも、その夢を叶えるまでに、随分長い年月がかかってしまった」

圭太がそう言うのを聞いて、咲希は悲しそうに眉を八の字にした。

「それはあなたのせいじゃなくて、私のせいだわ。あなたは、私の心の傷が癒えて子どもを作りたいと思えるようになるのをずっと待っていてくれたんだもの」

咲希がそう言った時、圭太の頭の中に、洪水のようにたくさんの映像が流れ込んできた。その映像は圭太が十六歳の時から二十六歳になるまでの十年分の記憶だった。圭太がその記憶をたどるほど、彼の中でしだいに幻と現実が入れ替わっていく。そして、しまいには圭太はこんなふうに思うようになった。――どうして忘れていたのだろう。自分は今、二十六歳なのだ。目の前にいる二十六歳の咲希と、同じ時間を生きてきたのだ。

圭太は、咲希と自分のこれまでの人生を思い返してみた。咲希は、十六で高校を中退し、その後、バイトをしたり、絵を描いたりして過ごしていた。部屋に引きこもることはもうなかったが、精神的に不安定な時期が長く続いた。その後、二十一歳の時に圭太と籍を入れた。籍を入れる前、圭太の親からは強い反対を受けた。圭太と父親との殴り合いのケンカや、数カ月間に及ぶ父子絶縁状態、そこから発展した圭太の父母のケンカや離婚の危機、身を引こうとした咲希の数カ月間の失踪など、さまざまなことを経てようやく結婚に至ったのだった。

結婚生活を始め、ようやく自分の新しい土台のようなものを得た咲希は、少し気持ちが落ち着くようになり始めた。それから、咲希は病院で介護士のパートを安定してこなすようになった。働いて誰かの役に立つ実感を得られるようになったことが、さらに彼女の気持ちに安定を与えた。圭太は医者を目指して勉強に忙しく、咲希は家で一人で過ごす時間も多かったが、そんな時は絵を描いてすごした。二十二歳の時、咲希は絵のコンクールで賞をもらった。圭太はよく知らなかったが、画家を目指す人にとっては、よく知られたコンクールであるそうだった。それで自信を得た彼女は、絵の制作により力を入れ始めた。ずっと咲希との関わりを拒んでいた圭太の父母も、この頃から咲希の絵の才能や情熱を認めるようになり、態度が和らぎ始めた。圭太の父母は、咲希が絵を本格的に学べるように金銭的な援助をすると言い出したが、咲希は断った。ただでさえ、圭太の学費や二人の生活費を援助してもらっているのに、これ以上援助を受けることはできないと考えたからだった。咲希は、アトリエさわだに通い続け、その後もいくつかのコンクールで賞をもらい、それを足がかりに少しずつ世間に名が知られるようになっていった。画家として自信を得始めると、彼女の長かった不安定な時期はようやく終わりを迎えた。その頃から、ずっと固まっていないゼリーのように揺れていた彼女の人格が固まり始めたように、圭太には見えた。そして、咲希が二十五歳を過ぎたある夜、ベッドの中で圭太に突然こう言ったのだった。もう、避妊するのをやめたい、と。あなたの子どもを産みたい、母親になってみたい。彼女の心の傷が癒え、そんなふうに彼女から望んでくれるのを待っていた圭太は、それを聞いて、優しく微笑んだ。

彼女はその翌年、赤ん坊を産んだ。赤ん坊を産んでからの彼女は、夜泣きにもめげず、昼夜赤ん坊の世話に励んだ。初めての子育てに多少の戸惑いはあったものの、一生懸命に赤ん坊を愛し、抱くうちに、彼女の顔は一人の女性から母親の顔に変わっていった。それまで、圭太の方が咲希を引っ張る形で生活をしてきたが、泣く赤ん坊の前では、圭太より咲希の方がどっしりと構えていた。圭太はそんな彼女を見て、赤ん坊に関しては敵わないと思ったことだった。赤ん坊を抱く彼女は強く、清らかに輝いて見え、幼い時から彼女を知る圭太は、女性というものの成長に驚かされた。赤ん坊を抱き、乳房をくわえさせるその姿は、神々しく見えさえした。

そんな頃、彼女の心のうちには、一つの変化が起きた。母親に感謝の念を抱くようになったのだ。

「ねえ、聞いて」

咲希は海風にふかれながら、圭太に言った。

「私、昨日、母に感謝の手紙に書いたの」

咲希は海のように穏やかに微笑んでいる。

「私、気がついたの。思春期の頃から、長い間、母にずっといら立っていた。けどそれは、本当は母にいら立っていたのではなかったのね。自分にいら立っていたの。今、自分に自信がもてるようになって、それから思い返してみたら、母が私に与えてくれた、たくさんのものに気がついたの」

そう言って咲希は赤ん坊を抱いたまま、砂浜にしゃがむと、波打ち際に落ちていた桜の花びらを一枚つまみあげた。そして、それを圭太にそっと差し出す。圭太は花びらを手の平に乗せ、じっと見つめた。花びらは優しい色をしていた。子を思う母の心のように温かみのある色だった。丘の上でこちらを見守る桜の木から、花びらがハラハラとこぼれてくる。咲希は波打ち際にしゃがんで、それを大切そうに、一枚、また一枚と拾っている。

幻は、そこで終わった。

幻をずっと思い返していた圭太は、自転車を砂浜に横たえ、そのそばにしゃがんで海を見つめていた。

あれは、もしかしたら、未来を咲希と生きたいと思うあまりに、自分で作り出した空想なのかもしれない。あるいは、今日たびたび出会った謎の光が見せてくれた未来の景色だったのだろうか。それは都合のいい考えだし、現実的ではない。でも、その可能性を否定しきれないのは、あの光に出会うたびに思わぬことが起こっていたからだった。

しかし、こうしてだだっ広い海を眺めていると、結局のところ、真実は何だってかまわないのだと圭太には思えてきた。

見たものが何だったのかが大切なんじゃない。そんなの考えたって答えは出ないのだ。それより、どう解釈して、これからどうしたいかが大切なのだ。

圭太は、自分の中でそう結論づけると立ち上がった。気持ちがとてもすっきりとしていた。やっぱり、海に来てみて良かった。圭太は大海原を眺めながら、ある決意をした。

もう一度、咲希に会いにいこう。どうして引きこもっていたのか、なぜ今病院にいて、なぜ自殺しようとしたのか、聞きたいことを全部聞こう。そして、俺はやっぱり、咲希のそばにいて咲希を支えたいんだと伝えよう。

圭太はズボンについた砂を手で払うと、自転車を起こした。砂の上ではのろのろとしか走らないそれを押しながら、圭太は道路まで歩き始めた。それからくしゃみを一つした。そういえば、上着はアトリエさわだに置いてきたままだ。おまけに日が陰ってきた。明日には風邪をひいているかもしれない。

今更寒さを感じながら歩いていると、圭太のポケットの中の携帯が鳴った。電話がかかってきたようだ。携帯を取り出して電話に出ると、相手は恭子だった。

「主治医から話を聞きました。圭太くんが咲希を助けてくれたんだって――」

恭子とトメは、お昼を食べ終え病院に戻ろうとしていた時に、病院から電話があって咲希が自殺しようとしていたことを聞いたそうだった。それから、病院にかけつけたが、その時にはすでに咲希は面会謝絶になっていた。恭子とトメはナースステーションの脇にある小さな部屋に呼ばれ、病棟での管理が不十分で患者が自殺未遂を起こしてしまったことへの謝罪を受けた。それから、咲希が無事であることや、圭太が飛び降りようとしている現場に居合わせ、咲希を助けたことを聞いた。

母親は、声を潤ませて圭太に言った。

「圭太くんが助けてくれなかったら、咲希は今ごろ……。本当にありがとう……」

涙声の恭子に、今度は圭太が問いかけた。

「咲希は、今どうしてるんですか？　体は大丈夫ですか？」

「今は、精神安定剤を飲んで眠ってるわ。でも、これから少し、様子を見ていく必要があるでしょうね。体の方も、心の方も……」

言葉を詰まらせる恭子に、圭太は思い切って聞いてみた。

「咲希は、どうしてあんなことをしたんですか？　もし知っていたら教えてください」

恭子は、電話の向こうで深いため息をついた。

「あなたは、何カ月も咲希に会っていなかったけれど、今も咲希を思ってくれているのね」

圭太は、はい、と真っすぐな声で答えた。

「それなら、尚更聞くのがつらい話になるわ。それでも、かまわない？」

圭太は、それでも聞きたい、と言った。恭子はそれを聞いた後、しばらく沈黙していた。それから、重たい口調で、ようよう言葉を吐きだすようにして、こう言った。

「咲希はね、強姦されたのよ」

ゴーカンという言葉が、圭太の耳に、初めて聞いた言葉のように聞こえた。すぐには意味が飲み込めなかった。あまりに、信じられない言葉だったからだ。しかし、恭子の言葉の続きを聞くと、理解せざるを得なかった。

「そして、妊娠させられていた。あの子、それを隠して引きこもっていたの。誰にも相談できなかったんでしょうね……。引きこもっているうちに、お腹の子どもは妊娠二十二週目に入っていたわ。でも、何が原因か分からないけれど、胎盤がはがれて死んでしまった。咲希は何重にもショックを受けているわ」

予想していたどんな話よりも、ひどいことだった。圭太は、しばらく言葉を失っていた。そんな圭太を、恭子は哀れに思ったようで、

「あなたも、つらいわね」

と涙声で言った。それから恭子は、あなたまで思いつめないでね、と言ってから、電話を切った。圭太は、その後、携帯を握りしめたまま、すっかり暗くなった空の下で、海を眺めながら呆然としていた。咲希は誰よりも大切な人だった。そんな人が他の男に汚され、辱められたということは、耐え難いことだった。

数分前、咲希に会いに行こうと決めたはずなのに……。

圭太は、心の中でそうつぶやいた。そう決意したはずなのに、今となっては咲希と向き合えるか自信が持てなかった。

圭太は不安定に揺れる波を見つめていた。暗くなった空の下で、それはゆらゆらと行き着く先も知らないまま、どこかへ流れていく。圭太は、自分の未来も、似たようなものだと感じていたのだった。

## 十一、死と再生

　クリスマスを終えると、咲希の住む街は年末の慌ただしい雰囲気に包まれ、あっという間に年を越した。そして、迎えた元日――咲希の自殺未遂からちょうど一週間後のこと――、街である事件がおきた。佐々木の住むアパートで火事があったのだ。燃え始めたのは午前一時頃のことで火元はアパートの裏の物置だった。普通ならば、寝床でみな眠りこけているような時間であったにも関わらず、死者や重度の火傷を負う者は出ずにすんだ。佐々木も少し煙を吸い込んだだけでピンピンとしていた。それがなぜかと言うと、火事のおこったタイミングが関係していた。出火したのは年が明けたばかりであったため、住人の中にはまだ起きてテレビを見ていた者がいて、早々に火事に気がつくことができた。それから、その住人が他の住人の部屋のドアを叩いて回り、みなを起こしてくれたので、誰一人として逃げ遅れる者がいなかったのだ。しかし、建物の方は無事に済まなかった。古い木造のアパートについた火は消火活動が始まってもなかなか消えず、冬の夜空に昇りたつ火柱は、狂った龍が暴れ踊るようだった。数時間経ってようやく消し止められた後、アパートは見る影もない姿になっていた。

　出火の原因は放火だった。目撃者がいたため、犯人はすぐにつかまえられた。犯人は、警察が動機を尋ねると、「毎日イライラしていた。どこかの家に火でもつければ、スカッとするかと思った」と話していた。警察が、何に対してイライラしていたのかと問うと、「分からない。だけど、いつだってイライラしていた。去年の八月以来、特にひどかった」と話した。犯人の名は、晃と言った。

一月二日、病衣姿で精神科病棟のラウンジにいた咲希は、地方の小さなテレビ局が流すニュース番組で、全焼したアパートの映像が流れるのを見た。その時、咲希は見舞いに来ていた澤田先生とちょうど佐々木のことについて話していたところだった。

「アパートは燃えちゃったけど、佐々木くんは無事で良かったわね。今、私の家に居候しているのよ」

と言うと、咲希はホッとした顔をした。しかし、その表情はすぐに崩れることになった。テレビから、「放火犯がつかまりました」とニュースキャスターが話す声が聞こえ、晃の顔写真が映されたのだった。咲希は途端におびえた表情を浮かべて、肩をぶるぶると震わせ始めた。澤田先生は驚いて、咲希の肩をさすった。

「どうしたの⁉」

「あ、あの人……」

咲希はテレビから目を背けてこう言った。

「私にひどいことをした人よ……」

放火事件の後、警察が晃の自宅を捜査すると、彼が他にもさまざまな犯罪に関わっている可能性があることが分かった。パソコンの中には、複数の女性に性的暴行を加えている様子を録画したものが残されていた。そちらの件についても、警察は今後追及していく予定だと、ニュースキャスターが語っていた。

澤田先生はテレビに映る晃の顔を、憎しみを込めてにらみつけた。こいつだったのか、咲希をここまで追い詰めたのは。八月から、咲希がどんな気持ちで過ごしてきたのか、この男は知りもしないのだろう。警察署に飛び込んでいって、ボコボコに殴ってやりたかった。しかし、意外な形の結末になったが、これで彼は法的に裁かれることになるだろう。これからは、彼が苦しむ番だ。

澤田先生は、震える咲希の背中をさすりながら言った。

「大丈夫よ。あなたを苦しめた彼はつかまったの。これからしっかり罰を受けるのよ」

それから、彼女の肩を抱いて立たせると病室に連れて行き、ベッドに寝かせた。看護師を呼んで事情を話すと、看護師は何か薬を持って部屋にやってきて、「気持ちが安定するから」と言って咲希に飲ませた。しばらくすると咲希は眠った。

咲希が寝てしまうと、澤田先生は手持ち無沙汰になって、ぼんやりと病室を見回した。病室は、まるで箱のようだった。ベッドと便器の他は何もない。壁には時計もカレンダーもなく、そもそも何か物をかけられるようなフックの類いが一切ない。生活に必要な着替えや歯ブラシや箸さえ、部屋の外の荷物置き場にまとめて置かれていた。咲希はそれを自由に部屋の外に出て、使うことすらできない。なぜなら、この部屋は普段外から鍵がかけられているからだ。咲希は一日のうちの決められた時間以外、ここで過ごすように強いられていた。

ここは、精神科の閉鎖病棟の中の、保護室と呼ばれる部屋だった。咲希は、屋上から飛び降りようとした後、すぐに産婦人科病棟からここに移されてきた。咲希や咲希の母には、これは咲希の命を守るための措置であると、精神科の医師から説明があったそうだ。部屋に何も物を置かないのは、あらゆる物が自殺や自傷の道具になり得てしまうからだった。しかしながら、この部屋はあまりに殺風景で、初めて面会に来た時、澤田先生はショックを受けてしまった。まるで刑務所のように感じてしまったのだ。咲希は、何一つ悪いことをしていない。むしろひどいことをされて傷ついている側の身であるのに、どうしてこの子ばかり、こんなにつらい目にあわなければならないのだろう。そう思うと、澤田先生は涙ぐんでしまった。

澤田先生は、その時の感情を思い出して涙ぐんだ。それから、目元をそっと手で拭うと椅子から腰をあげて、保護室のドアを手で押した。面会中はドアに鍵をかけないという規則があるそうで、今は施錠されていなかった。部屋の外に出ると、ドアのすぐそばに看護師がいた。この看護師は、たまたまそこにいたのではない。面会者が咲希と部屋の中にいる間は、こうやってドアのすぐそばでずっと中の様子を監視しているのだ。

「咲希ちゃんが眠ってしまったので、帰ることにします」

澤田先生がそう言うと、看護師は部屋に入って行って、面会のために用意していた椅子を部屋の外に片付けた。そして、ドアに鍵をかけた。ガチャリという重々しい音がした。

それから、他の業務に戻ろうとする看護師を澤田先生は呼び止めた。看護師に今後のことについて聞きたかったからだ。これから、咲希はどんな治療をして、どうなれば退院になるのか知りたかった。看護師は、

「治療については、医師からでないと説明出来ません。それに、説明を受けるのは、本人や御家族でないと……」

と言った。個人情報の問題であるとか、いろいろとうるさい決まりがあるのだろう。

「言えないような話はしなくてかまわないわ。一般的な話でもいいの。大抵の場合、どんなふうになれば退院なの？」

看護師は、少し言い淀《よど》んだが、

「そうですね……。自殺や自傷の恐れがなくなって、自宅での生活が可能と医師が判断すれば退院になるんじゃないでしょうか……」

何ともぼんやりとした答えだ。それをどうやって判断するのか、明確なことが知りたいのだ。しかし、それ以上質問を重ねてみても、看護師は言い淀むばかりだった。この看護師はおそらく勤めだしてまだ年数が経っていないのだろう。これ以上問い詰めても、まだ駆け出しの看護師を困らせるばかりになりそうだったので、澤田先生は聞くのをやめた。

澤田先生は、病院を出て、駐車場に停めてあった車に乗り込むと、病院の建物を見上げた。咲希を早くここから出してあげたいと思った。早く普通の生活に戻って、あの出来事から遠ざけてあげたい。恭子や、トメに対しても同じように思った。あの二人も、未だにずっとあの出来事に振り回されている。あの出来事は、咲希にとっても、家族にとっても、まだ終わっていなかった。

＊＊＊

咲希は、一月の初旬に保護室を出た。母が看護師に病棟での咲希の様子を聞いてみると、「すごく真面目な患者さんで、内服の拒否もなく、作業療法にも、看護師と話し合って決めた日課にも、毎日きちんと取り組んでいます」と言っていた。そのためか、咲希は一月の終わり頃には閉鎖病棟から開放病棟へ移ることが出来た。閉鎖病棟と開放病棟の違いは、病棟の出入り口に鍵がかかっているかどうかの違いだった。開放病棟に移った日から、咲希は、週一回の外泊も許されるようになった。一月末日、咲希は久しぶりに自宅に帰ってきた。

その日、恭子やトメは、咲希の好物をたくさん作って、咲希を家に迎えた。咲希は玄関のドアを開けると、何年かぶりに帰ってきたかのように、玄関を見回した。使い古したスリッパやほこりをかぶった置物さえ、手に取って懐かしげに眺めていた。

そんな咲希に、恭子とトメは、

「おかえりなさい」

と言った。二人とも、笑った顔をしていたが、涙を目に溜めて鼻を赤くしていた。

咲希が、

「ただいま」

と二人に答えると、恭子は、頬に涙をつたわせながら、咲希を抱きしめてくれた。恭子の腕には、痛いほどに力がこもっていた。咲希は、恭子の体に腕を回しながら、少し痩せたみたいだと思った。咲希と恭子のそばでは、トメが割烹着《かつぽうぎ》の裾で目元を拭っていた。いつまでも元気なおばあちゃんだと思っていたけれど、トメもいつの間にか老けて一回り小さくなったように咲希は感じた。咲希は、胸に切なさを感じた。心配ばかりかけてごめんね、と心の中でつぶやいた。

その日、圭太も家にやってきた。圭太は、「外泊許可が出たお祝いに」と言って、ケーキを買ってきた。食堂のテーブルには、すでに恭子とトメが作った山ほどの料理が並んでいたので、そこにケーキも並べると、満員電車のようになった。咲希がそれを見て、「嬉しいけど、到底四人じゃ食べきれないわ」と言って笑った。久しぶりに、和やかな雰囲気が家の中に蘇った。

食事の後、咲希は家族や圭太と一緒に、昔住んでいた田舎町にある墓地を訪れた。墓地は山の中にあった。車で山の中を登っていき、墓地の近くの駐車場に停めた。ぞろぞろとみんなが車から降りる。山は、ひんやりした冬の匂いがした。木々の枝も墓石も、こんもりと雪を乗せている。先ほど、家で食事をしていた時とはうってかわって、暗い雰囲気がみんなを包んでいた。

車に鍵をかけると、恭子は案内するみたいにみんなの先頭に立って歩き始めた。咲希は花束を抱えて恭子の後をついて歩いた。咲希は歩いている間、ずっと黙っていた。他の者もみんな沈黙して、葬儀のように暗い顔をしてズラズラと並んで歩いていた。

先を歩いていた恭子が、一つの墓の前で止まった。

「ここよ」

と恭子は言った。

咲希は、墓石の前にしゃがみこむと、花を手向けた。そして、墓石にそっと触れた。いつくしむように、優しくなでて、声もなく涙を流した。それから、立ち上がって墓石を抱きしめたのだった。咲希のお腹にいた子は、死んだ時、二十二週目になっていた。なので、流産ではなく、死産とされた。恭子は、入院中の咲希に代わって死亡届を産婦人科医から受け取り、赤ん坊を火葬し、埋葬した。それは恭子にとって、自分の娘の子どもが確かに死んだのだと実感させられるつらい作業だった。しかし、一方で、咲希もつらかった。自分の赤ん坊の火葬にも参列出来ず、墓にも、ようやく今日初めて手を合わせに来ることが出来たのだ。

咲希は墓石を抱きしめたまましばらく動かなかった。圭太は、咲希のそばに立って手を合わせた。咲希と圭太の頭上で、白い雲がゆっくりと流れて行った。

その後ろでは、恭子が咲希の後頭部をじっと見つめて立っていた。その左手の薬指には結婚指輪がはめられていた。夫が失踪してから、もう十年。今ではつけることをやめていた結婚指輪をこの日つけていたのは、夫にもちゃんとこの日の出来事を報せておきたかったからだ。今はどこでどうしているのか、生きているのか死んでいるのかも分からない夫だったが、こうして指輪をしていれば、起こったことを共有できるような気がしていた。

墓地からアパートの駐車場に戻ってくると、圭太は、

「じゃあ、俺はこれで」

と言って、車から降りて咲希に手を振った。咲希も手を振り返した。二人は、どちらもどんな顔をしていいのか分からないような顔をして見つめ合っていた。二人の様子は、去年の夏以前とは違っていた。

圭太は、咲希の入院している病棟へ、何度か見舞いに来ていたし、電話でやりとりもしていたが、結局、恋人同士には戻らなかった。今日、テーブルを一緒に囲んだ時も、車の中でも、微妙な距離をずっと保っていた。

が飛び降りようとしたのを目撃した日から、圭太は、咲希を支えられる自信を持てずにいた。屋上から咲希が飛び降りようとしたのを目撃した日から、圭太はたびたび悪い夢を見るようになった。夢の中で、圭太は咲希とどこかに出かけているのだが、出かけた先で、咲希が不意にいなくなってしまうのだ。それまで、楽しそうに会話をして、普段通りの様子であったのに、急にフッと姿を消してしまう。圭太が驚いて咲希を探すと、あの日を繰り返すように、高い所から飛び降りようとしている咲希を見つけるのだった。圭太が「咲希！」と叫ぶと、咲希は圭太に振り返る。その顔は、死に魅入られているかのように、暗いのだった。

咲希も、圭太と同じように時々怖い夢を見た。八月のあの日から半年近く経つ今でも、強姦されたことが夢に出てくるのだった。咲希は、そのせいで自分が男性を怖がらずにきちんと付き合うことができるか不安になっていた。なので、二人は付かず離れずの距離を保ったまま、今日まで過ご

してきた。

「圭太くん、帰るなら家まで送るわよ」

と恭子が言った。

「いいです、ここで」

と圭太は答えた。

そして、圭太は咲希に背中を向けて歩き始めた。駐車場を出て、アパートの前の道を歩き、咲希から遠ざかっていく。

咲希や恭子、トメも車から降りた。三人は駐車場を横切って、アパートへと向かう。それから、自分達の部屋がある二階へ階段を使って上がりかけたところで、咲希がふと立ち止まった。ためらいながら振り返ると、無言で圭太を見つめる。すると、圭太も道の途中で立ち止まって咲希に振り返っていた。

もっと近づきたい。でも、そうするのが怖い。二人は離れた場所から見つめ合いながら、心の中で同じ気持ちを感じていた。

その時、立ち止まっていた圭太のそばを、一人の陰気な顔をした女性がすれ違って行った。女性は、暗い顔の中で目だけをギョロギョロさせて、手に持った地図を見つめて歩いていた。女性が肩にかけていた鞄からは、茶封筒がはみ出していた。茶封筒の表には、「××興信所」と記されていた。女性は、咲希のアパートの前まで来て立ち止まると、アパートを挑むような目で見つめていた。そして、鞄から茶封筒を引き抜くと、中から二枚の写真を取り出して、やっぱり鋭い目をして見つめているのだった。

圭太は、そんな女性の横顔を見ていて、何か異様なものを感じた。そのまま立ち去る気にはどうしてもなれず、圭太はアパートの方へ引き返して来た。

女性は、圭太が近づいてくると警戒するような目でチラリと圭太を見て、急ぎ足でアパートの階段へと向かい始めた。そして、階段を上り、二階の共用廊下を奥へと歩いて行く。その先には、咲希の住む部屋があった。女性は、その部屋のドアの前で立ち止まると、玄関チャイムを鳴らした。

チャイムを聞いて、恭子がドアを開けたのと、圭太が階段を二階まで上がってきたのがほぼ同時だった。恭子は、ドアの前に立つ女性と、その向こうにいる圭太を交互に見て、首を傾げた。

「ええと……、どちら様でしょうか？」

恭子はまず、女性にそう尋ね、それから、圭太に視線を送って、

「圭太くんはどうしたの？　忘れ物？」

と尋ねた。

女性は、圭太に振り返って、また怪訝《けげん》そうな顔をした。

「あなた、何なの？　さっき、私を見て、引き返してきたでしょう？」

圭太は女性に言い返した。

「そっちこそ、ここに何の用なんですか？」

圭太は女性のそばまで歩いてくると、いぶかしむように鋭く見つめた。女性はそんな視線を受けてもひるむことなく、むしろ、引きつったように笑った。どこかぎこちない、思考のネジが緩んで壊れかけているような笑い方だった。

「知りたいなら、あなたにも教えてあげましょうか」

女性はそう言ってから、鞄からある物を取りだして圭太に手渡した。それは指輪だった。圭太はそれをまじまじと眺めた。指輪の裏には、何か文字が彫ってある。圭太がそれを読む前に、女性はそれを圭太から取り上げた。そして、ニヤニヤと嫌な笑みを圭太に見せてから、指輪を恭子に手渡した。

「これは……！」

恭子が目を見開いた。感情を表に出すことが少ない恭子の顔に、これ以上ないほどの驚愕《きょうがく》の表情が浮かんでいた。女性はそんな恭子を見て、せせら笑うような顔をした。

「それが何かご存知でしょう？　あなたの左の薬指にはめられているものと、おそろいの指輪ですよ」

手渡されたものは、恭子の夫がはめていた結婚指輪だった。指輪の内側に、恭子のイニシャルと夫のイニシャル、結婚記念日が彫られていた。

恭子は、夫の指輪を握りしめ、

「あ、あなたがどうしてこれを⁉」

と言った。その時、玄関の奥から、咲希が顔をのぞかせた。恭子の普段にない声の調子を聞いて、気がかりになって出てきたようだった。女性は恭子と咲希を見つめ、余裕たっぷりに微笑むと、少し勿体つけてからこう言った。

「申し遅れました。私、吉田由紀子といいます。ここ数年間、真島さんと同棲していた者です」

咲希の顔に驚きが満ちた。恭子の瞳も激しく揺れていた。動揺した恭子の手から、ポロリと指輪が落ちて、甲高い音を立てて廊下に転がった。そして、由紀子と名乗った女性の靴にぶつかって、動きを止めた。

「私と真島さんは深く愛し合っていました。いずれ、真島さんは恭子さんと別れて私と結婚するつもりでした。それは、真島さんと私が付き合い始めたころから、固く約束していたことだったんです。ただ……」

由紀子はそこで目を伏せ、言葉をつまらせた。

「……真島さんは、結婚の約束を果たす前に亡くなりました。嘘だと思うなら、死亡届のひかえも持ってきています。真島さんは電車のホームから誤って落ちて、電車にひかれたんです。左半身に麻痺があって歩行が不安定だから、外出先ではいつも用心して行動されていたのに、どうしてそんなことに……」

由紀子は、顔を手で覆って声を震わせた。恭子はあまりのことに、顔を蒼白にして、ヘナヘナと崩れるようにしゃがみこんだ。咲希も同じように顔を真っ白にしていた。今にも卒倒してしまいそうなほどだ。圭太は咲希のそばに近寄ると、心配そうに咲希の肩にそっと触れた。すると、咲希はよりかかるように圭太にしがみついてきた。

由紀子は、うっうっと嗚咽をもらした。由紀子は咲希と恭子にとって、愛する人を奪った憎い相手になるが、由紀子は由紀子で愛する人の死に傷ついている哀れな人なのだ。圭太はそう思って由紀子を見つめた。しかし、その時、圭太は見てしまった。由紀子は泣くふりをしながら、指の隙間から恭子と咲希の様子を見ていた。指の隙間からのぞく目は、涙に濡れてなんか少しもおらず、悪意に満ちた笑みが浮かんでいた。

由紀子は嘘泣きをしながら、足元の指輪を拾った。そして、廊下に座り込んでいる恭子の膝の前

にそれを置くと、

「これ、亡くなった真島さんに代わってお返しします」

と言った。

そして、くるりと踵を返し、恭子たちの前から立ち去って行く。

カツカツと音を立てて歩いていく由紀子の後ろ姿を恭子と咲希と圭太は声もなく見つめていた。

すると、由紀子は階段の一歩手前で振り返った。

「あ、もし良かったら、お葬式に出席されますか？　喪主は私が務めます。知ってました？　内縁の妻だって喪主が務められるんですよ。あなた達は、端の方にでも座っててください」

そう言って、ゆがんだ笑みを浮かべて見せたのだった。

＊＊＊

由紀子がやってきた翌週、咲希は恭子とトメと一緒に、葬儀に参列した。葬儀には、真島が最後に勤めていた職場の知り合いや、由紀子とその家族が来ていた。読経が始まると、由紀子の家族がハンカチで目元を押さえながら泣いていた。咲希はそれを見て、父が思っていたよりもずっと由紀子の家族に受け入れられていたのを知った。家族を捨て、失踪したような人であり、妻と正式に別れもしないまま由紀子と同棲をしていたのだ。由紀子の家族からは、きっと良く思われていなかっただろうと思っていたのに。そんな人でも、よく思ってもらえるくらい、由紀子を愛し、大切にしてきたということだろうか。

読経の声、それから木魚の音、声を殺して泣く由紀子とその家族たち。白い葬儀場の部屋に静かに流れるそれらの音を聞きながら、咲希はずっと泣けずにいた。由紀子たちこそ父の本当の家族であり、自分がよそ者であるかのような気持ちがそこにいる間中していたのだ。恭子もトメも居心地が悪そうだった。献花をした時、咲希は棺に横たわる父を見て、とても違和感を覚えた。そこにいる人は、まるで見たことがない人のように感じたのだった。その人は、思い出の中の、自分を優しく抱き上げてくれた父と同一人物には思えなかった。

父は、失踪してから、ついに一度も帰ってこなかった。父は咲希や恭子やトメに会いたいと、一度も思わなかったのだろうか。一度も思い出さなかったのだろうか。トメが、一度、咲希の小学校の近くで父らしき人を見たことがあるそうだが、果たしてそれは父だったのか、もう永久に分からないままになってしまった。ただ分かったことは、父には新しい暮らしがあったということだ。恭子ではなく、違う女性と恋をして、その人やその家族と、幸せに暮らしていた。そんなこと、知りたくなかった。咲希は心の底からそう思った。

焼き場に移り、火葬の準備ができるのを控室で待っていた時、由紀子は親族らしき人とヒソヒソと話をしていた。

「ねえ、由紀子さん、聞きにくいことだけれど、事故じゃなくて、誰かにホームから突き落とされた可能性もあるって聞いたんだけど、本当なの？」

「本当です」

と由紀子が答えた。

「目撃者がいるそうです。『すぐそばにいたフードを目深に被った人が、突き落としたように見えた』って。だから、警察は事故と他殺の両方の線で調べているそうです」

「もし、他殺なら、ひどいことをするものね……」

「ええ、そうですよね……。だって、あの人、杖をついていたんですよ。突き飛ばしたりしたらどうなっちゃうか、分かってるじゃないですか……」

由紀子がそんなふうに会話していた時、咲希や恭子やトメは控室の端にあるソファに腰かけていた。恭子やトメは疲れたのか、ぐったりとして、心ここにあらずといった様子だったが、咲希には、由紀子たちの会話が聞こえていた。咲希は、盗み聞きなどする気はなかったのだが、父が殺されたのかもしれないという話になると、聞き耳をたてずにはいられなかった。心臓が爆発しそうなくらいにドキドキとして、内臓がせりあがってくるのを感じた。そんな咲希に、由紀子はくるりと振り返った。由紀子と咲希の視線が、かちりと合わさった。その時、由紀子は少しも意外そうな顔をしていなかった。まるで、咲希が聞き耳をたてているのが分かっていたみたいだった。

そして、由紀子は咲希にむけてニヤリと笑った。その笑みの理由は咲希には分からなかった。ただ、見ていて胃の具合が悪くなりそうなほどに、悪意に満ちた笑みだと感じた。

＊＊＊

その日、葬儀場から車でアパートまで戻ってくると、圭太が階段の一番下の段に腰掛けているのが見えた。咲希が落ち込んでいないか心配で来てみたと、彼は言った。咲希は、圭太の姿を見てから、初めて涙ぐんだ。それまで、ずっと自分が気を張っていたのだと知った。

咲希は、圭太と少し歩きたいと言った。圭太は、優しく、

「いいよ」

と答えた。着替える間待っていると圭太は言ったのに、咲希はこのままでいいと言って、喪服に黒いコートをひっかけたままの格好で歩き出した。二人は目的もないまま、しばらく歩き、近所の川原にたどり着いた。そこは、小学五年生の夏祭りの日に二人で訪れた川原だった。川原に生えた枯れ草の上には、今朝降った雪が薄らと積もっていた。靴が濡れるのもかまわずに、咲希はそれを踏みながらふらふらとさまようみたいに川原を歩いた。圭太は、その後をついて歩いた。それから、ふいに咲希は、

「ボートに乗ってみましょう」

と言った。この川原には、貸ボートが置いてあった。コンクリートで固めた岸に鉄杭を刺して、そこに縄をかけてボートを何艘《そう》か繋いであるのだった。そのそばには、「貸ボート　三十分、五百円」と書かれた看板と小屋があって、ボートの管理人のおじさんが小屋の中に座っていた。

今日のような寒い日に、ボートに乗っている人は誰もいなかった。しかし、どうしてそんなに惹《ひ》かれているのか、咲希がボートを見つめたままジッと動かなくなってしまったので、圭太はおじさんに五百円を払ってボートの縄を解いてもらった。二人がボートに足を乗せると、小さなボートは大きく揺れた。

圭太はオールをこいでボートを進めた。こぐたびにギー、ギーと、軋《きし》むような頼りない音がした。しばらくこいでも、川には二人を乗せたボート以外、何も浮かぶものがなかった。川は広くて水深が深く、暗い緑色をしていた。そんな川の中で、ボートはとても小さく感じられた。圭太は、不意

に、喪服を着た咲希とこんな場所にポツンと浮かんでいるのが、とても奇妙なことに思えてきた。

咲希は、冷たそうな川の水をじっと見つめていた。それから、ふいに、

「魚はどうして凍らないのかしら」

とつぶやいた。

「飛び込めば、心臓も凍りつきそうなくらい、冷たそうなのに」

そんなことを言いながら魅入られたように川を見つめる咲希を、心配そうな顔で圭太が見つめた。

「お願いだから、もう二度と馬鹿なことを考えないでくれよ」

そう言ってオールを手から離すと、咲希の手を握った。まるで、そうしていないと、咲希が川に飛び込んでしまうと思っているみたいだった。

咲希は、

「大丈夫よ」

と言った。

「心配性ね」

と。そして、少し笑った。

でも、そんなふうに言う横顔は、これから泡となって消える人魚のように儚げに見えた。そんな横顔を見ていると、圭太の中にある思い出が蘇ってきた。それは、まだ二人が小学生だった頃、学校で夏祭りがあった時のことだった。浴衣姿の咲希は綺麗だった。結った髪の上では、赤い花飾りが揺れていた。ようやく恋心に気が付き始めた圭太は、咲希に目を奪われた。咲希はそんなに美しいのに、夏祭りの間中、孤独と不安を長い睫毛《まつげ》の上に乗せて、うつむきがちに過ごしていた。その

後、圭太はこの川原で咲希と初めて二人きりで過ごした。咲希と初めて手をつないだのもこの場所だった。暗い川原を、咲希と手をつないで歩いたことを、今でも鮮明に覚えている。

去年の夏は、咲希とこの川原で開かれた夏祭りに参加した。祭りの雰囲気は、否応なしに圭太を高まらせた。咲希が隣にいるというだけで、胸騒ぎを感じた。二人で夜店も見て回ったし、屋形船にも乗った。圭太は夢のように楽しかった。咲希も、圭太の隣で楽しそうにしていた。だけど、咲希は時折りふっと影のある表情を浮かべていた。そんな咲希の肩を抱くと、プルメリアの花のような香りが長い髪に絡《から》まっているのを感じた。提灯に照らされる横顔には、やっぱり美しさと裏腹に憂いがあった。咲希は未来への不安を圭太につぶやいた。

これまでにも、咲希には、何かを憂えてふっと消えてしまいそうな儚さと危うさがずっとあったのだった。そして、二人の未来は、漂流する舟のように、先行きの見えないものだった。ただ、一緒にいたいという気持ちだけが、確かなものだった。

思い出をたどっている圭太の向かいで、咲希は昔のことを話し始めた。ボートのへりにつかまって川底をのぞきこむように川面に顔を向け、片手の指先をそっと川面に浸しながら、父が失踪した日のことを話していた。その日、咲希は窓の外が暗くなるまで玄関に立ち、父が帰ってくるのを待っていたそうだ。咲希は時間が経つほどに心細くなった。

「一人ぼっちの玄関で、まるで世界から見捨てられたみたいに感じていたわ。あの日から、ずっと私は無力で無価値みたいに思ってきたの。私の中に根を張ってしまったそんな気持ちを取り去ってくれるのは、父しかいなかった。私には、父が必要だった」

そんな話を川面につぶやくようにしゃべると、咲希は川面を指先でゆらゆらと揺らした。小さな

波が静かに生まれ、消えていった。咲希は、睫毛をふせてそれを眺め、

「生きている父に一度でいいから、会いたかった」

と言った。

「会って、一言でいいから言ってほしかった。愛してるって――。その言葉があれば、もう一度自分は無力でないと信じられたのに」

圭太はこぐのを止めると、咲希を見つめた。咲希は冷たくなった手を水から出すと、ゆらゆらと頼りなく進むボートの行く先を見つめていた。広い川の上は静かだった。

圭太が立ち上がって咲希の隣に座ると、小さくて頼りないボートはひっくり返りそうなほど大きく揺れた。かまわず、圭太はそこに座ったまま、咲希の手を握った。そして、とても奇妙なことを言った。

「会いに行こうか、お父さんに」

咲希は、何を言い出すのかという顔で圭太を見た。

圭太は慌てた顔をして咲希の手を離すと、

「いや、おかしなことを言いだそうとしているわけじゃないんだ」

と言った。咲希がほっとした顔をする。

「良かったわ。この場所で心中しようなんて言うのかと思った」

「まさか、そんなこと言わないよ」

圭太はそう言ってから少し笑った。咲希もそれを見て微笑んだ。二人の空気が少し解れた。冬の日差しが二人の上に柔らかく降り注いでいる。圭太は広々とした川の流れていく先を見つめ、

「お父さんは、咲希の未来にいるんじゃないかな」

と言った。咲希が瞳を大きくする。

「咲希が大人になって、結婚して、子どもができて、いろんなことを経験すれば、お父さんの事情や気持ちを想像できる時がくるんじゃないかなと思うんだ」

父は事情があって帰ってこなかったが、娘への愛情を捨ててはいなかったはずだ。そんなふうに思える時がくる。それは咲希が未来をきちんと生きて幸せになった時だと、圭太は思った。

それから、こんなことを考えた。

今は、不安ばかり抱いている二人だ。自分も、咲希を支えられるか自信がない。未来も不透明なままだ。けれど圭太は、だからこそ、もう一度手を繋ぎたいと思った。今、隣で大きな瞳を揺らして圭太を見つめている咲希と。

圭太は一つの決心をするために目を閉じた。水のにおいがする。目蓋の裏に、去年、この場所で乗った屋形船が浮かびあがる。屋形船は、夜の闇の中を、勇ましく前へ前へと進んでいったのだった。圭太はその映像を心に刻んだまま目を開いた。そして言った。

「一緒に行こうよ。未来に」

不安が自信に変わるまで、一緒に歩んで行こうと、圭太は思った。

「だから、今日もう一度、咲希に告白してもいいかな」

圭太がそう言うと、咲希はずっと憂いが浮かんでいた顔に笑みを浮かべた。二人は、不安定な小舟の上で、キスをした。どんなに揺れても、もう二人は怖いと感じはしなかった。そっと目を閉じ、体を寄せ合うと、握りしめあった手の感触や、隣り合う互いの体温に自分の心を強くしてもらえるのを感じていた。

＊＊＊

今、岐路に立っている。

咲希はそう思った。圭太に会ってから、いくつも人生の岐路に立ってきた。咲希がひきこもったり、悩んだり、泣いたり、死を決意したり、人生の谷へ転落しようとするたびに圭太が手を握って谷から引き上げてくれた。そして、二人で違う道を歩んでくれた。

咲希の頭の中に、たくさんの思い出が押し寄せてくる。それは波のようだった。川はそれに合わせるように波立ち、ボートが軋みながら波に合わせてゆっくりと上下する。咲希は揺れを感じながら、圭太とたっぷりと見つめあった。そして、どんなに言葉を重ねても、今の気持ちを言い足りないと感じていた。

だから、思いを伝える代わりに、

「お願い、もう一度、キスをして」

と、咲希は言った。圭太が、咲希の頬にそっと手をやると、ゆっくりとキスをした。咲希は目を閉じると、優しい揺れが二人の下を二、三度通り過ぎていくのを感じた。その間、咲希は圭太の唇をゆっくりと受け止めたまま、圭太としたたくさんのキスを思い出していた。

夏祭りの日、泣きながらキスをした。

川に遊びに行った帰り、星空の下で背伸びをして圭太の唇に唇を重ねた。

海辺で、お互いの部屋で、花火の下で、クリスマスツリーのある街角で、幸せそうにしていたり、切なそうにしていたり、照れあったり、高揚した気持ちをお互いに隠し切れないでいたりしながら、何度も何度もキスをした。

初めて圭太の家に泊まりに行った日は、お互いに少し震えながらキスをした。緊張しているとお互いに分かって、そんな互いを愛おしみ合うように優しいキスをした。

咲希はそこまで思い出すと、突然、キスをするのをやめ、圭太から体を離した。

「ごめんなさい、私とても苦しいの」

咲希は切なさそうに顔をゆがめる。圭太がどうしたのかと咲希の顔を見つめると、咲希は、

「もう二度と離れられなくなりそうだわ」

と震えるように言った。

圭太は、それを聞いて、咲希を引き寄せると、もう一度抱きしめた。咲希は肩や背中に痛いほどの腕の力を感じた。圭太の思いがひしひしと伝わってきて、咲希は胸がいっぱいになった。幸福に感じるのに胸が苦しくて、咲希は混乱する。

そんな咲希を抱きしめたまま、圭太は考えごとをするみたいに遠い目をしていた。そして、しばらく沈黙してから唐突にこんな話を始めた。

「咲希は幻って見たことがある？」

「幻？」

と咲希はびっくりした顔で聞き返す。

「変なことを言ってごめん。だけど、俺、咲希と結婚している未来をこの目で見たことがあるん

だ」

　咲希がさらに驚いた顔をする。圭太は、少し笑った。

「おかしな話だけど、本当なんだ。夫婦になった俺らは、春の海辺を並んで歩いてた。咲希は腕に赤ちゃんを抱いていた。海の向こうから朝日が昇ってきてとても綺麗だった」

　そう言うと、圭太は咲希の向かいに座り直して、オールをこぎ始めた。勢いをつけ、どんどんと速いスピードでこいで行く。船は水しぶきをあげて進んでいく。その勢いに乗せるように、圭太は一つの決心を口にした。

「咲希、二人が大人になったら、結婚しよう」

　日の光を受け、きらめく水しぶきが散る。咲希は瞳を大きく揺らした。咲希の心臓がドキリと跳ね上がるのと、船が大きく揺れたのが同時だった。圭太はオールをこぐのをやめて、咲希の返事を待った。

　二人が再び沈黙すると、二人の白い息が冷たい空気の中に溶けていくのが見えるばかりだった。二人を取り巻く空気は、冷たいけれどとても清らかで淀みがないように感じられた。頭上の空は冬晴れで、清々しいほどに澄んでいた。

　咲希は、頬を染めて圭太に微笑んだ。そして、ゆっくりと圭太に手を差し出した。それが咲希の返事だった。澄んだ空気の中で、二人の手がしっかりと握り合わされると、二人は、自分の胸の中に太陽が輝くのを感じた。それは、咲希をずっとおびやかしていた、沈んでいく太陽ではなかった。燦然《さんぜん》と輝きながら昇っていく太陽だった。二人で未来を迎えに行く覚悟が芽生えた瞬間だった。

＊＊＊

その後、十一年の歳月が経ち、咲希は二十七歳になった。その年の春、咲希は名のある絵画コンテストで大きな賞をもらった。咲希は、その絵のことで、ある雑誌社から取材を受けることになり、喫茶店で記者と向かい合って座っていた。記者は二十五歳の女性だった。同年代同士だったのでお互いに話しやすい雰囲気を感じて、白いテーブルと二つのコーヒーを挟んで、和やかなムードで話をしていた。

「それにしても、うらやましいです」

と記者は言った。

「私と同年代で、結婚されていて、なおかつ好きなことで成功されていて……」

いいえ、と咲希は照れくさそうに笑った。

「ご主人さんとはどこで知り合われたんですか？」

そう問う記者に、咲希は、

「小学校です。幼なじみなんですよ、もう知り合ってから十七年になります」

と答えた。

記者は、とびきり驚いた顔をする。

「えー?! すごくないですか、それ！　長いですね！」

ふふふ、と咲希は微笑んだ。

「そうですね、数え切れないほど思い出があります」

記者は、感心するような顔をした。

「お子さんもいらっしゃるんですか？」

「ええ」

と咲希が答える。

「今一歳と六カ月です」

「あ、確か、今までに描かれた作品の中に赤ちゃんの絵もありましたね」

咲希は幸せそうに微笑む。

「去年描いた赤ん坊の絵は、私の子がモデルなんです」

「あの、赤ちゃんと金魚が一緒に描かれた絵ですね？　変わった組み合わせですよね。あれはどういう意味がこめられているんですか？」

「あれは……、少し不思議な話になるんですけど、かまいませんか？」

「どうぞどうぞ、なんだか楽しそうですね」

記者は笑って、テーブルに身を乗り出す。咲希は、思い出すように視線をさまよわせ、コーヒーを一口飲んでから、こう話しだした。

「私、理由があって、結婚してからしばらくは子どもを作らなかったんです。だけど、二十五歳の時に、子どもを作りたいって思うようになって夫にそう話しました。そしたら、それから数カ月経ったある日の夜、夫がこんな夢を見たんです。

一匹の赤い金魚が川から跳ね上がったかと思うと、小さな光に姿を変え、高校生くらいの姿をした私のお腹にすっと溶け込むように入りました。それから、光はすぐにお腹から出ていってしまって、空に上っていきました。それから、また光が空から下りてきたかと思うと、今度は大人になった私のお腹に入りました。そうしたら、お腹の中から、ドクンドクンと、心臓が拍動するような音が聞こえてきて、見る間にお腹が大きくなったんです。

夫がこの夢を見て、すぐに私は妊娠しました。そして、二十六歳の時に、元気な赤ちゃんが生まれました」

「不思議な話ですね」

と記者が言った。

「不思議なことは、これだけじゃないんです。夫は、夢に出てきた光を子どもの時から何度も見たことがあるって言うんです」

記者は、うーん、とうなってから、

「信じにくい話ですけど……、でもね、そういう不思議なことってね、実際にあるみたいですよ。こういう仕事をしてたら、いろんな人からいろんな話を聞くんで、そういう話も聞くことがあります」

と答えた。

「今回、賞をとった作品も、何か不思議な由来があったりしますか？」

「それが……」

咲希は、記者に身を乗り出す。

「あるんです」

記者も、自分の前にあったコーヒーカップを脇に寄せ、ぐっと前のめりになった。

「ぜひ聞かせてください」

「去年の春のことです……」

と咲希は語り始めた。

「夫とまだ生後六カ月だった子どもと、絵を教えてくれた恩師の家に泊まりに行ったんです。恩師の家は海の近くで、海水浴もできるし、砂浜でバーベキューなんかもできるんです。翌日には、私の母親と義理の両親も訪ねてきて、みんなでバーベキューをする予定でした。

バーベキューの当日、朝早く目が覚めたので、子どもを抱いて夫と海辺を散歩することにしました。朝の海は綺麗でした。水平線から朝日がだんだんと昇ってくる様子に、思わず見とれてしまいました。

私、小さい頃、いつも太陽が怖かったんです。太陽って必ず沈むでしょう。物事の終わりや、死を象徴しているみたいで恐ろしかったんです。

だけど、私、あの朝日を見た時にこう思いました。ああ、太陽は死んでも蘇ってくるんだなって。

それで、それを口にしたら、夫はとってもびっくりした顔をしました。今の光景をそっくりそのまま見たことがあるって言うんです」

「デジャブってやつですか？　もしかして、ご主人さんって、不思議系の人ですか？」

「いえいえ、すごく真面目な人です。医者をしていますし……」

「それじゃ、非科学的なこととか、信じそうにないですね」

「ええ、普段は不思議な話とか、全然しない人なんですよね」

「へー、それじゃ、ますます不思議ですね」

記者は、メモ帳にツラツラとペンを走らせ、

「そういった経緯があの朝日の絵を描くきっかけになったわけですね」

と言った。

咲希は、にっこりと微笑む。

「そうですね。私、今でもあの日の朝日をはっきりと覚えています。あの時、私の中で、太陽は終わりの象徴から、再生の象徴にかわりました。今も、終わらない希望になって、私の中に輝いています」

そのように咲希が語る絵とは、海から今まさに新しい太陽が生まれてくる瞬間を描いた絵だった。今にも波音が聞こえてきそうな海は、地球を抱くほど大きな体をした母のようだった。太陽は生命力と希望に満ちた子どものようにも、輝かしい光を放つ未来のようにも見えた。

絵について語る咲希の顔は晴れやかだった。長い間咲希に憑りついていた不安は、跡形もなく消え去っていた。

「あの作品が作れたのも、今の私があるのも、夫や、子どもや、母や、恩師や、たくさんの人のおかげです。愛する全ての人達に感謝しています」

咲希はそう言って、取材の言葉を締めくくった。


「終わりの象徴　～完～」

【著者紹介】

あらき恵実（あらきめぐみ）

1985年2月高知県生まれ。

高知県立大学看護学部看護学科卒業。

高知県内の病院で、11年間精神科看護に従事。

精神科疾患のある多くの患者と向き合う中で、患者の苦しみを理解するには、今ある症状だけでなく、患者の背景を理解する必要があると実感してきた。精神科疾患の症状や治療について書かれた本は多いけれど、箇条書きにされた症状名を読むだけでは、患者の家族や友人に実感として伝わらないこともあると考えた。患者を支援する人と患者の間に思いのすれ違いがあれば、それは双方にストレスを生む。患者の目線で患者の人生を生きてみて初めて分かる苦しみを、本書を通して伝えたいと思い、執筆した。

DTP／廣瀬梨江
カバーイラスト／ゆーはく

# 終《お》わりの象徴《しょうちょう》

2022年8月10日　第1刷発行

著　者　　あらき恵実
発行人　　久保田貴幸

発行元　　株式会社 幻冬舎メディアコンサルティング
〒151-0051　東京都渋谷区千駄ヶ谷4-9-7
電話　03-5411-6440（編集）

発売元　　株式会社 幻冬舎
〒151-0051　東京都渋谷区千駄ヶ谷4-9-7
電話　03-5411-6222（営業）

印刷・製本　中央精版印刷株式会社
装　丁　　杉本桜子


ISBN 978-4-344-93783-3 C0093
幻冬舎メディアコンサルティングHP
http://www.gentosha-mc.com/